亡命市民の日本風景

Crítica ante la decadencia japonesa

山端伸英
Noé Yamahata

インパクト出版会

目次

第6章　闇の音……255

第1章 平和主義の再構築へ

ノーベル平和賞と日本国憲法

最近、フェイスブックなどのＳＮＳで日本国憲法にノーベル平和賞を受賞させようという運動があるのを知った。その気持はわかるのだが、ノーベル平和賞という権威に対する安易な寄りかかりがあるのではないかという懸念を持つ。

一九七〇年代に、佐藤栄作がノーベル平和賞を受けた。それは、少なくとも日米軍事同盟が再強化された六七年に山崎博昭が集団行動の中で殺され、由比忠之進が自害を遂げた日々に一人の高校生として生きていたものにとっては驚くべきことだった。しばらく経ってから、藤田省三が「平和賞の権威はなくなったが、物理学賞はまだ救われる」とか言って朝永振一郎の「鏡の世界」の一節を授業中に引用していた。藤田のような東大法学部権威主義者がこの世の権威の順位付けを行なうというのは言語道断な風景であった。わたくしは由比さんが倒れている写真の中の姿を思い出していた。藤田は「権威」という言葉を使いながら実は「権威」を渇望していた。彼とともにある現世的「権威」にも鏡の世界は介在していることを知らなかったようなのだ。左右は反対に映っても上下は反対に映らないのである。

ノーベル平和賞は、佐藤栄作が受賞した前年の一九七三年、あの戦争仕掛け人のキッシンジャーに与えられており、その際、ノーベル平和賞委員会の構成員二名がこれに反対して辞任を申し出ている。また大統領に就任して二週間もたたないにもかかわらず、まったく平和に関しては未知数のバラク・オバマは平和賞を受賞した。彼は、その後、中東に永続的な火種を撒くことになった。以下に述べるように、ノーベル平和賞の「平和」は全面的平和を恐れながら生きているカッコつきの「平和」なのである。

二〇〇三年一二月二一日、スペインの新聞『エル・パイース』が「ノーベル賞のもうひとつの顔」と題する記事を掲げた[1]。そこではノーベル財団がほぼ一貫して武器産業への投資によって収入の安定を得ていることが述べられており、ノーベル財団自身がその行為について、アルフレッド・ノーベルの遺言に対する矛盾はないと弁明していると記されている。二〇〇三年当初、イラクへの侵攻の時期、ノーベル財団は四億コロナのエリクソン株を売り、「より安全な」投資に鞍替えしている。その結果、財団の総資本は二八億コロナから同年八月までに三〇億コロナに上昇している。

アルフレッド・ノーベルは、ノーベル賞の設立を遺言状に記しサインを行なった時点では、ダイナマイト・ノーベルの社主である以上に、ボッファース（BOFORS）社の社長として重鋼製武器産業の近代化を急いでいた。ボッファースは現在でも欧州指折りの戦略兵器産業である。また、ダイナマイト・ノーベルなどの基幹企業は現在も残っているが、二〇〇四年にGEAとの合併などを経て化学部門などの分離も行なっている。しかし、ノーベル財団の株式運用には当面、これらのノーベル系企業や他の軍事産業への戦争需要が密接に関連していることは『エル・パイース』の記事でも明白とされている。

では、このノーベル賞の経済基盤から導き出される「平和」の概念は、どのようなものなのだろうか。既に述べたように、ノーベル平和賞は「局地戦争」をある意味では前提としながら、その終息や軽減に努めた人材にも賞を与えることになる。同時にそれは、キッシンジャーが現在でも勢力を失っていないような、そして、オバマがディープ・ガバメントと呼ばれる影響力の行使にこだわっているような「継続への意志」に貫かれているのである。ノーベル平和賞委員会は、全面戦争や核戦争には完全に否定的態度を崩さない。しかし、軍需産業という局地戦争に有益な産業の永続をも当面は願っている。その点では、ノーベル平和賞のスタンスは、一九四六年日本国憲法の第九条とは根本的に対立するのである。幸福なことに、私たちの第九条は国家組織に対する神の寛容をも許さない点で、アルフレッド・ノーベルの遺志とも折り合わないのである。(2)

こんな窮屈なものは取り払おうというのが、日本国民の安倍政権である。彼は、庶民の目線から一歩、一歩、総務省など官僚システムの援助の下、「普通の国」に日本を近づけてくれた「庶民の味方」でもある。それは、北一輝のような「ホームランと見まがうようなファール」ではなく、二〇一七年一〇月の選挙が示したような「全体主義」を思わせるような泥沼の完成によって証明された[3]。

ノーベル平和賞受賞が、威信ある人間の営みへの報いであるかどうかはさておき、小生は、かく細くここで、第九条のノーベル平和賞への立候補を否定しておきたい。これが小生の「思想」である。そして、これを、たった一人にせよ、他の方にも共有していただくことを希望したい。これがこの文章を書いた動機である。その反面、チュルノブイリで命を失った兵士や作業員たち、そして、福島で政府、東電、日本社会の無策と無責任の中で、地球環境を守るため、寒い今日も、暑い明日も、孤独の作業を続けている作業員の方々に、国際的な賞与が手渡されることを切に祈りたい。それは「国防」のみならず世界の将来を守る戦いであるのであり、現在の日本の使命は、地球の環境保全に全力を傾けることにほかならず、他国に「自衛隊」を派遣することにはないはずだからである。

註

(1)エル・パイース El País　英語で言えば The Country で「くに」を意味する。スペイン語で「国家 State」はエル・エスタードである。進歩的な提起を行なっているが最近のカタロニア問題では動揺を見せている。カタロニア語版も発行されている。記事の原題は：La otra cara de los Premios Nobel. 記者はリカルド・モレーノ。

(2)憲法第九条　日本国民は、正義と秩序を基調とする国際平和を誠実に希求し、国権の発動たる戦争と、武力による威嚇又は武力の行使は、国際紛争を解決する手段としては、永久にこれを放棄する。2　前項の目的を達するため、陸海空軍その他の戦力は、これを保持しない。国の交戦権は、これを認めない。日本国民という主語は英語原文では「日本人民」である。また2の「前項の目的を達成するため」の一句は芦田修正によって和英両憲法に挿入された。

（3）『現代日本の思想』久野収・鶴見俊輔著、岩波新書、一九五六年。

〔『思想の科学研究会会報』一八七号　二〇一八年二月一日〕

（付記）ここで述べた安倍晋三以降の組織票全体主義に対する抵抗は、個人の次元から始めることができる。何時からでもいい。A．画用紙にメッセージをマジックで書く。B．それを背中に貼るか吊るす。C．毎日、外出する／通勤する／電車に乗る／街頭を歩く。D．座る。あるいは、しゃがむ。メッセージ付きの画用紙を前に広げて座り込む。E．その都度、無法者政府施設の方へ近づく。F．各人のスタイルで、しかし、連帯を恐れない。G．座り込みの際、警官や守衛から二回目の警告を受けるまで座り続ける。H．いろいろな場所・時間で行なう。I．メッセージは端的に見出し的に書く。その説明は準備しておく。J．帰宅は注意しながら急ぐこと。——以上は直接行動の基本と言える。

もちろん、抵抗権を含めた「普通の市民国家」は、市民武装の権利取得と、国家非武装への市民の継続的戦いによる「政府」への現憲法的錬磨によって、核による世界の廃滅防止、すなわち平和に向いていなければならない。

「平和貢献」の再構築へ

ここに書きとめておくのは、筆者が将来の日本が行なう戦争行為に物理的には加担しないということを前提とした仮説的現実である。これらの「無責任な仮説」を切実に予感しているが故に、私は二〇年以上も前から日本の外におり、しかも、いろいろな事件に巻き込まれるという「運命」にあるのかもしれない。どこでも「平和」を批判的に語るのは危険なことである。表題は、いくぶん大げさかもしれない。すなわち、以下に展開する平和貢献に関する議論を、ロシア、アメリカ、韓国、中国を含めた周辺諸国の一五〇〇キロメートル級ミサイルが射程範囲内に見据える恵まれた島世界の平和に、無理やり当てはめるものではない[1]。

1. 遺族会の世代交代

一一月二七日（二〇〇七年）午前一〇時のアサヒ・コムは次のような記事を送っている。

「天皇、皇后両陛下は二七日午前、東京都千代田区の九段会館で開かれた日本遺族会の創立六〇周年記念式典に出席した。天皇陛下は「戦争による深い悲しみを経験した遺族の持つ、戦のない平和な世界実現への強い希求を、戦後に育った人々に伝えていくことは、誠に大切なことと思います」などと述べた。」

いまさら、このような記事を目の前にするのは私の意に反するところがある。しかも、ここで明仁氏が述べている平和主義への論及に対しては反対どころか全面的に賛成なのだ。ここでは、しかし、天皇制という話題を正面から論じる時間のゆとりがない。(2)

また、日本遺族会という保守党の票田がいまだに健在なのを目の当たりにするのも個人的に健康によくない。とはいえ、遺族会という組織とは無関係に、私は日本にいた当時、仏壇の位牌の裏を眺めるのは嫌いではなかった。私自身の戦争への距離を確認させる作用を感じえたのである。そこには三人の父の兄弟たちが戦時期に若い死を遂げているのが読み取れた。戦争に行こうが行くまいが、これらの青年や少年たちの死には戦争の影が取り付いているように思われた。そして、生き残った父と叔父たちの会話は戦時期の日本底辺社会の怨念を戦後に引きずるものであった。当時の階級分裂は戦争体制における利害の分裂でもあったが、父の兄弟たちが発する怨念は異常な暴力を背後に伴っていた。だから、「遺族」という語は私の心理的な安定を脅かす。

長崎の原爆写真の撮影者として、しばしば言及される山端庸介(3)は陸軍報道班の一員であった。彼が陸軍の命令で写した写真は彼の名前で広まっている。そのこと、彼の意思ではなく陸軍の仕

小生の父（半袖シャツで立っている青年）、山端一義の出征の宴。父の席の正面に彼の従弟の山端庸介が眼鏡をかけて写っている。父の左手に座っているのが父の叔父で山端祥玉。

事で写した仕事が彼の名前で広まること自体に、父と叔父たちの気持ちは苛立った。しかし、私はYOSUKE　YAMAHATAの名前が長崎被爆写真とともにあることには、逆にひとつの贖罪と宿命を見て取っている。彼の父親の山端祥玉が父の一家に加えた搾取と圧力[4]は、同時に特権として、その長男である庸介を被爆地に向かわせた。そして、庸介自身は五〇歳にも達せず死んでいった。被爆との関連はありえる。長男の戦死を避けようとして建策した写真業界の大御所で『グラフィック・タイムス・ザ・サン』（通称『GTサン』）の社長だった祥玉[5]は、戦後の復興期を楽観して生きることができた。彼には「遺族」という語は無関係であった。だが、彼の死を追うようにして長男の庸介は「戦死」したのである。彼の「遺族」に遺族年金はないはずだ。

七〇年代のあるとき、私は自分のふたりの従弟が自衛官として生きていることを知って驚いた。彼らの父親は戦争で負傷しており、それまで生活に余裕がなかった。私の父は酒と暴力におぼれていたので、その事実を知ったとき、私も自衛官に志願しようと思ったが既に何らかの年齢制限があったように記憶している。自衛隊に入るということは憲法の外に生きることだという頭でっかちな判断よりも、戦後社会の価値からズレてしまうという実感が勝っているようでもあった。従弟たちとの音信が途絶えるようになった。

最近の自衛隊のイラク派兵駐屯活動における死者（三五人）の中に自殺者（一六人）の占める割合が高いことはつとに知られている。自殺でない場合の死因の発表はベールに包まれている。音信は、途絶えるように仕組まれている。

ここで注目しないわけにはいかないのが、現代の派兵における新たな「遺族」の発生についてである。この場合の「遺族」は「日本遺族会」の新しいメンバーなのであろうか。この新たな「遺族」の遺族年金はどのように決められるのであろうか。徴兵制時代の「遺族」と自衛隊体制の「遺族」の間に横たわっている異相に対する認識を政府や防衛省は如何に「文書化」しているのだろうか。

現在の自衛隊型防衛体制において、今後の犠牲者とその家族に対する扱いの延長には日本におけるもうひとつの格差要因が準備されている。それは、むしろ、将来における「平等化・徴兵制」への契機として議論されかねないし、いずれの政治的立場においても、今まで自衛隊に「国防」を委ねてきて、平和貢献という代案まで保守党に先取りされてしまった事態への責任は、省察の対象とされるべきだろう。

それにしても、あの声高な「拉致犠牲者の遺族」に比べ、新しき「戦争犠牲者たちの遺族」の、なんと声低く影の薄いことだろうか。

2. 永遠の「平和部隊」

インターネットに公開ブログを載せるMixi（ミクシィ）などを見ると、日本国憲法の話題が出ると「また護憲か」と舌打ちをするのが「通」であるという向きもある。なるほど、「憲法を変えたい」というのは、その「通人」たちの小泉政治的体質がどのようなものかをある程度教えてくれる。要するに「憲法に何の根拠も感じないし、戦後も終わったのだから、平和憲法なんか古臭いし、アメリカのもっとも親密な同盟国であることを近隣の危ない国々に改めて印象付ける必要がある。その近隣諸国の最近の発展ぶりも皮相で鼻につく。アメリカはやっぱり世界最強の国で、アメリカに従っていけば間違いはない」というのが憲法改正組ブログの表面的な傾向だろう。そういう意見が多数派か少数派かは責任ある社会科学者に判断を委ねたい。それでも実際、「テロ特措法」と略称で呼ばれる政策案件は、基本的にはそのような特定民意を反映している。

問題は、なぜそのような案件に「自衛隊」だけを派遣対象にするのかというところにある。それは、「非常事態」における異様な「差別現象」だろう。

自衛隊が憲法九条の下で「日陰の花」として存在していたことは、特に自衛隊員が不安定な差別対象として、それでも戦後社会の一角を形成してきたことは、戦後における大学を含めたすべての政治勢力の責任とも言うべきものだろう。自衛隊の非武装平和部隊への再組織を提唱した現実的政党など何処にもなかったのだ。

三島由紀夫が東部方面総監部で演説し割腹自殺を遂げた際、若い自衛官たちの出身階層、学歴へのこだわりや価値観を組織もできない知識人たちの、三島の行為に見とれて自衛隊員そのものを無視した無責任な論説があふれていた。自衛隊が「わだつみのこえ」の学徒兵のような戦後への正統性を持っていないことに三島は賭けていたのかもしれない。特に陸上自衛隊の青年層には、戦後社会、特に一億総中流化と呼ばれた時代の底辺に隠れた暗部が存在するが、それは三島的な思想によって組織されるためにはあまりに戦後の価値観へと先行してしまっていたのである。(6)

今でも、青年たちにとっては、所属する世界が、外界からどのような評価を受けようがそれは二の次である。そして、その所属世界が彼と違和を引き起こせば、それはそれなりのことである。しかし、彼は彼がそのようになってしまうということに対して敏感である。

高畠通敏は『市民政治再考』(7)の中で次のような「平和部隊」の立言をしている。

「日本は日常的に、たとえば平和部隊を何万人という規模で世界の発展途上国に送り、貧困からの脱出や平和的な社会基盤の構築に努めるとか、あるいは欧米諸国の軍事費にあたる額を国家予算からさいて、南北問題や環境問題あるいはエイズや癌の撲滅といった世界的な課題の解決に積極的なリーダーシップをとり続けるという種類のことをしないかぎり、国際社会は日本を平和主義の上に立つ国として認知しないでしょう。」（引用A）

高畠は同時にここで、「若者を「普通の国」のように軍隊に徴兵する代わりに平和部隊に選別徴兵する制度をもつことも考慮すべきだ」と当時の「護憲政党」に提案してきたと語っている。「野党の利権」にしがみついていた連中には無視されたようだ。そして、「平和研究」講義における経験を語る。

「その講義の最後に、日本が平和主義の国として立つのだったら、若者たちは、たとえば大学への入学を延ばして、十八歳から一年間、全員、平和部隊や国際的なボランティア活動に従事するという覚悟が必要ではないかというと、圧倒的に拒絶反応が返ってくる。平和主義に立つ国家というのがそんなに厳しいのなら、自衛隊を海外派兵してそのための税金を払っている方が楽だという。いまの若者たちに多いこういう安易な姿勢を批判せず、それに迎合する形で護憲を唱えているかぎり、護憲勢力が解体していくのもある意味では当然だと思わざるをえません。」（引用B）

憲法前文の読解として「引用A」に述べられていることは、（低開発国への進歩主義的干渉の傾向をもっているが）、むしろ高畠が平和主義に関する現行憲法の理念を積極的に引き受けている証明とも受けとめることができる。ところが、「護憲政党」への提案に始まり、「引用B」に示されている認識には驚くべき思考の停滞と甘さがある。基本的にからだを動かす仕事だから若者が行かねばならないとするのは、政府筋や小沢一郎の「普通の国」思想に染まっているわけで、

「戦争をする国」の思想なのである。日本の保守党のいう『普通の国』では、アメリカを含めて、山端庸介のように「兵役」を免れるための裏取引は日常茶飯事である。「引用B」の部分には同時に、立教大学学生の御都合主義的反応が書かれているが、彼らの「安易な姿勢」は批判されるべきものなのであろうか。

問題は、高畠を含めた「指導層」が、なぜ「若い人間だけが犠牲を強いられるシステム」を組みたがるのか、というところにある。高畠の言う「若者たちの安易な姿勢を批判」することに何の意味があるのか。「学徒兵」を想定した『きけ　わだつみのこえ』に学べとでも現代の学生に言いたいのであろうか。彼の発言をそのように読者や彼の弟子や岩波書店が読みこんだのであれば、そこには現代を生きる認識、及び現代の若者を取り巻く状況に対する異様な読み誤りがある。「安易な姿勢」とは、実はいつまでも若い世代に物事をいいつけるように犠牲を強いる施政者や政治学者の論理そのものを指しているのであって、彼らは戦争状況が前線から後退し続けて「総力戦」へとのぼりつめた「美しい日本」の過去の経験を少しも生かそうとしていないのである。学徒ならざる青年たちも、主婦も若い女性も、老人も、働いているサラリーマンも、「世界平和」を実感する機会を必要としているのである。

同時に立教の学生が「なぜ若者たちだけが派遣対象になるのか」という疑問を持てば、彼ら自身の自衛隊への差別的発言や態度も影を潜めたに違いない。若い世代への批判なら、この点にこそあるが、それは教育者の責任でもあろう。そして、高畠は自分たちの世代が平和部隊として海外に出かけることなど、おくびにも出していないのである。彼らこそ、彼らの言説を、からだを持って実現する責務を負っている。「引用A」の実現は実は全世代的責務なのでなければ効力を持たない。そして、「普通の国」の徴兵証明と等価の「平和活動参加証明」を平和部隊参加者に給付するべきだろう。

「平和部隊」とここで称しているものの組織や構成や選択の幅については、各方面から知恵を絞って定義を行なえばよい。ひとりで「自己責任」で戦争地域に行ったものにも、「平和作用」あるいは「日本国民の平和的性格」への貢献を評価する基軸を作ればよい。

高畠は、「若者」のもつ「安易な姿勢」との「迎合」を「護憲勢力の解体」と結び付けているが、これらの文脈で異様に強調されている「若者」というものの実態は、現時点で、組織化されるのを拒んでいるひとつの勢力なのである。その掘り起しを高畠、あるいは政治学者たちは怠っている。実際、日本社会党をはじめとする「護憲勢力」が「解体」していったのは別に「護憲」のゆえではない。とくに村山内閣は、ほとんど憲法を廃棄して存続していた。憲法の改正とか改悪以前に、日本国民の立憲体制との乖離を証明していた。この国民には憲法など必要ないかもしれないのである。

「引用A」とした部分については細部に疑問を持つものの「平和部隊」の大まかな図式化として評価に耐えるものがある。日本外交は、平和へのイニシアティブを避けたまま今日に至っている。アメリカが作ろうが誰が作ろうが、世界平和のイニシアティブを日本が取ることを現行平和憲法は期待しているのであって、強大国の尻馬に乗って武装部隊を世界各地に送れなどとは書いてない。現行憲法の日本国家の位置付けは極めて独立固有なものであり、他国への戦時的従属を説いてはいないことを教育の現場は見失うべきではない。

憲法についての議論はここでは行なわないが、違憲立法審査の見直しや違憲行政者の処罰、そして憲法非成文化を含めた上での憲法論議は必要だろう。守りも読みもされない憲法に何の必然性・必要性があるのだろうか。たとえボランティアにせよ、憲法前文の精神で日本人が今、この時点から、日本平和部隊として災害地や難民救助などで動き出すことには、ひとつの新しい国民国家、あるいは「脱国民国家」としての、「日本人市民＝世界市民」としての前向きな展開を期待することが出来るだろう。そして、「自衛隊」に現在いる青年たちも、これからの志願者やボランティアたちも、平和への開かれた認識へと目を開かれるであろう。

第三世界の自然災害に国庫から貴重な資金を供与して、その資金の行き先も追わず何の人材も送らないのが支援だというなら、それは国民に何の利益も還元しない、しかも大国振りを印象付けるだけの無益なショーに過ぎない。(8)

3．平和部隊活動と外交

クリントン大統領当時のユーゴスラビアへのアメリカの介入はＮＡＴＯを利用した「巧妙」なものであった。ＮＡＴＯ軍のユーゴ駐留に対してミロシェビッチ大統領が国家主権の侵害を理由に拒否した翌日からの七、八日間に、説得の努力の全く行なわれないまま、一万人以上の人たちが空爆の被害にあったのである。そこでは、外交努力よりは軍事的威力行使優先の野蛮な権力主義が働いている。

この本来の意味における「テロル」こそ、「テロル特別措置法」によって退治してほしいものだが、「うわさ」では、この法案は、アメリカ戦略の尻馬に乗るような法案テロルであるらしい(9)。なるほど、日本における大衆レベルでのアメリカ讃歌が日本の植民地化を示すものなら、日本外交の非主体性とアメリカ追随はいまや国是となっているわけで、戦後民主制は「アメリカを政治的国民象徴とすべきか、今のまま天皇か」という選択肢で「国民の総意」を問う時期に至っている。アメリカで「南京虐殺」の映画化が進められている現在、なるべく早く、アメリカ・ファシズムの「太鼓持ち」を印象付けておかないと、近い将来の「正義の戦争」の標的にならないとも限らないではないか。「平和活動」を自主的に国家規模で行なうためには外交的なひとり立ちが、その条件なのである。

問題は、現在のような非主体性外交では「平和部隊」の健全な活動に差し支えが生じるということだ。このことは同時に戦争地域における「平和部隊」活動の「武装」程度にも関連してくる。「平和部隊=平和活動」の安全を確保するのは外交の仕事であるべきで、日本の国家としての機能が問われる局面だろう。外交官そのものの概念を洗いなおして不適切なものは「平和部隊」そのものに専従させるのもひとつの対策であろう。官僚タイプ、自己保存的性格、あるいはまた相手の顔ばかり見ている姿勢では「平和のイニシアティブ」は握れないのだ。「平和部隊」は基本的には非武装であることが望まれる。従って、内戦や戦争地域においては難民移動や救済についての詳細にして安全な計画・企画が実行される必要があり、同時に外交側は当該地域の責任勢力に十分な安全のための配慮を確約し、その実行について十分な監視を行なう必要がある。要するに、ゴルフを日本企業の駐在員とやっている暇はなくなることになる。

もちろん、日本企業社員の海外勤務はこの「平和部隊活動」を手短に行なう良い機会であり、企業側も財政面で国家に負担をかけずに「平和貢献」を行ない、日本の平和主義を、企業広告をかねてアッピールできる点を活用すべきであろう。政府はこのような企業主導の「平和活動」も唱導すべきであり、それに前記の「平和活動参加証明」を与えることによって介入の余地を残せば良い。

「平和活動参加証明」は「普通の国」の「徴兵証明」と同じような効力を持たすのも手であるが、若い世代に限らないので就職等の条件にするのは好ましくない。むしろ、「参加」の幅を広く保つために「年金需給の条件」とするべきであろう。年金が嫌いな人は一生、死ぬまで「平和部隊=平和活動」を続けてかまわないし、それなりの給与が払われるのでなければならない。給与額は現在の自衛隊の基準にして生活保障を加算しなければならない。この「平和部隊活動」が「年金需給の条件」という「老後」に関わる利害であるが故に、現在のJＩCAが主に行なっている「国際協力事業」も基本的には「平和部隊活動」の一環として認知されるべきだろう。また水害地や洪水などでは若いボート選手たちを派遣し、政府の側で日数や総合労働時間を割り出して基準を満たした場合など「平和活動参加証明」を授与することも出来るように、運営には柔軟性を持たせるべきであろう。また大学教授の海外研究に対していくつかの市民的付加活動を条件にして、それを「平和活動参加」と評価することもできるであろう。これらの評価は民間から組織した評価委員会が請負う必要がある。

この「平和部隊活動」には活動内容上の「不平等」や「格差」が生じるし、それが我慢できないという「不満」を生じる可能性もあるが、終身働くことも出来るという「好条件」を付加して「不満」や「不平等」への相対化の契機をビルトインしておくことも出来る。あるいは終身、外国の各地を料理人として「平和部隊」に付き添って生きることに生き甲斐をもつ人も出てくるかもしれない。また、ひとつ重要なことは、現在でも多くの人たちが海外に出たことのない状態から少しでも海外体験を「国費」で体験できるようになることである。同時に、いくつかの条件を課しながら、国内にありながらインターネット活動や対環境問題、病災害救援活動を持って「平和部隊活動」と評価し得る合意も作成しなければなるまい。

つまり、「平和部隊活動」そのものは、「自衛隊」ほどの専門家集団とその仕事ではない。しかし、ここでは「自殺」よりは「生き甲斐」が勝利を収める余地が多分にある。組織的に、「平和部隊」は、ひとりの平和活動をも、同様に「平和部隊」の仕事と呼ぶ余地を持つべきだろう。縦系列の命令系統よりも中小企業の仕事場のような雰囲気で企画が安全を配慮しながら練られて行くのが理想だろう。若い人も年寄りも男性女性も、お互いに対する敬意をもとに行動しなければならない。しかし、同時に協調性は強制されるわけでもない(10)。

「平和部隊」、「平和部隊活動」、「平和部隊＝平和活動」という表記をこれまで使ってきた。これらは相関しあって、それぞれの差異を確認しあう概念の連関性の中にある。実質的な法制化を急ぐ必要はない。保守的市民層が、戦争地域に行って誘拐されたりした青年たちに対し非難として浴びせ掛けた概念「自己責任」の範囲で始められる活動も、「平和部隊活動」として評価されるべきだろう。「平和貢献」を国家次元でだけ限定して考えると外交と事務及び軍事レベルの国家間協力の次元だけで、国家と一部の人たちだけに都合の良い形でしか「日本」は国際的次元には現れない。「日本」は「日本社会を形成するさまざまな人たち」によって国際的に評価されなおす必要がある。

それが今後の、市民外交の基幹となる必要は日ごとに増していくだろう。国家が平和部隊に支払う金額は、自衛隊への供出をはるかに上回るであろう。なぜなら自衛隊は平和部隊へと改組されねばならないからである。そして、彼らは国内待機する必要など全くない。防衛省は「平和貢献」のための「平和貢献省」として再発足しなければならないし、擬似「国軍」的なスタイルや序列や威容を廃止して、現「自衛官」の青年たちの感性そのものに帰って世界を把握するリーダーシップを要請しなければならない。そして、市民側イニシアティブへの敬意を持って組織構成を行なう必要がある。

4. ナショナリストと平和活動

「国を守る心」というのがある。大方、自分では戦場にさえ行かないつもりの中西某のような人間が声高に「国を守るための政策、教育、精神形成」を語っているようだ。[11] もちろん、平和活動は国を守るためにも存在している。そして、国を思い、国を守るならば、あなた自身が、今すぐチームを組んで北朝鮮なり、中国の奥地なりへと、仲良しの総合雑誌の記者たちと鳴り物入りで出かけていって「他者のため」に出来ることをやってくれば良い。それが「国を守る心」の発揚なのである。狭い自文化保守主義だけでは平和も、ましてや文化も守ることは出来ない。

戦争へ徴兵されていった第二次世界大戦の若者たちの遺族にとって、靖国神社は、死んでいったものたちの死を意味付ける場所でありつづけてきた。そこには、かつての国家像が生き延びている。平和部隊に犠牲者がいるとすれば、彼らの霊は、戦後、体制から無視されつづけた新たな価値理念の新たな刻印として祈りの対象になるべきだろう。それは最近の派遣自衛隊犠牲者たちのような「不透明な死」ではあってはならない。靖国神社が、「不透明な死」を更に隠蔽する装置でありつづけていることを忘れるべきではなかろう。

註

（1）主に政治状況に関して、山口二郎『戦後政治の崩壊』岩波新書、二〇〇四年。社会状況について、佐藤俊樹『不平等社会日本』中公新書、二〇〇〇年、に学んだ。「国連外交」など国際政治次元、および「市民運動」「平和運動」「市民社会」などについては本稿では触れない。

(2) 皇籍にある明仁氏が「国民統合の象徴」としての平和への希求を語る以上、この象徴の性格がやはり問題になるだろう。自民党体制はその象徴の「希求」をどのように受けとめ、それをどうして、アメリカの覇権の下での自衛隊の派兵と結びつけているのであろうか。同時に海外日本公館では天皇誕生日に大使公邸などでパーティーを行なうのだが、敗戦後、日本人民が共和制を確立できなかったことを、つまり、日本人の人民としての無能を、それが「公式かつ対外的」に祝っているような印象を持ってしまうのは私だけであろうか。そして、竹内好なき現在、日本人の誰がこの「無能」と思想的に対峙しているのだろうか。また古き遺族会は「アメリカ」という戦後的価値の追随者として如何にして自分自身を欺いてきたのであろうか。

(3) 写真集『山端庸介』岩波書店、一九九八年。

(4) 田中英光『青春の河』『田中英光全集　第四巻』芳賀書店、一九六五年。また筆者の父親の「負け組」としての彼なりの説明が次の資料に残っている。同人雑誌『無頼の文学』第一八号（無頼文学会、矢島道弘主宰）、一九九五年。

(5)『GTサン』は戦後、写真雑誌『週刊サン・ニュース』を発行した。長野重一その他多くの写真家が輩出。

(6) 中上健次『十九歳の地図』河出書房新社、一九七四年。永山則夫『無知の涙』合同出版、一九七一年。拙稿「言語表現の位置」雑誌『学友』日本大学第三学園、一九七〇年。井上俊『死にがいの喪失』筑摩書房、一九七二年、小南祐一郎『虚構の平和時代』朝日新聞社、一九七六年、など。

(7) 高畠通敏『市民政治再考』岩波書店、二〇〇四年、四頁。なお、第三世界における人権問題については武者小路公秀『転換期の国際政治』岩波新書、一九九六年。

（8）EL PAIS, 26 de noviembre de 2007, スペインの新聞。高村外相とメキシコ、エスピノサ外相との会談の際、洪水被害地タバスコ州への救援も決められた。援助資金はタバスコ当局に渡り、それ以降の使途については不明のままである。

（9）国家的レベルでの「テロル」についてはノーム・チョムスキーが積極的な著作活動を続けている。なお "Der Held von Den Haag" von Werner Pirker, Junge Welt, 13/03/2006.

（10）Albert O. Hirschman, Exit, Voice and Loyalty, Harvard University Press, 1970.

（11）朴チョンホ「日本のネオ・ナショナリズム」『アソシエ』十八号、二〇〇七年。

〔雑誌「アソシエ」第二〇号、二〇〇八年四月一五日刊〕

（付記） 本稿は東日本大震災と福島第一原発事故の三年前に書かれたことを明記しておく。論旨の基調についてのわたくしの市民的立場に変わりはない。

市民的武装としての憲法第九条

日本においては最近まで、憲法を語る際、英語の日本国憲法を参照することは一種のタブーとなっていたような気配もあります。ダグラス・ラミスの「日本国憲法」は英文憲法から論じられた日本国憲法論で、英文と日本語の憲法はその後も「誤解」の平行線上にあるといって過言ではないでしょう。憲法学界でも丸山真男や久野収の論文でも英文の点検は控えられています。最近では、池澤夏樹氏の「憲法なんか知らないよ」その他が英文からの翻訳を試みているようです。岩波文庫の「日本国憲法」にも英文原文が組み込まれ、また政府のＨＰには、まことに奇跡的ではありますが、現時点でも英文と日本語の憲法が併記されています。（二〇二三年時点では、英文憲法だけが記載されている。）

戦中、尾崎秀実の中央公論における諸論文のようにアジア世界を狼藉したあげくの果てに、国民は敗残にまみれ果てました。それなのに、それゆえに、国内には国体護持の政治勢力しか、占領を開始した連合軍の前には存在しなかったのです。国民は軍国政府による「非武装」のまま、「国防」を放棄した「国家」の下で、東京大空襲を始め各地でもB29の爆撃の犠牲になっていました。

敗戦後、完全に国民を侮っていた国体護持の政権は、GHQが憲法を作っているという情報に驚き、一九四五年九月二七日のヒロヒト自身のマッカーサー訪問があったことは確実でしょう。天皇条項（第一条から第八条まで）の憲法全体のトーンとのゆがみは日本語にも、英語原文にもあります。天皇条項の中、第1条に will of the people という一句が入れられたのは、イタリアにおける王室存廃に関する国民投票（一九四六年六月）の熱い状況の下においてでした。もちろん、イタリア国民は王制を廃棄しました。

もう一度、ここに第九条の日本語と英語原文を掲示しましょう。

第九条　日本国民は、正義と秩序を基調とする国際平和を誠実に希求し、国権の発動たる戦争と、武力による威嚇、または武力の行使は、国際紛争を解決する手段としては、永久にこれを放棄する。

Article 9. Aspiring sincerely to an international peace based on justice and order, the Japanese people forever renounce war as a sovereign right of the nation and the threat or use of force as means of settling international disputes.

前項の目的を達するため、陸海空軍その他の戦力は、これを保持しない。国の交戦権は、これを認めない。

In order to accomplish the aim of the preceding paragraph, land, sea, and air forces, as well as other war potential, will never be maintained. The right of belligerency of the state will not be recognized.

そして、またもや別の「英文解釈」を以下に提示させていただきます。

《第九条　正義と秩序を基盤とした国際平和を誠実に希求しつつ、日本人民は、国民の至高の権利として戦争を、そして、国際紛争を解決する手段としての武力による威嚇と武力の使用も永久に放棄する。

前項の目的を達成するため、陸海空軍およびその他の戦力は断じて保持されない。また、国家の交戦権は認められない。》

すなわち、「国権の発動たる」という戦争にかかる形容詞句は、英語原文にはない「戦争」への説明であり、as sovereign right of the nation の部分は日本語憲法では生きていないのです。そして英語原文においてこの部分は「永久に放棄する」に対する副詞句として働いているのではないかというのが、ここでのささやかな提起でございます。実際、わたくしは日本の憲法学界とは全くご縁がありませんので、学界からあしらわれる必要すらない存在でございますが、皆さま普通の方々が、改めて憲法と接する際にはこのような形で正確な理解を求めることも、無法者国家における、学界・法曹界・政界・メディアその他の権威あるいは権力側から騙されない知識の創設には大切なことだと存じます。

さて、ここでは現行の日本語憲法の「国権の発動たる戦争」という「翻訳」については、あれこれ忖度するのを控えさせていただきます。公布以前に国会での承認を得ており、法制史上の問題を抱えていると思われますし、また幣原喜重郎による創案であるという議論もあり、この部分を正に「国権の発動たる戦争」と解釈する論理も有りえます。つまり、この条項については既に日本国内の憲法学界では議論も重ねられてきていると存じます。ここでは「日本人民は、国民の権利として戦争を放棄する」という英文解釈について、まず述べたいと思います。これは憲法英文を日本の憲法として読む「海外の人々の解釈」を考えることになります。

A

日本人民は、国民であるという権利をもって戦争を放棄する。そして、国際紛争を解決する手段として武力による威嚇と武力の使用も放棄する。このように解釈すると、日本人民（the japanese people）は、国民主権《the sovereignity of the nation》の権利（right）を論拠にして戦争を放棄すると読めます。

B

ここでは明らかに「the people」と「the nation」との間に権利の差を読み込めますし、「国民」であることの特権が伺われます。

C

しかし、その日本国民の権利は、確実に日本人民に影響を与え、責任を持っています。そして、日本人民こそ戦争放棄の主体なのです。

D

では、ここで、「日本国家」と「日本人民」との意思疎通の問題が生じるでしょう。英語憲法は「日本人民」と言っている、「日本国家」とは言っていない、という論理が生じますが、もし、これを国家権力側が言い出した場合は、「日本人民は、国際紛争を解決する手段としての武力による威嚇と武力の使用も放棄する」という部分を何回も反芻する必要があるでしょう。第九条は、国内における民間武装を禁じていないのです。「独立国家だから自衛権がある」という論理で山口二郎氏などは「専守防衛」を国家にゆだねていますが、これこそ現代の、最も危険な思考傾向でしょう。第二次大戦中、その「独立国家の自衛権」によって抑圧され弾圧されてきたのは、国内の日本人民なのです。しかも、防衛省、自衛隊は「国防」の基本とも言える自家災害：福島の放射能垂れ流しと戦っているでしょうか？　このような、国家体制に歪んだ学界の煽動を排し、日本人民は、国家武装を拒否し、自らの手で祖国を守る体制を作る必要があります。

E

戦後の保守政権はこの点に敏感で、銃刀法・破防法その他の治安法体系を最近に至るまで過剰に補充してきました。しかし、「日本人民」にはレジスタンス権もあるべきだということを忘れてはなりません。

F

「有事」ということなら、われわれは広島や長崎のみならず多くの空襲体験を忘れてはいけませんし、市民側での防衛体制は必要です。無法者国家は裏切るからです。

G

最近はアメリカでもその他の国でも、スーパーマーケット次元でさえ、かなり広範な武器の購入が可能です。それが「普通の国」の姿です。小沢一郎氏が九〇年代に盛んに言っていた「国家武装による国際協力」は国連憲章第五三条に違反しているという口実を設けることにもなります。削除決議はなされていても、削除はされていない現実があります。

H

国家武装が、政府の意向や、現在の倒幕長が言う「政治に接近した」自衛隊中央の意向で動くとき、いかなる状況にあろうと最初に危機と向き合うのは海外在住の日本人民であることは歴史が証明しているところです。大戦中、アメリカやラテンアメリカ諸国で日本移民は私有財産を没収され、収容所に送られ、そのうち、多くの人たちが暴行を受け、スパイの嫌疑も受けました。また満州引揚げ過程に多くの悲惨な体験を経た日本人や併合されていた朝鮮半島の同胞たちは、国家補償もなく戦後を生きねばならなかったのです。

I

英文の憲法前文にあるとおり、平和的な手段を持った国際的な協力関係を作るには非武装の人民次元の国際協力はさらに広げてゆく必要がありますし、日本人民はその歴史的な立場と敗戦国民としての使命をもう一度、反省・反芻する必要があると思います。

J

一般的な議論ですが、「法支配」の根底には「国家権力」という本質的な暴力が忍び込んでいます（身近な文献ではW・ベンヤミン「暴力批判論」や岡義達「政治」）。それは物理的、権威主義的強制力を伴っています。しかし、憲法第九条は、国家武装という戦争の本質的要素を撤廃することによって、「法支配」の常識を覆し、地域紛争を含めた戦争責任が国家にあり、それに対峙すべき人民の政治責任も提起しているものと考えられます。この政治責任を小文では「市民武装」と表現しました。

まだ憲法九条については論じられるべき点が多々あります。それらは今後も、多くの憲法学者や多くの市民の責任であると思われます。しかし、それはこの第九条を守る責任から始まることで、その過程に英語原文の問題が存在すると言うことです。日本での、この点の議論に期待しております。

〔『思想の科学研究会会報』一九一号、二〇一九年七月一五日、一部修正〕

憲法英文解釈の試み

日本国憲法については当然、多くの憲法学者や著述家が論じていると思う。ただ僕は学生のとき、ゼミの教師に勧められて六法全書の片隅にある英文憲法を読んで、かなり翻訳された現憲法との相違があるという印象を持った。「日本国民」としては第九条の論争に見られるように日本側のイニシアティブを強調したいのであろうが、トルーマンの冷戦準備を背景にGHQの憲法作成は連合軍総体の理想を追う形で完成を見たと言ってよいのではないか。日本にいるときダグラス・ラミスの日本国憲法に対する著作があるのは知っていたが、未読である。しかし海外では圧倒的多数が「日本国憲法」を読むときは英語で読んでいることは確かだ。メキシコでは、高畠通敏、田中道子らの監修による「Política y pensamiento político en Japón, 1926-1982」COLEGIO DE MEXICO刊にスペイン語版が収められているが、その翻訳も英文憲法から訳されている。これは日本の戦後すぐの国体派リベラルのコントロールを排除する正当な見識と言えるだろう。その反面、海外への翻訳がGHQの原文の紹介に終わり、「日本語・日本国憲法」とのバイアスが明確化されないことは、現在の日本の憲法状況への誤解を温存するものだろう。

ここでは国内での議論のために「前文」だけを小生なりの英文解釈で訳し、現行の日本語を先頭に置き、そのあと小生の試訳を《 》で囲って提示し、そのあとに英語原文を置いた。安倍という無法者がいるにもかかわらず、官邸版webの日本国憲法はまだ英文原典を掲示しており、そこでの分け方に従ってこの前文をABCDに分けた。書き出しは、「日本国民は」ではなく、「わたくしたち、日本人民は」とした。peopleは一箇所だけ人々としたが、あとは「人民」とした。ここはじめに現れる「協和」という部分（peaceful corporation）は「平和的協力関係」とした。ここは九〇年代に保守派から「平和貢献」という名の「軍事貢献」のレトリックを生んだ箇所でもある。またCの部分のnationは、断じて国家（State）ではないので「国民」としたが、「民族」としたほうが実はアメリカ市民的な内外への多元主義が明示されるのではないかと思った。しかし、ここでは思いとどまった。訳文を提示する前に、小生の憲法に対するスタンスを以下のように提供しておく。竹前栄治氏の『GHQ』（岩波新書）、ジョン・ダワー『敗北を抱きしめて』（岩波書店）、久野収『憲法の論理』（みすず書房）などの影響を受けている。

1．憲法はGHQのイニシアティブで作成された。

2．天皇および国体政治家階級は一九四五年九月二七日にマッカーサーに天皇訪問を行ない「国体保持」を期した。

3．ケーディスはじめ当時のアメリカ最良の知性が憲法草案をGHQ内の反動ウィロビーや冷戦の動きを先取りしながら、日本の良心とも連絡し合い、一九四六年一一月を期して『死闘』を続けた。

4．翻訳時点で幣原喜重郎氏が最後に朱筆を加えている。しかし、翻訳時には逆コース派の台頭が始まっていた。久野収らの見解と異なり、幣原はむしろ天皇制リベラルの傾向を憲法に定着させたと言える。

5．それにもかかわらず、英語原文は干渉を免れて発表された。

6．世紀の大惨劇だった第二次大戦のあと、アメリカのユニヴァーサルな良心の手になった不動の理想と普遍性を携えた憲法となっている。

7．敗戦の意味を捻じ曲げようとする犯罪者どもと戦う正当な意味を憲法そのものが保証しており、当面、現憲法を変える動きを国民が無言に支持するときは憲法違反状態であると言える。その際、国際連合（米英露中仏を中心とする連合軍）は国連憲章第五三章を行使する根拠を得ることになる。

それでは、ここから日本国憲法の前文だけの試訳を上記した順で提示する。こういう試みは日本で既に行なわれているだろうが、日本の現状をみて、小生なりの抵抗をここで明示しておきたい。議論を期待するが、このあとも、しかるべき条文の英文解釈を試みることもあるだろう。その導入として第一条と第九条の「英文解釈」も試みておく。これらはみなさんに直接英文に当たっていただくための導入であり、お勧めでもある。

A

日本国憲法：前文

日本国民は、正当に選挙された国会における代表者を通じて行動し、われらとわれらの子孫のために、諸国民との協和による成果と、わが国全土にわたつて自由のもたらす恵沢を確保し、政府の行為によつて再び戦争の惨禍が起ることのないやうにすることを決意し、ここに主権が国民に存することを宣言し、この憲法を確定する。そもそも国政は、国民の厳粛な信託によるものであつて、その権威は国民に由来し、その権力は国民の代表者がこれを行使し、その福利は国民がこれを享受する。これは人類普遍の原理であり、この憲法は、かかる原理に基くものである。われらは、これに反する一切の憲法、法令及び詔勅を排除する。

≪わたくしたち、日本人民は、正当に選挙された国会における代表者を通して行動し、わたくしたち自身とわたくしたちの子孫のために、すべての諸国民との平和的協力関係の成果とこの領土全域にわたる自由のもたらす恵みをわたくしたちが確実なものとしなければならないと決定した。

同時に、政府の行動によって断じて再び戦争の脅威に見舞われべきではないと決意した。ここに、主権が人民にあることを宣言し、この憲法を確定する。

政府とは、人民とのひとつの神聖なる信任であり、人民から由来する権威であり、人民の代表によって行使される権力で、人民によって享受される福利である。このことはこの憲法が基づく人類の普遍的な原理である。わたくしたちは、これに反するすべての憲法、法令、条例、詔勅を拒否し排除する。》

We, the Japanese people, acting through our duly elected representatives in the National Diet, determined that we shall secure for ourselves and our posterity the fruits of peaceful cooperation with all nations and the blessings of liberty throughout this land, and resolved that never again shall we be visited with the horrors of war through the action of government, do proclaim that sovereign power resides with the people and do firmly establish this Constitution.

Government is a sacred trust of the people, the authority for which is derived from the people, the powers of which are exercised by the representatives of the people, and the benefits of which are enjoyed by the people. This is a universal principle of mankind upon which this Constitution is founded. We reject and revoke all constitutions, laws, ordinances, and rescripts in conflict herewith.

B

日本国民は、恒久の平和を念願し、人間相互の関係を支配する崇高な理想を深く自覚するのであつて、平和を愛する諸国民の公正と信義に信頼して、われらの安全と生存を保持しようと決意した。われらは、平和を維持し、専制と隷従、圧迫と偏狭を地上から永遠に除去しようと努めてゐる国際社会において、名誉ある地位を占めたいと思ふ。われらは、全世界の国民が、ひとしく恐怖と欠乏から免かれ、平和のうちに生存する権利を有することを確認する。

《わたくしたち、日本人民は、恒久の平和を念願し、人間相互の関係を采配する崇高な諸観念を深く認識している。そして、わたくしたちは平和を愛する世界の人々の公正と誠実さを信頼し、わたくしたちの安全と存在を維持することを決定した。わたくしたちは平和を維持し、専制と隷従、圧政そして不寛容を地上から永遠に追放するために闘っている国際社会において、名誉ある地位を占めたいと欲する。わたくしたちは、世界のすべての人民が、恐怖と欠乏から免がれ、平和に生きる権利を持つことを承知している。》

We, the Japanese people, desire peace for all time and are deeply conscious of the high ideals controlling human relationship, and we have determined preserve our security and existence, trusting in the justice and faith of the peace-loving peoples of the world. We desire to occupy an honored place in an international society striving for the preservation of peace, and the banishment of tyranny and slavery, oppression and intolerance for all time from the earth. We recognize that all peoples of the world have the right to live in peace, free from fear and want.

C

われらは、いづれの国家も、自国のことのみに専念して他国を無視してはならないのであつて、政治道徳の法則は、普遍的なものであり、この法則に従ふことは、自国の主権を維持し、他国と対等関係に立たうとする各国の責務であると信ずる。

《いづれの国民も自国民だけに責任を負っているものではない（他国民を無視してはならない）、この政治的モラルの法則は普遍的なものである。しかも、この法則に従うことは、自分たち自身の主権を支え、他の国民との独立的関係を正当とするすべての諸国民の責務であると、わたくしたちは信ずる。》

We believe that no nation is responsible to itself alone, but that laws of political morality are universal; and that obedience to such laws is incumbent upon all nations who would sustain their own sovereignty and justify their sovereign relationship with other nations.

D

日本国民は、国家の名誉にかけ、全力をあげてこの崇高な理想と目的を達成することを誓ふ。

《わたくしたち、日本人民は、わたくしたちの民族的名誉にかけ、全力をあげてこれらの崇高な

諸理想と諸目的を達成することを誓う。》

We, the Japanese people, pledge our national honor to accomplish these high ideals and purposes with all our resources.

。　。　。　。　。　。　。　。　。

以上が憲法前文である。試みに第一条と第九条の訳を置いておく。第一条は、日本側の訳でも「主権の存する日本国民の総意に基づく」とあるが、この「総意・WILL」は戦後史において、イタリアの国民投票のような形で明示されたことはない。天皇制をめぐる「人民の意志」はどこにあるのかの議論を始めていただきたい。

第一条　天皇は、日本国の象徴であり日本国民統合の象徴であつて、この地位は、主権の存する日本国民の総意に基く。

《天皇（王様）は、主権（sovereign power）の存する日本人民の意志にその地位を由来させているという条件のもと、日本国家の、そして日本の人々の統合の象徴であるべきである。》

Article 1. The Emperor shall be the symbol of the State and of the unity of the people, deriving his position from the will of the people with whom resides sovereign power.

。　。　。　。　。　。　。　。　。

第九九条に天皇と摂政の現憲法に対する責任が明示されている。そこには敗戦直後の「国民」の実相と知識人たちの居直りが反映されていると言えよう。その時点でも「人民の意志」は不可視であった。この人民に「民主主義」を託せるのだろうか、という懸念が窺える。二〇一七年一〇月の選挙以降の危機を「市民運動」側がどのように認識しているかが問われるだろう。

また第九条は、次のようにも解釈できる。注意するべきは、条文の a sovereign right of the nation の部分をいくぶん躊躇しながら訳したことだ。憲法の専門家がこの英語をどのように解釈しているのか知りたい。小生の見るところ、「国権の発動たる」と訳されているこの部分に、既に日本の政治形態に対する大きな論争が隠され封じ込められている。ここには「人民概念」と「国民概念」の衝突すら見出されるのではなかろうか。ここに二つある as の構文を双方とも副詞句として扱えば意味はむしろすっきりする。（ここでは第九条の日本語憲法文を省いて小生の解釈だけを提示する）

第九条の解釈　《正義と秩序を基盤とした国際平和を誠実に希求しつつ、日本人民は、国民の最高の権利として、戦争を永久に放棄し、国際紛争を解決する手段としては、武力による威嚇とその使用も永久に放棄する》。

Article 9.　Aspiring sincerely to an international peace based on justice and order, the Japanese people forever renounce war as a sovereign right of the nation and the threat or use of force as means of settling international disputes.

《前項の目的を達成するため、陸海空軍は、その他の戦力同様、断じて保持されることはない。国家の交戦権は認められない。》

In order to accomplish the aim of the preceding paragraph, land, sea, and air forces, as well as other war potential, will never be maintained. The right of belligerency of the state will not be recognized.

ついでに第十章だが、ここで初めて「日本国民」the Japanese nationalという表現が出てくる。憲法の主人公は「日本人民」であり、来歴や国籍を問わず「日本人」である。これがあるから第二十二条の「国籍離脱」の自由も存在する。

第十条　日本国民たる要件は、法律でこれを定める。

《日本国民であるために必要な条件は、法律によって決められるべきである。》

Article 10. The conditions necessary for being a Japanese national shall be determined by law.

もっとも、戦後の立法過程や法制全体は、民権よりは国権側の都合に傾いている。無法者やチンピラ議員にとって強行採決が必要な所以である。

最近の日本における状況は、海外にいても肌で感じることは出来る。しかし、それにも増して、日本国憲法の日本語訳自体が本質的な問題を抱えていることを繰り返し確認するべきだろう。どうしてこういうことになったのか？　それは日本が敗戦後、戦前体制に代わる勢力を持たなかったことによるのである。国体護持派は、天皇条項をごり押ししたといっても過言ではなかろう。天皇制の世襲などが、連合軍側の民主化政策と齟齬を起こしている形跡は現在でも、英語版の中にさえ見てとることが出来る。しかし、それゆえに大切なのは「象徴」という言葉ではなく「人民の意志」という言葉であり、それは国体派リベラルの手によって「国民の総意」と見事なマニュピュレーションを張られたわけである。それでも、冷戦の本格化する前に連合国側がこれを日本人民に提示できたことの意味は絶大なものがあるということは二言を要するまい。日本国憲法の不戦認識は柄谷行人氏の言うように「無意識」化されたわけではない。軍事産業は人間の意識をゆがめていく。第九条を日本人民に根付かせる知的な、同時に市民的なリーダーシップにより持続的な回生が図られねばならないだろう。

〔二〇一九年五月二日、ネットサイト「ちきゅう座」掲載を改稿〕

Crítica ante la decadencia japonesa

第2章

日本のイメージ

市民と天皇制の共栄圏

高畠通敏の転向

1. 優等生の「コンフォルミズム」

一九九〇年の秋ごろ辻信一とメキシコで初対面したとき、高畠通敏が朝日新聞に書いた天皇の追悼記事でヒロヒトを平和主義者であったと述べていると彼から聞いた。そのとき咄嗟に林茂氏が「太平洋戦争」で木戸幸一日記からの引用をしているのを思い出した。東南アジアへの進軍の報に嬉々とするヒロヒトの言葉である。(1)

九三年十月に高畠からメキシコの拙宅に連絡があり九四年一月、東京で会った。上記について訊くと「あれはもう過ぎたことだ」と一蹴された。そのとき彼からもらった『日本政治の構造転換』を彼の前でめくると天皇について既に三つ論説が書かれていた。当時の状況ではひとつのコンフォルミズムを選択する必要があったかもしれない。彼は執筆を断る政治的手段を選ばなかった。結果として林達夫風のイロニックもない日本独自の「優等生」的な記述がそこにはある。私は弟子ではないが、彼の下で学んだことのあるものとして、「平成天皇と象徴天皇制」という論説の次の結語には今も驚きを繰り返さざるを得ない。曰く「日本が世界の大国と伍すようになった今、象徴天皇を通じて、日本国民がどのような原則で統合されているかを世界に示すことは、ますます大きな意味を持つに違いない」(『北海道新聞』一九九〇年)。まさに彼は優秀な皇国少年でもあったのだ。[2]

上記で示された「忠誠」はその後否定されたことはない。高畠は、九三年の著書『生活者の政治学』で更に一歩を進めている。天皇の権限をドイツやイタリアの大統領に、「非政治的」な意味で「近い」としている。しかし、天皇制は民主体制における大統領と比較しえるものではない。[3] 表現的にはコンフォルミズム・デギゼを採っているかもしれないが、保守党による「元首化」のプロセスを既成事実として認容している。もし彼の学生であったものならば、これらは現前のことであり「過ぎたこと」ではない。

2.「既成事実」批判の放棄

その高畠の論説の問題点を根本から批判しているように見える仕事のひとつに井上達夫氏の「天皇制を問う視角—民主主義の限界とリベラリズム」があると言える。[4] この論文は別に高畠の天皇と民主主義の共和を意識しているわけではないだろうが、「天皇制」をめぐる高畠の学者としての個人的資質が高畠自身の意図に反してリベラルなものではなかったことを論証してもいる。「生活者の政治学」の基調は民主主義と、経済大国日本における元首的性格を持つにいたった天皇制との「幸福なる結婚観」の上に敷かれている。その上で自民党政権の「逆コース」路線が民衆からの支持を得ていないことを述べているのであるが、当時の社会党や自民党の変化を診断する眼に甘さはなかったか。ここに見られる「既成事実」への無批判性は四〇歳代の高畠には見られなかったものだ。

井上氏が、ご自身で引用した小田実の一文から強引に「市民社会＝民主主義」という把握を持ち出していることには異論があってしかるべきであり、小田の表現への批判とはなりえてもその思想の批判には及ばないであろう。小田が依然として市民社会の中で考え、動いている現実とその思想は井上氏の言う意味でのリベラリズムに近い。

高畠が嘗て雑誌『思想の科学』に「ラジカル・リベラリズムの可能性」を書いたとき[5]、中央公論社による思想の科学天皇制特集号廃棄事件に触れて「公権力」による言論の自由への介入という面に重点をおいて事件を論じている。青年時の彼が「天皇制」そのものの吸引力とは独立した「公権力」に注意を向けたことには注意を要する。興味深いのは同じ号で高畠は市井三郎と座談会で対立していることだ。ヒロヒトの死に際して彼に持ち上がった思想的変動はむしろ市井がその場でこだわった立場に関連している。市井は、その後、久野収が高畠に持った懸念をも共有していた（註2参照）。

3．天皇制と戦後世界

いくつかの民主国家に王室がある例を引いて「王室と民主主義とは対立するものではない」と

いう議論は、国民と王室との政治的共通体験の深い国（スペインなど）や議会や政府そして国民との間でエゴイスティクなイニシアティブをとる階級として存在している王室（イギリスなど）では当てはまる。天皇制の場合、憲法が翻訳の過程に創作された「国民の総意」を「国民統合の象徴」の条件としていることが敗戦時の国民の対応に反映している。

その背後ではヒロヒトを主人公とする「天皇家の戦い」があり、[6]彼の家族だけが「皇族」として残ったのである。その後、国民投票によってこれを支持する「意志」が再確認されたことはない。最高裁判事の国民信任投票を行なっているように天皇の「象徴」資格を問う投票を行なうべきであろう。右派に転向してものを言えば、天皇制が国政に復帰して百年経ってもその正統性についての教育を受けた試しがない。「国民統合の象徴」たる天皇家の正統性を国民に知らしめるためには徳川期における皇位継続史の研究の遅れが目立つところであろう。また現代の皇族に信教の自由が伺えず、古代の仏教信仰の先駆的階級であることが現代に生きていないこと、さらには国民の多くが習慣として従っている仏教文化に対する離反があることも戦後世界における皇室の特異性であるとしたら、それがどのように国民内部で消化されているのであろうか。即ち、戦後民主主義の虚妄は天皇家の正統性よりは信頼に足りうる論拠を持っている。

しかし当面、日本の天皇制は「民主主義」体制の中で、激動するイギリス王室やスペインにおけるブルボン家の継続を策するファン・カルロス国王一家[7]などに比べると格段の安定を得ており、しかも、王室を時として冷たく観察する教会を外部に持っていない。西欧では国民の王室に対する目は議会や行政府、大統領及び教会など、それぞれの民主制権威確立の下に研ぎ澄まされている。日本国民の目はどうか。

藤田省三に「戦後の経験よ、〝経験の古典〟となって永遠に生きてあれ」という言葉があるが[8]、私たちはその経験をきちんと日々に新たな気持ちで読みこなしているのだろうか。皇室が国民に親しみをもたれているという気分がどこから作り出されているのか。

4. リベラリズムの観点

メキシコに発つ前、高畠と雑談し、これで天皇の死ぬ時点で日本にいないことが可能になったと言うと少し間をおいて「何年いるつもりなんだ」と聞かれた。しかし、今、私が共有しているのは「戦争を知らない」日系一世の立場だろう。彼らの多くは一九二〇年代における日本の窮状の経験はあるが戦争期には全体主義状況の外にいた。彼らのほとんどが経験を持たないことを後ろめたいとしながら既に鬼籍に入っている。しかし、高畠の晩年の経験を共有する必要は私には元よりなかった。彼は責任を取っていないのだ。

高畠は八二年頃から「声なき声の会」や「思想の科学研究会」との関係を彼流に清算し始めた。黙って引き下がれば問題はなかったがそれぞれに強引な、あるいは権威主義的なショーを張った。声なき声の小林トミさんは遺著の中で事態を極めて穏便に書き残している[9]。私も上記の東京での再会以降、彼の側から「誤解」を増幅させて関係を断たれた。そこで展開された排除の論理は職権乱用そのもので、彼の同僚の名も列記され集団的圧力を伴っていた。この体験は、それ以前の、そしてその後の彼の仕事への疑問を私に植え付けてしまった。

天皇死去にまつわる「ほとんど戦前のような現象」への私の無感動に問題があるとしたら、そのような事態は七〇年代から想像できたし、そのための戦後思想の積み重ねがあったのだと繰り返したい。

「戦後の天皇制に依然まつわる〝重苦しさ〟の真の問題は、その反民主性よりも、反リベラル性にある」という井上氏の指摘は昭和最後の体験に裏付けられている。竹内好が「一木一草に天皇制がある。われわれの皮膚感覚に天皇制がある」と言い「もし脱却の努力を放棄するなら、その瞬間に天皇制の非人間性」が私たちに移ってくると言うとき、[10]その反リベラル性の特質が正面から私を捉える。これは海外在住日本人が（あるいは本国人も）心待ちにする「褒章行事」の、天皇制からの遮断ぐらいではすまない。高畠が「天の真名井」という概念を批判的に扱った折原脩三氏の文章を高く評価していたことを思い出す。[11]

久野収も指摘するように、天皇制は常に日本と他の世界との差異を強調する世知辛い論拠を提供するものに他ならない。

5.「癒し系」政治学批判

高畠の天皇制発言は、気まぐれや間違いといって済むものではない。それは数年間補正され、『生活者の政治学』で民主主義的な体裁を仕上げられた。この間、鶴見俊輔氏らがどのような反応を行なったかは情報不足で知る段階ではない。しかし、鶴見氏は最近の「声なき声」の集会で「優等生」としての高畠独自の生き方を評価している。

私の懸念するのは、象徴天皇制を積極的に市民の統合原理に近づけた高畠が、何事もなかったように繰り広げる市民政治論が、無批判なままやわらかく理解され問い返されることなく教科書化されてしまうことにある。彼はヒロヒト死去当時の論説をしっかり否定してはいないのだ。井上達夫氏の論文を私は息苦しく読んだ。

それでも私には「それ以前」の高畠に語った抱負どおりに第三世界にうろつく自由はあるというものだろう。失われたものよりも「可能性」として開かれたものへと私たちは歩みだそう。これは少しも私を癒してはくれないけれど。

註

(1)『日本の歴史25』太平洋戦争、林茂、中公文庫、一九七四年、二八二頁。

(2)「しかし、こういう分析(戦前左翼や丸山派)で欠けていたのは、内と外との弁別の問題だと思う。日本人の外側に対する区別というか差別というか、つまり、日本人は他の国々の国民と違うんだという差別の表現として、天皇は今日でも残っていると思うんですよ。」久野収の高畠との対談での注目すべき発言。対談「天皇制と言論の自由」『思想の科学』一九七七年四月号、主題「日常意識としての天皇制」。

また潮出版社から出た『共同討議「転形期」八〇年代へ』加藤周一、鶴見俊輔、日高六郎、高畠通敏の二一九頁以降に見られる加藤周一氏との高畠の距離も注目に値する。加藤周一はさらに高畠の立場に懐疑的であったし、高畠が天皇を政治的存在として認めてからはほとんど高畠を認めていない。

問題は、高畠の論説が彼の同僚や弟子たちにも不問にされ、遺著にもそれは「再考」されていないことだろう。

(3)『生活者の政治学』高畠通敏、三一新書、一九九三年、五二頁。

『日本政治の構造転換』高畠通敏、三一書房、一九九四年、四一頁。

(4)『現代の貧困』井上達夫、岩波書店、二〇〇一年。上記論文は一九九二年に発表されている。井上氏の天皇制に対する国民の支持の論拠はいくつかの世論調査である。「国民の総意」を世論調査の結果と同一視する論拠が明確ではない。天皇制に対する国民投票を制度化する運動が必要であろう。

(5)「ラジカル・リベラリズムの可能性」高畠通敏、『思想の科学』一九七二年三月号。

(6)『天皇家の戦い』加瀬英明、新潮文庫、一九八三年。

(7)「フランコ以後の三〇年」、Marcos Roitman Rosenmann. La Jornada, 26 de noviembre de 2005.

(8)「戦後の議論の前提」藤田省三、『思想の科学』一九八一年四月号。

(9)『「声なき声」を聞け―反戦市民運動の原点』小林トミ、同時代社、二〇〇三年。

(10)「権力と芸術」、『竹内好評論集　第二巻「日本イデオロギー」』所収，筑摩書房、一九七三年。

(11)「「天皇という観念」の横すべり」折口脩三、『思想の科学』一九七七年四月号。

〔『アソシエ21ニューズレター』二〇〇五年一二月号〕

(付記) 本稿を書いてかなり経ってから、高橋貞樹の『被差別部落一千年史』(岩波文庫) の序文を読んで、高畠が『共同研究：転向』の「一国社会主義者」で批判している佐野学が高橋の研究を支えていた事実を知った。「獄中転向」と「バブルの最中での裕福な転向」、私は佇んでいる。

米墨国境のフォークロア

……ある民族が、ひとつの使命感と運命をもっている、という感情を、ある民族に与えるのは、みたされない欲望の自覚である。……

（E・ホッファー『情熱的な精神状態』第二四節。平凡社）

……開発政策の分野には、政策立案者たちが、外部から送りこまれたいわゆる専門家よりも、反対に当事者である内部の人間が言いたいことにもっと注意を払っていたら、高い値段についた失敗が回避されえたであろう事例がいっぱいある。……

（P・バーガー『犠牲のピラミッド』第四章。紀伊國屋書店）

ボーダレスの時代というのが、もともと国境線を戦時体制下にしか歩いたことのない日本人のはやり文句であるらしい。国境がなくなったというわけではなく、国境を突き抜けた社会になってきた。グローバル化と称して局地戦争を起こしたりする勢力の尻馬に乗りつづける島社会ではあるが、その「国家枠」の中で国籍不明の文化が生じてきた上に、若い人たちの文化的アイデンティティーも国籍に縛られなくなった。意識の中に存在しない国境。しかし、むろん、日本の若者らの何パーセントかは「世間」の風習に従って「一流大学」を目指し、「一流会社」に入り、第三世界の人間を踏みつけにするわけではある。それも国境を越えた現象である。そういった、日本の「一流意識」が、グローバル化世界の良識にさえ沿ってはいないということも国境を超えて常識になってきた、ということを本稿では、現実の後追いのかたちで触れることになる。

現在、世界各地に日本人は出入りしている。それらの地域のひとつに米墨国境のマキラドーラ地域がある。日本におけるめぼしい家電メーカーの大半がこの地域に生産基地をおいているといって過言でない。その他自動車産業の各種部品メーカーなどこの地域における日本企業の割合は場所によってはアメリカを凌駕している。そして、アメリカ側の不況が影を落としている現状でもこの地域の生産活動に企業側が意気込みを捨てないのはアメリカ市場と、メキシコの安い労働力への魅力があるからである。

しかし、労働力の安価に甘える時代は過ぎつつある。物価が先にグローバル化し始め、安い労賃に労働者側の生活が耐えられなくなり始めている。日本の高度成長が、「所得倍増政策」と軌を一にしていることを日本人自身が忘れては困るというものだ。それまでは日本製品の品質もダンピングに見合った代物であったこともある。

さてメキシコの物価はここ数年安定を保ってきた。それでも最近の物価は次第にアメリカ並みの水準になってきている。書籍や新聞はアメリカよりも高い。最近、『ラ・ホルナダ』という新聞が八ペソに値上げをした。ページ数は多いにせよ、二〇〇一年八月初旬の一ドル＝九ペソというレートから見ると高価という印象をもたざるを得ない。八六年にわたくしがメキシコに着いたときには新聞は二〇米セント相当であった（同じころ『ロサンゼルス・タイムス』紙は二五セント）。

一般家電製品の値段は日本と比べると安いが、現在の三〇代前半で八〇〇ドル相当の収入があればいいほうだという状態であるから高めである。ビデオカメラとかラップトップパソコンなどは世界どこでも同じ値がついている。生活費は一貫して上がりつづけている。

国境地域の特色は、アメリカの安物の物価がメキシコよりもさらに安く、中古自動車が安いことから、それにまつわるいろいろな動きのあることだろう。またスペイン語の書籍など、文化財の入手がメキシコ側では難しくなってくる。メキシコ・シティの新聞を三―四倍の値段で売っていても、書籍は手に入らない。アメリカ側のガソリンはメキシコ側より安くて燃費がよい。なお、メキシコ政府は安いアメリカ中古車の侵入を阻止するため国境地帯住民にのみその購入を許し、他の地域でのアメリカ中古車の直接販売と使用を禁じている。

国境に工業団地を設けて企業の誘致に勤めるメキシコ政府は、同時に国内の雇用不安地域の住民をこれらの国境での雇用に充当しようとする。ティフアナではシナロア州の若者たちが職を求めてやってくる。シウダ・フアレスにはドゥランゴ州、チワワ州南部から、レイノッサにはベラクルス州からそれぞれ大量の若者たちの移住が見られる。彼らは自分たちでその新天地に定着するどころか、親族や親戚を次から次へと呼び寄せては国境の住民にしている。また工業団地のプラントで働きつづけると小学校、中学校の卒業資格が与えられる機会もある。これらは政府のプラント側への条件である。

元からその地域に住みつづけている人たちはこの二〇年の地域の変貌を整理しきれていない。いきおい、新しい住民たちへの嫌悪感も生じるが、新しい住民のほうの数が多い。そして人は人間であるから、生活を接しながら、それなりに理解し合える。メキシコの地元の人たちには理解できない人たちが来る。日本人である。彼らは、工場のある地元には住まないで、アメリカ側に宿舎や住宅を持っている。経費削減だといってメキシコ人の首切りをしながら、断じてその理不尽な生活形態を変えようとはしない。企業財政に負担をかけている。

ある企業の財務部長でプラントの法的代表を務める人物、仮に徳永氏としておこう。その彼は、人事部長に暴言を吐いて、そのうえ首を切り、そのメキシコ人に対する非友好的な姿勢によって地元の新聞に評論された。その後の法的処置がどうなっているのかはわからないが、彼はアメリカ側に住んでおり、その反メキシコ人的態度はますます募っているようである。彼がやってきて、そして、彼が去った後には彼の横暴な態度に対するメキシコ人同士の論評がくすぶるのである。あるとき、倉庫事務所にやってきた彼は出庫責任者ミゲルに棚卸のための双眼鏡を買えと、札入れから一枚の一〇〇ドル札を取り出し、空中に放り投げた。一〇〇ドル札は半円の弧を描きながらミゲル主任の机の上に落ちた。その一〇〇ドル札の運動を、そこにいた経理の木下社員や数人のメキシコ従業員はそれぞれ違った立場と論理から、眺めていたのであろう。二秒ほどの沈黙が、机上の一〇〇ドル札をめぐって支配した。

簡単に海外で地元社員の首を切る慣習は、財政負担に悩む日本の本社でも採用すべきであろう。人事課は、不必要な人物に向かって、君は社風に合わぬといって切ればよいのである。例えば社名に傷をつけたというのは簡単に会社側で状況的判断を下せる。もはや肩タタキや窓際社員化だけでは悠長すぎる。社員の公平を社訓に入れている会社は、これで日本社員とメキシコなどの社員との公平を図れる。それにより企業は自己の思想にも、他者にも正直になれる。そういうシステムにすれば他国でその企業の精神に殉じる他国籍社員のプライドは向上するだろう。そして本社は終身雇用に甘えた日本人社員の他国民への横暴をキャッチできる。地元社員に対して日常的に二枚舌を使いながら仕事をさせ（これが植民地主義の現実形態ではある）、「日本の企業では嘘をつくのは最大の悪で、首以外にない」などと言う社員は多い。

日本人社員を解雇する際、人権問題にからめるものがいるとすればお笑い草である。日本の論理を貫く立場の人間たちだけに人権を供する司法があるとすれば、その司法は不平等な原則の上にたっており、差別を根底においている。もはや現代企業には国境はないということを企業自身が認めて宣伝しているのである。地元の企業を最優先にした法習慣を活用すれば問題は少なく済むであろう。つまり、派遣社員をその資格のままにして経費の拡大を招くよりは、現地法人の社員にし、現地法人で処分も活用も一任すればよい。本社の命に素直でないものはその場で解雇すればよい。企業が一刻も早く本国従業員の給与及び雇用削減に成功すれば軽量化の弾みを生かしてさらに大きな可能性を導くであろう。

もちろん、支社長含めて日本人社員は従業員と同じ社会に住むべきであろう（これがアソシエの素直な形態）。給料も物価の安い分（という神話を逆手にとって）低くしなければ日本国内の生活水準との不公平が生じる。そして、これは従業員の勤勉さに反映してくるであろうし、会社幹部が自分らとは違う世界からきた搾取者であるという今まで凝り固まった印象を除去できるであろう。そして会社に忠誠な日本人社員も、自分らと同じ水準の給料をもらう地元国籍の社員と同じ立場に立って会社に貢献でき、仕事ができるわけである。すばらしいことではないか。これで日本企業は、むざむざと失敗に高い経費をつむことを免れ、泡沫（日本では英語で表現された）の気分から抜け出して、もう一度、あの失われたハングリーな日常を取り返すことができる。

企業の身勝手によって、首を切られた社員は、ではどうするべきなのか。もちろん自負して余りある自己の技術をもって子を捨て妻を捨て、あるいはそれらを連れたまま新天地を求めればよい。簡単なことである。第三世界的な日常事を、あたふたと大変だ、何だかんだと慌てるから、文明の危機に至るのである。サンヨーのティフアナ支社長も、札束を切っておおっぴらに遊んでいるところまではメキシコのマフィアも顔負けの第三世界の顔役を勤めていた。でも、ちょっと横丁に隠れて愛人がどのような仲間を持っているのかまでは想像力を働かし得なかった。

マキラドーラ・プラントを引き上げた会社はサンヨーを含めて数多い。それらが「失敗」であることを認めず、ただメキシコ人の後進性の故であるという報告書で満足している企業があるなら、そのような企業に社員はいる必要がない。ひとりで第三世界の人口密度の多い街角に小さな工場を作り、本当に人間生活に必要な技術を練り直す努力をするがよい。そうすると「不必要な技術」の存在にまで気がつくであろう。

アメリカの不況が長期化しているので、まだ、撤退計画を棚に上げている企業では生き残りのための戦略再編とその体制作りが急がれている。安定成長へと軌道修正するにはなおさら、地元社会との共和が必要であろう。

松下幸之助や井深・盛田の「神話」は、同時に多くの技術者の組織化の歴史に裏付けられている。しかし、それは散らばる時代に差し掛かっている。体制は組織化の中に置かれていても、経営陣の施策に技術者が口出ししないでいる時代ではなくなったこともある。

今回の不況は転換のためのよい機会であろう。企業にいる技術者のグループが、生きる意味に立ち返って技術を自分たちのものにするための旅に出ることを勧めたい。それはもう、日本では意味をなさないかもしれない。なぜなら、それは他を凌駕するための技術ではなく、より基礎へ基礎へと遡及してゆく科学を要するからである。それをたった一人で志していたカナダの技術者が、経済的に行き詰まって苦しんでいる現場に私はいたことがある。自分のしていることに満足することができないという彼の苦しみを、私は黙って聞いていた。それを集団で共有するべきだろう。

メキシコ政策立案者側の問題は紙幅の都合で省略する。私の聞こうとする主題は国内的には既に序奏の始まっている可能性もある。

〔『アソシエ21ニューズレター』二〇〇一年一〇月号〕

(付記) 本稿を書いて二〇年以上が経っている。現在、国内における正社員削減策が表面化し、国内における派遣社員扱いの増加、および労働組合「連合」の経団連や企業幹部との「癒着」が体制化してきた。これらを背景として、組織票の横行による「民主主義の瓦解」が二〇二三年に帰結と見ることもできる。これらは、しかし、日本国民の持つ「エスノセントリズム」による「バブル」以降の他国や他者への目配り不足からの帰結ともいえるのではないだろうか。

原発事故は日本の仮面を剥ぎ取った

もちろん戦後日本の仮面とウソには既に気がつく向きも多かっただろう。その、気がついていた人たちが何もして来なかったことも地震と津波は僕らに教えてくれている。小池裕章さんが何かの集会で「今回の事件を防ぐことができませんでした。専門家としての責任を感じます。ごめんなさい」とおっしゃったことに胸を突かれる思いをしたのは僕だけではなかろう。仮面とウソを前にして僕たちは何もしてこなかったし、譲歩してきたのだ。戦後が虚妄であるというある時期の「現実主義」は、むしろ、ウソと仮面を持って官僚や経営者たちを武装させたに過ぎない。その意味で、丸山真男の「戦後の虚妄に賭ける」というレトリックは東大などの官僚制を弁護している。仮面とウソを見る見地から原発事故をめぐって注目した、いくつかの事実がある。

1、まず国民に事態の真相がつかめない段階で、三月一一日、東京電力側は一度、すべての責任をほおりだして人員を避難させようとした。

2、自衛隊が原子炉への放水作業に加わった時点で、おなじ自衛隊員のなかから「危険な作業をさせられるとは聞いていなかった」という声が上り、以後、自衛隊は放射能そのものとは「戦っていない」こと。（三月一八日の朝日新聞報道）

3、この自衛隊の本音は、皮肉な「アリガトウ作戦」のアメリカ軍の援助とも関連し、日本人のお人よしな奴隷根性とも関連していた。メディアからも日米安全保障条約の名は一貫して避けられていた。

4、メディアの発表は操作されていることが明白になった。原子力関係の諸機関の内実だけはそれでも国民の前に透けて見えた。両者のウソの一体性について外国（特にドイツ、アメリカ）のメディアの指摘は早かった。なおニューヨーク・タイムスは三月一三日には部分的メルトダウンが起きたことを報じている。

5、二〇一一年一〇月始めの時点で、東電や政府の発表では「低温停止」にコントロールできているとのこと。ところが、放射能の拡散は未だ広がる傾向にあることが明らかになっている。政府の食料品への放射線許容値が甘すぎるという指摘は、海外の機関からも上っている。

6、原子力潜水艦や軍事ヘリコプター（ストロンチウム落下事件が沖縄であった）の危険性や山梨の市立病院のような放射性物質管理の危うさが、今やっと人々の意識に上り始めた。フクシマのみならず、原発一般のメンテナンス作業員たちの人権問題ももう少し注目されるべきだろう。

これらはすべて沖縄と関連し、もちろん世界の運命とも関連している。国際的な注視の中で、フクシマにおける展開は、日本人民の努力と誠実を証明し、対照的に官僚組織と政府の欺職と不誠実をも確証した。

沖縄人民の誠実は、戦後一貫して日本の政府や官僚組織の欺瞞と虚言の中で「政治」の上では翻弄されてきた。指導者自身が、選挙の勝利を日本国政府や官僚たち保守勢力の利害に足をすくわれてきた。地元の国政上の利害が、地元どころか日本の良心を翻弄して来た。なるほど、沖縄経済は発展しなければならない。それは非武装の国民総参加の平和部隊の前線基地となることで沖縄は人でひしめき金にひしめくのだ。アメリカが、若い兵卒ではなく壮年の良識を世界の平和協調路線の確立のために教育しなければ、沖縄は彼らを排除しなければならない。施設は平和確立の目的を持ったものしか沖縄の土地に許すべきではないし、施設そのものの必要性にも疑いを持たねばならない。沖縄の自然の恵みを再建しなくてはならない。

なるほど自衛隊も米軍も死体を見つけ、泥の中から同胞を救ってくれた。しかし、放射能とは戦ってくれず、国民は危険にさらされたまま。むしろ援助の持続性については両者は頼りにならないことも明らかになった。もちろん、頼りにするべきではない。辺境と呼ばれることもある土地に原発や米軍基地が建設されるが、それは小さな国では辺境ですらないということが日に日に明らかになっている。ましてや、沖縄のような国境境界地域への認識は、もはや中央と周辺の国際政治における認識の転換さえ迫っている。沖縄は平和戦略の中心基地となるべきであって、その波及効果が国内全域に伝わるべきなのだ。

アメリカと政府は「普天間」に執着している。いや、沖縄に固執している。しかし、これは日本の問題だ。沖縄も、「普天間」も日本の本土なのである。[1]「辺野古」が埋め立てられるとき、僕らの歴史は地中に埋まる。まだ僕らの叔父の骨も帰らない。辺野古に杭が打たれるとき、すべての女が犯される。すべての琉球弧、すべての日本島輿、すべてのアジアの女たちが犯される。誰が平和を守るのか？　あの「アリガトウ作戦」の束の間の笑顔の青年たちの仮面とウソが、僕たちの身体を台風のようにばらばらにしてしまう。あの自動車や瓦礫や建物に粉々にされた僕たちの同胞の肉と血と骨があの虚妄の友情づらに跳ね返る。

〔「沖縄原発フォーラム・シンポジウム・パンフレット」二〇一一年一二月三日〕

註

（1）「沖縄も「普天間」も日本の本土なのである」という記述に対して厳しく反省したい。本書収録の「日本的出世主義の到達点」の冒頭に置いた輿石正氏の文中に「心の本土化という差別」という表現がある。沖縄自身の問題は「本土復帰」というレトリックと過剰な基地化の下での植民地化を抜きにして語れなくなっている。バスクのような自治化、あるいは独立の選択肢はあってしかるべきだろう。

ニホンジンの足元

最近の日本の政治状況はまったくの外国人（『エコノミスト』の記事以降、日本への視線がダイレクトになりつつある）が見ても痛ましい体たらくで、それはある意味、ちきゅう座（論説WEBサイトの一つ。社会評論社の松田健二氏が主宰。編集委員会は独立している。本稿はそのサイトへの投稿記事）の中にもいくつかの兆候を見ることもできる。

たとえば「護憲派」という言葉の扱い方がある。小生の知人の編集者も「護憲派」への非難をこの場で行なうようになっている。

小生は一方でメキシコ日系社会の稲田化現象のそばにいて町内会社会の雛形を観察しているのであるが、ニホンジンの現状をいくつかここにメモしておく。

1．左翼反護憲の論拠は憲法第一条であるが、それには「国民の総意、WILL」を明確にするための手段形成を怠ってきたことへの反省も必要だろう。自分は関係ないけど天皇制は反対だというのは政治思想上の怠慢を棚上げしているに過ぎない。また、憲法に反映している様々な意図にも留意するべきだろう。ＧＨＱやヒロヒトなどが持っていた日本国民の平和主義・民主主義への危惧あるいは不信が、例えば第九九条にも、散見できないだろうか。

2．秘密保護法とかいうのは正直に言って左翼には昔から「非成文法」として存在していた。左翼ほどの、根拠を明示しないで他者とのコミュニケーションを操作する達人集団は存在しない。もちろんその閉鎖傾向は原始キリスト教団風の数の規模にも起因しているのかもしれない。「悪霊」以降も続いている自身の病についてもう少し敏感になる必要があると思う。

3．単純明確な平和主義を守る戦後の憲法ルールが左翼にも右翼にも結局理解されていない。小生は国共合作以降の世界に生きているので表面上の主戦主義者尾崎秀実を裏切る立場でもある。市民的レジスタンスは必要である。同時に、国家利用のすべての暴力、国家権力側のすべての武装を否定することは現在の重要課題であり続けている。その単純明快な国家武装否定がニホンジン左翼にも市民派にも失われつつある。警官の武装についての議論も必要であろう。

4．最近のFacebookのグループでは盛んに議論が行なわれていて結構なことなのだが、管理人の連中の奇妙な性格が傍観していて本当に興味深い。最近「思想の科学研究会」は社団法人を解除してただの任意集団になったのだが、それについてのコメントをそのグループのFacebookに書いたら削除されてしまった。そういうことは彼らの「多元主義」の限界を語るものだが、鶴見俊輔亡き後の傾向をうかがわせる。削除は問題ではない。問題は説明がなく、その説明能力の有無にさえ疑問が残ることなのだ。
5．ある人材をある研究集団に紹介したら、最初に酒の飲み場で酒を飲みながら話し合ったそうだ。おいおいという感じである。「仲間に加える」つもりで紹介したわけではないし、日本以外でそんな対応をしたら真面目な人間だったら怒り出しかねない。仲間主義的対応はそれ自身間違った組織運営だろう。
6．小生は海外生活に疲れるという暇もないほど生き残りに時間を割かれているので定年もなく生きている。日本で定年を迎えた連中は厚生年金という収入で知性を買っていただきたい。最近付き合ってきたサラリーマン連中の「ルール」に対する対応については別の場所で書いてきたが、「決まりごと」を守れないどころか、「決まりごと」として認識できないニホンジンが増えてきている。ABEはひとつの例に過ぎないとしか、小生には思えて仕方ない。最近、トヨタ、日産、ホンダといった会社へ部品を供給している会社でISO/TS16949の認証のための条件である遠隔基地監査（それほど緊密な監査を要するわけでもないが）をオミットする対応をしてきたので退社したのだが、その会社は認証の予備監査で不合格になった。その後、認証会社主導で認証は得ているが、日本車の主要メーカーに部品供給をしている会社がこのざまである。日本車の安全神話はすでに確実に「神話」以外の何ものでもない。
7．ニホンジンの「知性」を支えてきた学校教育、報道機関や文化産業の問題なのだろうが、最近のコミュニケーション形態の変化に対する歯止めが必要ではないだろうか。最近の日本語には各単語ごとに解説をいただかなければわからない面もあるが、奇妙な権威主義が横行している。ウザイとかね。他方、大使館などで会う官僚たちのボキャブラリーや対応には一種のニホンジンたちだけにしか通用しない「内輪」の了解傾向があり、部外者に対する無礼と映ることさえある。また大使などの発想も強権的でコミュニケーション的ではない。同時に、そのような強権性が左翼のメンバーの中にも見られるのは、ニホンジンの場合、昔からだが、残念なことでもある。

8. 日本が確実にラテンアメリカの強権支配とよく似た社会になりつつあることは慶賀の至りであるが、それなのに「選挙結果」をそのまま信じる「機構信仰」がまだ支配的なのはどこか片手落ちの文明だなという個人的な観察もできてしまう。選挙集計システムの会社の株主が現在の政治首班であるというのに誰も何も告訴もできないでは、日本は社会形成上の基本的な常識から検討していかなければならず、またニホンジンの「質」も問われていくことだろう。選挙不正の可能性は突き詰めていかねばならず、最終的には安価なガソリンの手も借りねばならないだろう。

〔「ちきゅう座」二〇一六年五月九日〕

非国民エピソード

日本国憲法（一九四六年）第二十二条、第二項。

何人も、外国に移住し、又は国籍を離脱する自由を侵されない。

Freedom of all persons to move to a forein country and to divest themselves of ther of their nationarity shall be inviolate. .....

日本語には憎憎しげに他者をののしることのできる言葉が少ないとある政治学者が教えてくれたが、基本的に日本国民は普通名詞を憎憎しく発語することでフラストレーションを掻きたてることができる。歴史的には外国から蹂躙された経験の乏しさと帝国主義的侵略の歴史が隣国の名称を蔑称にしてしまう。朝鮮半島は「併合」され、日本となった歴史を持つ。けれども日本国民はかつての同胞たちを憎憎しげに外に押し出そうとしている。同胞を異国人化したのは日本国民の歴史だが、勝手に同胞化したのも日本国民だったのだ。併合時代には日本語は強制だった。同時に両国の関係は皇室からはじまって血縁的にも深まった。その事実を現代の日本人は否定したいらしい。ここにあるのは精神病理的な忘却形態だろう。だから、現代でも、多くの日本国民には他国の人々の苦悩は伝わらない。それどころか、沖縄や福島などの同胞の隣人たちの苦悩も全く伝わらない。憲法の前文は、悲しくその「日本人民 the Japanise people」の現実を眺めている。

非国民という言葉がある。「国民」にあらず。これが憎憎しげに発語される状況がある。「日本国民」に不利益を及ぼすものは「非国民」なり、だそうである。だが、いくら小生が「非国民」でも、小生が「日本人民」であることにはかわりない。憲法二十二条の「なんびとも」という主体は、前文から始まって、ほとんどの条項がそうであるように「日本人民」であるが、憲法の文脈をはみ出す契機もある。なんびとも All persons 、、そこには「併合」や植民地主義の歴史が鈍く光り、未来の青年たちの息吹も感じられる。日本国公定訳文のような「国民」へのこだわりから解き放たれているのが憲法原文なのだろう。訳文には「国体」へのこだわりと「国家」の威厳保守とが共存している。(1)

この国体へのこだわりは戦後の復員を経た男たちの中にはいきり立つこだわりとして残った。赤紙で旅立った若い兄弟たちは体も声も帰らず、国家からの戦死報告だけで始末されてしまった。小生の叔父たちの若い顔は十九歳と二十歳のもので、七人兄弟の長男であった父の苦しみはそこにあった。歴史的現実となった戦争全体へのこだわりは戦中世代の広く共有するものであった。

コミンテルンの策謀とは全く異なった視点から、毛沢東は人民解放を企て、「国共合作」を実現した。コミンテルンの手先であった尾崎秀実は、コミンテルンの策謀を教科書的に受け取り、国民軍と日本軍との消耗、を画策した。それだけだ。それで日本側も何人かが死んだのだ。それだけだ。それで、関東軍に加わった叔父の言葉を借りれば、中国人は「面白いほどに」死んで行ったのだ。

小生の父はその自慢話を聞くに堪えず、いつも怒鳴り合いを演じ、しまいには家族を巻き添えにしていた。前述した叔父たちのうち二十歳前後で、どこかあどけなく若かった二人はフィリピンと東南アジアで戦死したことになっているが何ひとつ帰ってきていない。「帰らず」戦死報告だけなのだ。父に一度、フィリピン戦線にいた手塚治虫が「野豚の肉」を食わされた話を話した。仲間食いが始まっていたというのだ。その話を聞いたときの父は両耳をふさぎ憎しみに身をよじりながら怒鳴り、「何でそんな話を俺にするのだ」、そして、泣き狂った。彼には思い当たるふしがあったのだ。

尾崎秀実は主戦派として中央公論で論陣を張っていた。表向き、彼はスパイであったのではない。権力側の戦争鼓吹者であったのだ。(2)

小生にとっては、その二人の、戦死したことになっている叔父たちは死んでいない。死んだ証拠もないではないか。「非国民」は他者を罵る言葉として、現在でも日本国民の中に生きている。そして、小生も戦地から帰らない叔父たちも、その現在の「国民」を「人民/people」として見ようとする「非国民」として生きているのである。

註

(1) 合法的な非国民になるためには、日本国大使館によれば日本外務省はすでに小生の国籍をサスペンドしているので(国家権力は正しいらしい)、あとは小生がサインをしに行けばよいだけの話しである。このように、国家のほうから憲法の精神を踏みにじり続ける歴史を日本の教育体制から最高裁まで貫いているのがこの国の現在だ。

(2) 日本という国の風物を思う心は、すなわち、カントリー次元での郷愁は、いまだに強いのだが、憲法に反して、御国(自組織)一番、自分一番の国柄は好きにはなれない。それでいて、それだからこそ、アメリカの雑誌記事で Why Japan is Begging Trump for Help という見出しが現れるような行動態度が身についてしまったのだろう。こんな世界でエリートになる連中の人間的な底を佐川という財務省の官僚は見事に提示してくれている。

(3) 私信に書いたものをそのまま「日本の方へ」というタイトルで思想の科学研究会会報一八五号で発表された。小生には「日本の方へ」というスタンスが精神構造の中に存在しない。従って、私信にそれを書いたことは引っ込めようがないが、友情をもって、責任の持てない形で掲載されたことに抗議したい。基本的には反「出世主義」論は大学解体論とともに小生の骨と肉を形成している。また「スパイ」を裏切ったと尾崎秀樹や加藤哲郎などのエリート主義者に追及されている人たちは、父母の戦後史の一歩先を歩んでいた。思想の科学社には牧瀬菊枝編著『九津見房子の暦』がある。

註（3）で触れられた文章

官僚の作った一連の戦争法制の全貌をまだ知りませんが、もう、立身出世主義はやめましょう。学校には権威主義的な教師は要りません。じっくり好きな学問のできるシステムを考えましょう。稲田のような主戦論者が尾崎秀実でしたが、スパイだったというので評価されています。しかし、公職にある人間は人をだましてはいけません。スパイも政治家もうそをついてはいけません。立身出世主義の学問は学者の太鼓もちの編集者によって曲げられてきました。図書館蔵書の問題をSNSの時代に考えて見ましょう。キッシンジャーは戦争製造業を続けていますが、SNSを思考の断片化として嫌っています。しかし、近代以降の書籍の発行は、特に日本では非常に権威主義的なコンテキストで生産されています。だから、日本の権威主義は異常に国籍にこだわります。囲われた権威の体系で知識階級は、庶民をだまそうとしてきたのです。最近、若者たちはこの装置に気がつき始めてきたのではないでしょうか。国境のない知識の成立にも日本の平和憲法は前文から一歩踏み出していると読むことができます。

〔『思想の科学研究会会報』一八五号、二〇一七年五月二四日〕

『思想の科学』の現在

1.

戦後の実務思想にかなりの影響を与え、一時は山口昌男などのライターを輩出した『思想の科学』はこの二、三年、一つの過度期を自ら実践し実演している。社会法人団体から最近、自由な形の非法人思想集団となり、若い人たちを中心に再生を模索している最中だと言える。

会長などの人選で、いまだに戦後的な価値観やネポティズムへの傾向が感じられるが、『思想の科学』という戦後の一つの象徴が脱皮にもがく姿の一環としてこれを見ることもできる。

過去の遺産の共有を計りながら、現在時点での展望と批判を試みることも、新しい会員たちの仕事の一つになるだろう。一般に読書量が少ないままに実務家気取りのライターになれば上坂冬子たちの二の舞を踏むことは明らかだろう。

かといって、最近のように東大系ヘーゲル学者などの講義を企画しているのは丸山真男などがいたころの官制アカデミズムへの接近の傾向を含むものかもしれない。実際、大学院系の連中の参加が増えている。

『思想の科学』の運動で大切な点は竹内好のように戦中戦後の継続の局面に激しい批判を持っていた人が、意外に七〇年以降から参加の頻度を増していることである。

実際、わたくしが『思想の科学』を物理的に知った時には大野力と森山次朗とかいうのが二つ顔を張っていて『思想の科学』とは昭和三〇年型の「実務学協会」みたいなもんじゃないかと思ったほどであった。

中核となる問題意識を組織する鶴見俊輔的人間がまだ誕生していない。テーマについては二番煎じを繰り返す恐れもある。

以前のように大学の外にある生活者の学問だなどと気を吐く前に、戦後の産業組織との連帯を生きた大学を解体して、市民性の原理を極めればいいのである。だから暴力論やテロの研究も非常に大切だ、と遠くからつぶやいている。

2.

九〇年代までの思想の科学研究会やその周辺には雑誌『思想の科学』がやはり基軸となっていたのだろう。当時論壇でもてはやされていた高畠通敏がしばしば事務局長をしていたが、思想の科学研究会内部では彼の人気はあまりなかった。人付き合いを重視する鶴見俊輔という偶像に甘えて集まる人たちとは高畠は異なっていた。もっとも高畠は事務局長をしているときも「事務局支配」を極度に嫌うタイプであった。こういう自己の立場を否定的媒介とするダイナミックな思想のタイプは現在の研究会の中にはいないようだ。また彼は何回か、人知れず自身のボーナスを会のために犠牲にしていた。他方、大野力氏や北沢恒彦氏などは、それぞれ異なる事務局タイプの研究会メンバーだった。彼らは自分たちの経験に忠実だった。『思想の科学』の終刊後、当時の研究会の事務局は、雑誌の復刊を高畠に頼り、利用しようとした形跡があり、高畠の気持ちを察する人材は、結局、集団的想像力に欠ける九〇年以降の思想の科学研究会にはいなかったのだなという感慨を持つ。

ここ数年の傾向として、シールズの元山仁市郎や神学者の八木雄二などあちこちから講師を呼んで「研究会」をしているが事務局の思い入れ過剰が会報における八木雄二紹介などに顕著である半面、現代社会に通底したテーマを取り扱って掘り下げたり共有化したりという絆は乏しいようだ。研究会会報で天皇制のアンケートをとった際、古参メンバーの何人かが明仁天皇はよくやったという感想を記していた。「天皇制」よりも「天皇個人」への印象へと帰着する「思想の科学研究会」の現在の思想態度にはいくぶん驚かさせるものがある。

最近は佐高信氏が退会されていて、慶応大学学生だったひとらしいコメントを置いているのだが、思想の科学研究会で何をなさっていたのかは判然としない。まだ古参にはいろいろな人たちがいる。中村智子、見田宗介、山領健二、室謙二、中尾ハジメ、などなど。しかし、彼らはすでに遠いところでサヨナラするのを待っているのだろう。

若手で論壇などで活躍しているのには小説家の黒川創（北沢恒彦氏の子息）や琉球論の親川志奈子などがいるが、線の太い連中はあまりこの研究会の会合に興味を持たないようになっているようだ。また、雑誌の活動を失っている現在、「研究会」自体が独自の感性を持った若いライターを生み出していない。会合などでは他のメディアで頭角を現したライターの名前が挙がる。

現在、小児科医師である本間伸一郎氏が事務局を支え、彼の周りの仲間たちで会を盛り上げているのは、このような集団の冬の時代には素晴らしいことだろう。この時代にこの会に参画する人たちは、現在の福島原子炉倒壊寸前の放射能汚染時代をそれなりに生き抜く論理をはぐくむだろう。

わたくしはむかしむかし学校で授業料を払えない手前、副業でウィークデイは忙しく、週末に自主講座というのをやっていたことがあり、思想の科学研究会から何人かの講師を招待させていただいた。

また、思想の科学研究会が以前のような論壇の一角に再登場するには、久野収が花田清輝に声をかけたようなユニバーサルな感性も必要だろう。

公害や原発事故に独自の論陣を張る、しかし政治的には保守的な入口紀男を最近、本人の事前承諾を得た後、推薦すると、本人が入会希望を行なうように事務局はわたくしに言ってきた。

「入会希望者だけを入れます」などというのは「議論」を最上位においている「思想の科学研究会の目的」という内則文書にも反していると思われる。そのような意味では議論の沈滞が会報などにも現れているような気配もある。

執筆者たちが自分の書いた文章のために資金を提供して編集された『年報』の出版を始めておりゼロ号と創刊号を出したのだが、事務局長の本間氏と会長である後藤嘉宏氏（生前会員だった後藤宏行氏の子息）など、お仲間のエッセイ集で、現在の「思想の科学研究会」をよく体現した、彼らの「思想の深奥」に迫った体裁になっているのではないだろうか。ある時、雑誌『思想の科学』が危機に当面した際の、鶴見俊輔のまじめな提案「花仙紙で出そう！」という発想を生み出す論理とは遠いところに流れ着いたようだ。なお、会報の一八七号（二〇一八年二月一日）には会長後藤嘉宏氏の次のような説明が付加されている。「今回の『年報』は思想の科学研究会が、自分たちの発表の場を持つのが目標。雑誌『思想の科学』の復刊に関しては、思想の科学社が、呼びかけて行うもので、今回の企画とは関係ない。」

「思想の科学研究会」の運動が明確にしてこなかった一つの一般的事象が日本にはある。それは、日本人における「既成事実の重さ」なのである。でも、非稼働の思想は非稼働なのであって、稼働されたら「非稼働の思想」が終わるわけではない。自衛隊の存在は合憲ではなくても「稼働してしまっている」という既成事実として認める国民が多いというのは、「現代における原則性の退化」でもあるのだ。しかるに「稼働の失敗」である福島第一原発の事態は、目の前にかざされた「既成事実」であるにもかかわらず日本人を動かしているわけではない。

他面、運動としての「思想の科学研究会」は再出発の途上にあり、それは日本では重い「既成事実」化している。慶賀するべきだが、それには多くの積極的な参加者をいまだ必要としている。「既成事実」が日本の「スピン報道」や「原則性の退化」によって「思想の本質」を歪めながら進むとすれば、日本の袋小路はさらに閉塞してゆくだろう。現在、大学院生の参加が多く、それなりに筑波大学構想化している面もある。「運動」あっての日本の「思想」の「科学」であることを、「思想の科学」の持っていた目的と理念を共有しながら願っていきたい。

3.

二〇一九年十一月に思想の科学研究会の「集団の会」に誘われて出かけたのだがその日は五人ぐらいが思想の科学社の事務室にいた。そのうち二人が席を外したので三・四人ということになった。思想の科学社の余川さんも同席していた。一人議論が好きな相手がいた。わたくしが雑誌の『図書』を持っていて荷風に関する三上太一郎氏のエッセイを紹介すると、その文章に感心していた。ホテルに辿り着いて、彼の名前を頼りにフェイスブックを眺めると、彼が講演している写真があった。その彼の背後には「国家公安委員会」の字幕が据えられていた。彼の「友達欄」には二・三人の研究会の幹部とみられる連中の名前があった。メキシコに帰ってしばらくして、事務局に「公安関係者がいるね」と言うと、事務局長は「会はどんな人でも参加できる」と言い張りながら「証拠を見せてください」と迫った。フェイスブックを辿ると、なにゆえか、既にブロックされており、彼の仏頂面した顔写真だけが残っていた。

わたくしの感じ得たことは、会員同士が互いの活動、生活内容、友人関係については無関心なのだなということだった。しかし、上記のようなことを指摘すると、排除が始まるのは日本特有の現象でもある。「会にはどんな人でも存在できる」というのは、同時に組織外部からの指摘、異邦人や異分子への排除的対応にも関係する。「外部の同胞」を意識しないで生きている日本には、ドイツやイタリアなどが持つ「移民社会」という大きなディメンジョンがない。ブラジルなどの日本人コロニーには、それなりの特徴はあるが日本への影響力は乏しい。満州には植民の過去があるが隣国を侵害する帝国主義的な「植民」で、ある種の階層が文化的経済的な動機から「移民」する場所を日本は現在まで持っていない。フランクフルト研究所が亡命者との接点を持っていたというのは、実は、なんと、彼らがインターネットを持っていたからではないのだ。

思想の科学研究会は会員を全国各地に持っているが、その地域性から発する大局、あるいは普遍性への射程は、地方出身者ばかりの東京に育ったものにも大切で、わたくしたちも支部的な名称（地域史記録センター）を当面、出版を中心活動とするグループの名前としている。

4.

鶴見俊輔は、時間とともに恐ろしく視点を変えて迫る人で、しかも、辛辣だった。わたくしが高畠通敏と一年弱の共同生活をしていたころ、主の不在中に電話をかけてきて、わたくしが出ると、少し会話をしたが、声を高めて「僕は高畠を見直さないといけないなあ」と言った。その五年ほど前に自主講座の講師に鶴見氏をお誘いして言下に「学生さんとは付き合わない」と言われた立場からすると、何か救われたような気もした。

その前後を含めて、何か「思想の科学」に投稿すれば、わたくしには鶴見俊輔は絶対敵対的な評価をするだろうという自信があった。しかし、父との問題を一度投稿すると、採用はされなかったが雑誌「思想の科学」のあとがきに「家庭内のファシズム」について触れてくれた。それ以後、わたくしは、それ以前に増して、父母を思うようになった。

メキシコで書いた「オロスコの家」が雑誌『思想の科学』に掲載されると、続けざまに原稿が掲載された。少し後で、編集部にいた増井淳氏からある出版社から本を出さないかとお誘いがあり、その手紙の中で「鶴見さん」の強い推奨があると伝えてこられた。その件は、メキシコでの生活が落ち着かず、また父母の健康問題が迫って来たため集中できず、増井氏には迷惑をおかけしただけの形となった。同時に、「鶴見さん」に大きな借りを作ったという思いも心のどこかに残っている。

そして、つい最近、その「思想の科学研究会」に参加した。既に社団法人は解散されていた。その後も、いろいろ取り決めのプロセスや会費問題が存在するのは、ある意味面白いのだが、それだけ、会の目的や規約には原始キリスト教団風の緊張が漂っている。法的にはある意味解放されていて、税制上の問題は総会時にも議題に含まれていない。したがって、その放たれた緊張から生まれるものもあってよいだろう。

5.

鶴見俊輔のリーダーシップは「人の顔を見て念仏を説け型」であると、一度、授業の中で尾形典男が分類をしたことがある。そうであるかどうかはともかく、鶴見俊輔には知的リーダーシップがあった。花田清輝に「目黒のサンマ」と言われても、釣られたサンマたちは自立していった。佐藤忠男から小関智弘など、鶴見が存在しなかったらわたくしたちは、それらの個性と出会うことはなかったかもしれない。また逆に、鶴見俊輔と会うことで自分の持つ才能を開かれたタイプの人たちもいる。現在の「思想の科学研究会」にはそういうタイプのリーダーシップは存在するのだろうか。

歴代の会長にはそれぞれのタイプがあって彼らすべてにそのような創造的リーダーシップを期待するのは無理な話だが、現在の会長のタイプに触れておくのも現在の状況を語ることになるだろう。もっとも、社団法人を解散する以前から、基本的な会の運営は事務局長の本間伸一郎氏がほとんどの事務処理や人事及び企画を采配している。現会長は、総会の選挙で民主的に決められているということで、現会長のたたずまいがある意味では現在の「思想の科学研究会」の性格を語っているのは、たぶん、日本の民主主義と同定であろう。

二〇二三年四月八日発行の「思想の科学研究会：会報一九八号」は、その一年以上も前に亡くなられた思想史家、鈴木正氏の追悼特集を組んで、研究会の重鎮である、こんのそう氏と会長の後藤嘉宏氏が追悼文を書いている。後者は、追悼文ではあるが文章は後藤会長自身の知的形成の概略に触れている。父親である後藤宏行氏の事績にも触れてある。また後藤会長は、「中井正一を研究対象」としている。中井が彼自身の研究対象になる経緯を、故人・鈴木正の著作「思想家のシルエット」の中の狩野亨吉と中井正一への興味を契機にしていると表明している。中井への関心を巡って、この鈴木正への追悼文は「父親（後藤宏行）」「荒瀬豊」「和田洋一」「稲葉誠也」「稲葉三千男」「杉山光信」とアカデミズムの人脈関係が披露されているが、焦点は中井正一に絡んだ鈴木の論点にあるのかもしれないが、「科研費で中井と『世界文化』についての予算を獲った」などと、むしろご自身の研究姿勢に関する記述が「追悼」を上回っている。また中井正一の専門家であることはよろしいが、戦後に中井正一を私腹を切って引っ張り出して、改めて再評価を下し、著作集などを出したのは久野収氏の功績であることを閑却している。狩野亨吉への言及はあるが、肝心の中井正一を戦後に引っ張り出した久野収の存在が無視されている。記述において、頻繁に「思想の科学会員」だった者へのこだわりを印象付けながら、一時、「思想の科学研究会会長」でもあった久野収氏が黙殺されている。

鈴木正の社会運動に対する姿勢について触れている部分では、鈴木正の文章を引用して次のように述べている。「運動の方法としては『だからまじめであっても政治的・宗教的に不寛容な人とは対立しないまでも、ともに行動するのは避けてきた』でよいと思うが（私《後藤》自身は社会運動にあまり期待していないし、それゆえ自分自身も仮に運動するとして運動においてそういう人たちとの共同行動はしたくないので、運動論としては鈴木先生の言い分に賛成する）、研究の方法までそうであると、見えるものまで見えなくなってくる。」

鈴木の「思想家のシルエット」のその部分の記述自体に研究と運動との混同があるのだが、引用文中、カッコ内に示された後藤会長の運動観を前にして、例えば、声なき声の会の小林トミさんなら、どのような反応を示すだろうか。そこには他者の寛容に甘えた別の非寛容が控えてはいないだろうか。

「思想の科学」はそれ自体、「科学」という言葉を運動化してきた。そこは知的営みと市民的営みとの格闘と総合への開かれた空間であったはずである。現時点の「思想の科学研究会」の知的リーダーシップと市民的リーダーシップは、後藤会長のように年賀状をそれぞれの権威に送ることから始まっているのかもしれない。

最後に「思想の科学研究会の目的」という会の基本原則があるので、それを掲示しておく。

【思想の科学研究会の目的】

一、われわれは、ちがった考えの人たちが思想をぶつけ合うことによって、はじめて、思想を新しく、生きいきと発展させることができると考える。

衝突がくりかえされて、それぞれの意見なりに衝突以前よりもしっかりしたものになるような、そういう集団のかたちを組みたい。

二、思想は専門的研究者だけが独占するものではない。われわれは思想本来の力をとりもどすために、専門家と生活者との交流をはかりたい。そして専門家の立場と生活者の立場がはなれないような思想のかたちを作ってゆきたい。

三、われわれは、事実の探求・記述の上で芸術的方法から深く学ぶようにしたい。事実はさらに論理的分析をとおしてくりかえし新しく把握され、言葉は常に事実とつきあわされるという研究態度を持続したい。

四、一方では全く抽象的な研究をするとともに、他方では全く具体的、実践的な研究をするという二つの方向の努力を結合して、新しいレベルでの思想の科学を作りたい。

われわれが以上の方針をつらぬくかぎり、われわれ内部に多くのはげしい矛盾と対立が生まれるであろう。われわれはその矛盾と対立に対して常に積極的でありたい。

〔「ちきゅう座」二〇二〇年三月一八日投稿文に加筆〕

日本的出世主義の到達点

ある時、思想の科学研究会会員の輿石正さんの書いた次の文章と出会い、繰り返し読んだ。「繰り返し」には非常に私的な動機がある。

第八回公判記　名護市民投票裁判

沖縄を「本土」が裁くのか？　輿石　正（こしいし　まさし）

一〇月五日午後一時半、那覇地裁第二法廷（裁刊長・原敏雄）。一年九カ月の裁判最大のヤマ。原告側三人（宮城保、責真志喜トミ、輿石正）の初めての証言。

そのポイントは、今回の裁判が比嘉鉄也・前名護市長による市民投票結果のねじまげによって、平和的生存権、思想・信条の自由が不当に侵害されたとして五〇四人の原告団が損害賠償請求を

したものであり、その損害賠償の立証のためには、被告の比嘉前名護市長の証人採用が必要不可欠である、とする点である、

自ら、市民投票条例の「意見書」を名護市議会に提出し、議決させ、その法に基づき市の予算約二千万円を使って行なわれた名護市民投票の結果、「米軍ヘリ基地移設反対五二％」が出た。それをたった三日後にくつがえし、基地受け入れ表明をし、即日辞任（リコールを回避するため）した名護市の行政の長の無責任さ、権利の逸脱・乱用。この事実の確認をしないで、損害賠償の立証は不可能である。私たちはそう主張した。

原裁判長はそれは必要ないと拒否した。前名護市長を証人に立てずとも権利の逸脱・乱用は報道記事（証拠として提出済）などを通して明らかである、とでも考えているのだろうか。

私たちは裁判長の「却下」の発言に対して、即刻「裁判長忌避」を申し立てた。裁判長は「忌避申し立てが出されましたので、裁判を中止します」とだけ言って退席した。原告席、傍聴席のどよめきと抗議の声を背に、大きな扉のむこうに裁判長の黒い服は消えていった。

この裁判はゴールではない。沖縄から米軍基地をなくし、あらゆるところから人を殺すことを許す軍事基地をなくしていくために、踏み固めていかなければならない一歩に過ぎない。その一歩を大切にしていくこと。そこをきちんとしたい。

沖縄にはむき出しの軍事基地がある。辺野古の不発弾処理場では米軍基地内で日本の自衛隊による不発弾処理が今もなされている。決して米軍基地は米軍だけのものではない。それすらもが

共通の認識であるかどうか怪しい。「これほどの負担をなぜ沖縄に押しつけてくるのか日本本土」とやりきれなさでキレそうになることがある。

沖縄県庁では、本土化をより前進させるため「新平和資料館」の展示をよりやわらかいものにする（ねこそぎにする）歴史の改竄を進めている。ついに沖縄の人々の心の中にまで押し入ってきた。巨額の振興策なるもので、基地負担のバランスをとろうとし続けてきた日本本土が、本音を表わして「沖縄人」の中へ入ってきた。

心の本土化という差別。くやしくてくやしくて、という思いが一番素直な心の表わし方であると思える。沖縄で生きる人間として、私は今回の裁判で思いのたけを述べた。忘れられないことがあった。真志喜トミさんが証言をしていた時のことだ。終わりに近づいた時、トミさんはこの裁判について地域のおじい・おばあと話をした時のことを話した。話しながら心にせり上がってくるものでトミさんのことばは方言になった。「基地はダメだけど、裁判までやるのはよくないんじゃないか」、そういう内容をトミさんは自然に方言で話した。本土から来た原敏雄裁判長は苦笑しながら、トミさんの発言を制し困ったという顔で「今のところは、記録の中でカッコでわかるようにして、弁護士さんから訳を提出してもらいますか」と言った。

私は沖縄に来て一四年目で一番の怒りにつき上げられた。「なんて言った？　裁判長、いまなんて言った？　ここは沖縄だ！」

私はこの大切な怒りをこの掠めとった。渡してなるものか、と思って今も身にしまってある。

興石正さんは思想の科学研究会の会員でもあり、その居住まいに引かれるところもある。ただ、わたくしが何度もこの文章を読んでいるのは、ここに登場する原敏雄なる公人が、わたくしの古い友人であるからだ。あるいは、友人であったのか。

小学校の最上級にいたころ奥沢にあった私塾に通ったが、そこには大田区の雪谷小学校からの児童もかなりいた。そこに原敏雄もいた。何度か彼のふるまいを見ていたが、普通のサラリーマンの児童で、快活だった。当時も家の嵐に悩んでいたわたくしには、彼ら一群の少年たち少女たちは、うらやましい存在だった。わたくし自身は大田区立調布大塚小学校の問題児で、しばしば授業中に担任の教師と対立し、学校の外に出たり、朝日新聞に連載されていた「化石は生きていた」というシリーズをガリ版で切って学級内に配っていたりした。区立の石川台中学校に進むと、父は自宅の写真屋を改築し始め、同時にストレスから非常な酒乱を繰り返すようになった。土建屋とのやり取りが子供の目から見ても苦手なことは明らかだったが、それを深夜の四時五時まで家族への暴力に跳ね返す父親の器量に現在でも残念なものを感じている。その中学校に、原敏雄も上がってきていた。彼とは始め違うクラスにいた。さて、わたくしは夏休みを終えたころ、何人かの変なグループに「ガンを付けた」という見事な理由と切っ掛けから、激しいリンチにあう羽目になった。当時も現在も許せないのだが、彼らはやたらに朝鮮との関係を絡めていた。「チョウパン」だのという暴力を看板を掲げてふるってみせるのである。

思春期の時期だが、授業中に乱入して教室の後部でわたくしに暴力を加え続けた。彼らは声を張り上げるのだが、教師たちも、生徒たちも全く異変のないかのようにその騒ぎを無視しているのだった。彼らの暴力の焦点はわたくしの陰部に向けられていた。

二年生になっても、それは続いたが、同級になった原敏雄や長塚秀次が彼らの暴力を防ぐ役目を負ってくれた。原や長塚は、「どうして反撃しないのか?」と詰問したが、わたくしの体内には父親の持つ破壊的なパッションが充満し、爆発したら必ず殺してしまうのではないかという恐れがあった。同時にいくつかの文学作品が示す一九世紀的楽天的進歩主義にも感染していた。しかし、教師たちは事態を隠蔽することだけに真剣であった。私は成績が下がり続けたまま、通学し続けた。原敏雄が彼の父親の転勤で転校することになった夏休み前、わたくしは暴力には負けないという矜持を持ちながら、完全な無防備になるのではないかと危惧した。同時に父の暴力がなぜ家族だけに向けられているのかを非常な怒りを持って悟ることができた。

原敏雄が転校した後、暴力グループのひとり鈴木竜也が、わたくしの家、つまり写真屋の店先にきて呼び出しをかけてきた。家族には言わず、呼び出しに応じて、石川台の八幡神社に行くと、バットを持った数人が構えていた。

とりあえず、その後、リンチは収まったが、「過去」をさっぱりと白紙状態にしてしまう教育体制には憤然とするものがあった。そのころ、原から小さな博多人形が送られてきて、それは、その氷河期に初めて感ずる春風であった。わたくしは三年の始めに、新聞委員長に立候補して当選し、その「過去」を洗い出そうとした。しかし、はじめの新聞を発行しようとした寸前、それは廃棄処分になった。二度目は原稿段階から、顧問だった国語教師の大村浜の介入にあって立ち消えになった。大村浜はペスタロッチ賞を受けて、国語教師の手本と言われた人物であるが、彼女もクラスルームの後ろの暴力を無視していた一人だった。しかし、入学してから、何かとわたくしの作文を評価してくれていた。彼女の仕事部屋で彼女の言い分を聞こうと思ったが、彼女は黙って下向きのまま仕事を続けていた。外に出ようとすると、わたくしの名を呼んで、わたくしの書いた万年筆での原稿をひっくり返して見せた。「こんな筆圧が強いと、物書きにはなれないわよ。」

原敏雄は、その間、父親を病で失って悲痛な便りを書いてきた。わたくしは、一筋にまじめでおとなしかった彼の父親の風貌を思い出した。原が福岡の修猷館高校に合格したことを便りに書いてきたころは、わたくしは自分の制度的かつ人間的不信にまじめに対応していた。教師たちは無理にでもわたくしを高校に入れようと図っていた。東京に学校群制度が敷かれて初めての受験シーズンだったが、わたくしは風景が流れるままの生を生き始めていた。補欠試験に担任が自動車で連れて行ってくれたが、校門に入って三〇秒ほどで外に戻り、最寄り駅を求めて歩いた。

日大三高にはやはり担任の口聞きで入った。この担任は表面わたくしにやさしく向き合っていたが、学年の担任仲間や他の教師たちからの役目を果たしているに過ぎなかった。わたくしの父親は、母親からだけではなく、近所のお得意様の小宮山というお嬢さんからも、わたくしが学内でリンチを受けていたことを聞いており、わたくしに対しては担任を激しく罵った。「金を払うのか?」と言うと彼は涙を散らしながら、「お前をあんな目にあわせやがって、なんで?」と泣いた。父の背後にはリンチに加担していたある生徒の父親、「お得意さま」の影がちらついていた。

高校には始めの一年間は、ほとんど出席することはなかったが、学生服を着ながら彷徨するのもなかなか骨が折れた。そのころ、原敏雄からは吉本隆明を読んでいるという便りがあった。この間、長塚秀次だけがわたくしの存在をそばで見ていてくれた。六本木から赤坂の日大三高まで行く途中、俳優座の裏道を通るのだがそこに喫茶店があり、学校に行かずに、そこで本を読んでいた。千田是也と花田清輝がそこで雑談しているのと再三、遭遇したことがある。

高校一年の十月に羽田事件が起こり、週刊朝日に載った山崎博昭の日記にショックを受けた。それ以降は街頭闘争の機会を求めて、あちこちを探訪して回った。日本大学江古田を始め、お茶の水のいくつかの場所を、現在では全く行方の分からない過激な友人たちと歩き回り、いろいろな場所で議論に加わった。

高校を出てしばらくすると、原敏雄から連絡があった。中央大学で裁判官になるための勉強をしていた。荻窪に下宿を持ち、わたくしもしばしばそこまで出かけるようになった。そこで、その後の一人暮らしに貢献するいくつかの事項を彼から教わった。「洗濯物を一晩洗剤を溶かした水につけておくこと」「外出のたびに戸締りに気を付けること」など当たり前かもしれないが、戸締りもしたことのない商屋の息子には印象に残った。だが、彼が修猷館高校の校風にかなり感化されていることも強く感じた。小学校時代から彼の進学への情熱は際立っていたが、生徒数の少ない悠長な調布大塚小学校という場所であまり勉強もせず、しばしば教師に逆らっていながら成績は良かったわたくしには、進学にまつわるイデオロギーがよく理解できなかった。しかし、彼が大学の同級の女学生に片思いした際には、当時は「ストーカー」などが犯罪的に扱われていない時代だったこともあり、「徹底的にあとを追い回せ」とか「夜這いせよ」とか、馬鹿げた提案を行なって、彼の顰蹙を買ったこともある。彼は一年の司法試験浪人を経て司法修習生となったが、わたくしは学問への執着とあまりにも貧困な身の回りの状況に分裂したままの状態であった。原は任官し、福岡地裁や東京高裁の判事として司法内部で頭角を現していた。何かの会話の際、わたくしに「官僚と言ってほしいな」と答えたのが非常に印象に残っている。

彼の趣味はジャズ演奏の鑑賞でいろいろ教わった。わたくし自身もその趣味にはまったことがあり、現在でもいくつかのテープを持っている。ＬＰレコードは日本脱出時にすべて人に寄付してしまった。原と一緒に六本木などのジャズ喫茶やジャズ・バーに出入りすることも多かった。当時の有名シンガーや無名に近かったマリーンなどとテーブルを一緒にしたこともある。

一九八六年の一月、メキシコに発つとき、六本木のインドネシア料理店で小さな会合を持った。その際、高橋順一（ドイツ思想）、安達功（時事通信）、長塚秀次（環境アセスメント）や高畠通敏などを呼び原敏雄に幹事を頼んだ。その際、どうも東京高裁の判事に幹事役を押し付けたことに不快を感じたようで、原はそれを隠さなかった。その彼のプライドは、わたくしと二人でいるときはあまり表に出ることがなかった。しばらくして一度帰国した際、奥さんが難産だったようで昭和医大病院からオートバイで母乳を運ぶ彼と出会った。その姿を今でも原敏雄の最も人間らしい像として記憶に残している。

しばらくして、原が福岡高裁や沖縄に赴任したことを知らされたが、彼はその都度、その時点での所在を知らせて来ていた。それが沖縄以降、連絡が途絶えていた。

そしてある時、上掲の輿石さんの文章と出会った。GOOGLEで確認すると、原は平成二六年の六月に依願退職して向島公証人役場にいた。その頃、メールで連絡した際には普通の感じで返事がやってきた。

二〇一九年一一月、わたくしは十一年ぶりに日本に一〇日間滞在した。その時、やはりいつものように原敏雄に電話した。しかし、彼は忙しいということで頑なに、わたくしと会うことを拒否した。

わたくしはメキシコの日本人社会との接触はほとんどないのだが、世話になったことのある人たちとは、たとえ政治的立場が違おうと、勲章をもらおうと、普通にお付き合いしている。特に荻野正蔵氏とは、以前、彼の奥さんに「あなたみたいに危険な人の来る場所ではないから来ないでください」と言われながらも、こちらからは遠くからの敬意を示している。

最近のことだが、その友人・原敏雄が令和三年に瑞宝中授章を受勲されていることを知った。ご立派ではないか、彼の持っているプライドが認められたのである。私はそれくらいのことでは友情を失わない。

彼ら「国家エリート」の中では、それなりのコーザ・ノストラもあるのだろう。そこでは憲法の内容などは、どうでもいいのであり、沖縄の言葉も心情もどうでもいいのである。原敏雄殿、わたくしはあなたを友人であると思い続けるだろう。貴殿からの連絡を待っている。哲学関係の書籍も貴殿に託したままだしね。

わたくしは、電話を切ってから、彼の心境に何かの変化があることを予感できた。失う覚悟も必要だろう。しかし、あの若かりし原敏雄から失われたものの価値を彼自身に忘れてもらっては困るということはどこかに書き留めておきたい。ありがとう、あの若かった魂よ。

〔書き下ろし〕

第3章 国籍について

日本国籍と日本人

日本は二重国籍を禁じていて、生地での国籍の認証をする国(1)では、子どもは日本人であるために他国籍をある時期には捨てなければならない。二重国籍は基本的には住んでいる国に対する無責任な非市民的態度の形成につながるので、小生も反対である。

しかし、国民統合の象徴に対してもし「国民の総意」から小生が外れているなら、国外にそれゆえに生き続ける意味はあると思っている。国民の総意はそれ自身、国家のアイデンティティにかかわる局面に政治問題化する。移民社会では、国民統合は日常的課題でもある。しかし、言語的に孤立した日本社会の統合性は、象徴なくしても厳然たるものだ。それが崩れようとするとき、現在と同じ象徴が必要かどうかは確実に実証的な「国民の総意」を希求するべきであるに違いない。

フジモリ元ペルー大統領に対する処遇は、基本的には日系二世に対する二重国籍権を認めているものだ。そして、これはラテンアメリカ最大の「免責」事例となっていることも周知のことだ。その無責任性をおごりきった態度で貫いている日本国家に対しても、日本社会はその排他的な「統合」ぶりを誇っているのだと思う。

〔『週刊金曜日』投書欄　二〇〇五年一月二十一日号〕

註

（1） 旧スペイン植民地であった国々では属地主義がとられ、また出生国の国籍は原則的には消去できない。つまりメキシコ生まれの人間は終生メキシコ人ということになる（メキシコ憲法第三七条）。日本人夫婦が現地で作った子息も同じだが、日本政府は邦人子息の国籍選択を成人前後に決定することを義務付けしている。しかし、それはメキシコ側からすれば一つのタテマエ的な手続きにすぎない。メキシコで生まれた外国人子息は他国の公職や外交官になってメキシコに着任する場合はメキシコ国籍をサスペンドする手続きが必要である。

（付記） ここで議論されている「国民統合」は英文憲法では "The unity of the people"、「国民の総意」は "The will of the people" である。「移民社会では、国民統合は日常的課題でもある」というのは、Unity が各国移民の所属社会におけるアイデンティティと密接に関連していることを示す。日本移民の場合、日本語がしばしばネックになっているが、外務省の価値観が日本の統合意識に凝り固まっており、「統合」の方向が「象徴（そして『国体』）」に集まっている。国際的人権の論拠でもある出生証明、そして「国籍」の属地主義化が議論されてもいいだろう。

国籍離脱思想の前後

1. 二重国籍者

最近の日本の成人概念について調べていないままに書くのだが、既に選挙権が一八歳にして取れるようになっているようだから一八歳が成人なのだろう。以前はメキシコ国内で生まれた日本人の子供は二〇歳で成人した両年以内に国籍選択をして日本大使館に届出をしなければならなかった。メキシコは属地制を取っており、国内で生まれた子供は自動的にメキシコ国籍者となる。メキシコで生まれた以上、メキシコ人であるわけで、その場合はメキシコの国内法では多重国籍であることは問題ない。

メキシコの日系社会は、第二次大戦中にメキシコ市に強制集中させられており、それから代を重ねていても、メキシコ政府への複雑な感情がいまも強く根付いている。しかし、最近の青年世代はほとんど「メキシコ」の屈折した感情を卒業している。日本に関連しない以上、日本との国籍関係は遠くの懸案であるに過ぎない。大使館に婚姻や子息の誕生を報告しない日本人在住者は私を含めて多数派になっている。お互いに忘れ果てている日本の家族や友人に結婚や子息誕生を報告してもヒロヒト型の「あ・そう」でしかない。在住者同士でも永住者とそうでない連中との間では隔たりがあるので、私などはメキシコ人になりきって生活している。彼らは大げさなほどに「人生の節目」を祝ってくれる。ときどき人種差別を受けるが「人種差別だ」と言えば良い。

私がメキシコ国籍を取った経過は「国籍と無国籍」という「ちきゅう座」への投稿（「メキシコ駐在大使館の脅迫に学ぶ」参照）に書いたとおりで、二〇〇七年に手続きし、それは当時の領事だった大野裕氏に伝えた。それ以前に日本人の何人かにお人よしにも窮状を説明したことがあるが、なかには日本は二重国籍を認めているのよと教えてくれる人もいた。その後、勲章を受章した田中道子コレヒオ・デ・メヒコ教授もその一人だが、当時の私は「いや、認めていないよ」と返答している。そうすると、みんな困ったような顔をしていた。メキシコ国立自治大学の二飛び上級の上司から国外追放条項で脅迫されたときは、数日考えてすぐ国籍を取る手続きに入った。この追放条項は基本的には大統領権限なのだが、官憲側の悪用が常態化している。九〇年代初めに日系の食品配送をしていた「土佐屋」の亭主が早朝、パジャマのまま官憲に国外追放されたという話も聞いていた。本人を知っていたが、それ以後、会っていない。

国籍は二〇年の在住期間と推薦者のおかげで簡単に取れた。推薦者は FELIDA MEDINA という舞台装飾家、国立美術院から金メダルも受賞している佐野碩の弟子につながる人物で、現在でもしばしば彼女の生家で週末を送ったりしている（Google参照）。

そのあと、二〇一二年の一二月まで未必の故意の二重国籍者だったわけだ。他の二重国籍者たちとのスタンスの違いには気がついていなかった。その年の始めごろ大使館でメキシコ国籍者の求人をしていたのだが、それにも大野氏に伝えたことが頼りとなっていて簡単に応募した。その後、大使館からは何の連絡もなく、一二月の海外投票の際に二人の館員の前に連れ出されたわけである。この二重国籍発覚の経緯だけは、私のお人よし以外にないのだが、他の人たちの在住国の国籍取得に至るプロセスは、元の国籍が違うにせよ、共有するケースが多い。

2. 外国人労働者として

九〇年代の終わりごろ、差額ベッド代などの解消のための日本滞在から帰墨して、私立大学の国際公法を非常勤で受け持った頃、あるユダヤ家系の女学生にメキシコ憲法第三三条の国外追放条項で執拗な脅迫を受けていた。そのときも国籍取得を考えたが、食うに食えない状況が続いていたので教職を離れて、現地採用サラリーマンをはじめた。日本に滞在した頃は、金を稼ぐことに集中し、金の支払いを迫る亡父との対応で、日本の政情などを知る余裕さえなかった。帰墨して初めて当時の日本について勉強し始めたと言ってよい。その頃から始まった「アソシエ21」の運動には大きな期待を抱いた。

現地採用サラリーマンとして、特に気に入った職種はISO国際標準の認証作業であった。これについては当時『アイシン精機』の現地プラントにいた山田雅哲氏に感謝したい（彼は現在メキシコでプラント設営および会計コンサルタントをしている）。会社そのものには保険料の未払いがあったりでひどい目にあっている。けれどもISOには非常に学んだ。そして、最も大きな収穫は『工場プラントを歩く作法』を教わったことであろう。これについてのレポートをいつか書いておきたいが、基本的には他の国際標準関係と類似のレポートになるだろう。（ただ個人的には二〇一五年版以降のISOの動きには疑問を持っている）。現地採用のサラリーマンを日本国籍のまま行なっていると、ほぼ完全な奴隷状態になることを痛感して、ここでも国籍取得を考えた。実際、本社社長の娘婿である現地法人社長にひどい扱いを食った時点で退社した(二〇〇六年)。

この間、日本の左翼運動の低迷が『アソシエ21』の事務局にいた漆原浩雄さんから伝わってきた。『連合』という単語も彼との会話から遠い響きとして伝わってきた。そのとき、初めて、第三世界にいることの人間的責務が体の何処からか伝わり始めた。大学に戻り、教授試験のプロセスで国外追放条項による脅迫を受けたことを私はむしろ、第三世界への洗礼ではないかと思うほどの危機感で受け止めた。

3．国籍離脱思想

二〇一二年の一二月にサインを迫られた「国籍離脱届」についての日本国内法上の知識は、その時点では皆無であった。現在では、国内にいる困窮した日本人民に「国籍離脱届」を出すように薦めている。沖縄などでは五人単位で「国籍離脱届」の法務省への提出運動を開始するべきだとさえ思っている。国内でどのような目に会うかはやってみないとわからないが、沖縄ならば、独立の第一歩であろう。

しかし、二〇一八年の五月ごろに「国籍離脱届」にサインしに行ったとき、係員の女性から「国籍離脱届は間違いでした」と言われた。その際は即座に日本に原爆を一〇個くらい落としてやりたい気持になって金正恩に電話をかけようと思ったが携帯電話は大使館入口で取り上げられていた。この間、二〇一二年から二〇一八年まで、そして今日まで「日本人として」考えてきたことがある。それは個人的な「脱出の歴史」でもあり、生きるための「生への意志」の整理でもある。学術的にだれかれの名前を権威を張って乱用もしたくない。誰かを担ぐのは神も許すまい。しかし、私は人類の終盤に当たってなぜ日本語を使っているのかも考えざるを得なかった。

日本のばかばかしすぎる「出世主義」への否定は、既に鶴見俊輔が高畠通敏を批判した「口惜しい知性」という講演で表明されているが、鶴見はその背後にある高度成長プロセスの日本という国家の驕慢化には禁欲している。高畠が立教大学に在職中の最後に専任講師や助手に採用した連中（北岡伸一、吉岡知哉、御厨貴、五百旗頭親子、五十嵐暁郎など）は、彼自身が危惧を表明していた「新保守主義」の先頭に立っていた。それは高畠通敏が久野収や鶴見俊輔の前で見せていた単なるスタンスの違いだけではなかった。私は彼と彼の別宅で一年一緒に暮らしたこともあるが、日本に滞在したある日、どこまでがあなたの判断なのかと聞くと非常に狼狽していた。一九九四年に帰国した際には、彼との関係は崩壊した。

「出世主義の否定」という意味での過去の「大学解体論」も日本近世の学問形態や塾などの形で復元できるのではないかと考え始めたし、集団や単身でのかかわりも日本のシステムとは独立に考え発想されなければなるまいと考えた（学問の立場からは当たり前の話だが）。他方では、左翼の先輩たちの子育てなどで、日本のシステムの中での発想に落ち着くことが多いのも私たちの見てきたことだ。国籍は離脱しないと本質的な人民論も左翼理論も始まらないのだ。……

と、考えていたのを「離脱届は間違いでした」と大使館の窓口で否定されたわけだ。清水一良現領事の説明によると、自分での意志や他国の国籍を取る前、あるいは大使館が国籍取得を知る前にならば「国籍離脱」は成り立つが、大使館が他国籍の取得を確認した後では「国籍喪失届」になるらしい。この清水領事の説明の是非を外務省、法務省に問い正したい。「国籍離脱届」にも「国籍喪失届」にも「取得した国籍」欄がある。しかし、憲法を読む限り日本領土にとどまっていても「離脱」の行使は可能ではないか。しかも、どうも大使館あるいは外務省側の手続き上、その薄汚い、品格丸なしの脅迫行動を含めて、憲法の保障している「人権」の取り上げが行なわれているような印象も受ける。

結果としては似たようなものだが、憲法第二二条における権利としての「国籍離脱」と、異常に鎖国的な日本の国籍法による「国籍喪失」とでは国籍処理手続き上のどのような相違があるのかよくわからない。私は現在、現状を重視して、意識としての「離脱」を大使館に学ばせていただいたという認識を持っている。「日本人」としての私の自意識は、現在、自分への教育文化過程や日本への郷土愛として残っている。しかし、それは現在の日本とは全く違うものである。現在のような日本社会の破綻は、私にとって、あの一九六四年のオリンピックで、円谷選手が泣きめそをかきながらスタジアムに入ってきたときから始まるのかもしれない。

「国籍離脱届」が事務的に無理ならば、民間武装論者でありながら非暴力主義の私は「国籍喪失届」にサインするだろう。それを国家による《国籍剥奪》と理解できる。そして、私に「国籍離脱思想」を植え付け、育て始めたのは大使館側の脅迫である。今後は、この思想をもっと展開してゆきたい。他国籍を持っている私にとっては自分の「日本人」は疎外されつくしている。ある意味では私の日本人としてのアイデンティティは他者が私を日本人と判定するのである。。この分裂を生きることは国外追放の後、最期までドイツ語を書き続けたマルクスへの接近を伴っている。本稿では、前に書いた「駐メキシコ大使館の脅迫に学ぶ」の背景と今後の展開に配慮した。

〔「ちきゅう座」二〇一九年九月二日、一部改定、補足した〕

駐メキシコ大使館の脅迫に学ぶ

A

二〇一二年一二月のメキシコの日本大使館での海外選挙にあたって私は投票権を拒否され、館員に外に連れ出され『国籍離脱届』へのサインを迫られた。それについて二〇一三年四月、『ちきゅう座』に『国籍と無国籍』という短文を書いた。それから六年以上たっている。しかし、そこに書いた事態は、全く進展していない。六年前、次のように書いた。(「ちきゅう座」二〇一三年四月一〇日)

小生は通算二七年メキシコに本拠を置いている。とはいえメキシコから北米への移住を考えたり何度かスペインに出かけて仕事を探したりしている。

現大統領がメキシコ州知事のころサン・サルバドル・アテンコの農民運動を弾圧しているの

だが、その際に取材に当たっていたチリその他の取材陣を連邦政府は国外追放している。メキシコ憲法では外国人が政治に関与することを禁じているので、小生が政治学の講義をするたびに、ヒネた学生から突っつかれることもあったが、一度大学当局から脅され、日本大使館にも相談したが相手にしてくれず、館員を怒鳴りながら、一方では追放止めの行為としてメキシコ国籍をとった（二〇〇七年）。大使館は十か月くらい経ってから重い腰を上げたが、逆に大学側から「大学はそんな人権侵害はしない」と煙に巻かれて帰ってきた。これが警視庁所属の領事であるのだから小生並みに「国籍」を軽んじていると言えば言えよう。

ところが、しばらく経って日本大使館は国外投票の会場で小生の投票権を拒絶し、その場で「国籍離脱届」に強制的にサインさせようとした。小生は、あの時点でまったく腰抜けだった大使館側が、小生一人を相手にしてはかなり居丈高なのに驚いた。

なるほど国籍をとってからは政治的発言をとやかく言われないのでそれだけ楽だが、公務員などの職には就けない。十年以上、国を離れると私財を含めてすべて権利を失う。要するに完全な国籍ではない。

それを理由に小生自身の「民族意識」の元のほうから「国籍離脱」を迫られるとは、大きなお世話というか、親切きわまるというか、人権意識が田中義一内閣（前世紀初頭）なみというべきか。

国籍離脱というのは憲法第二二条第二項で保障された日本人民の権利であるが、まさか大使館のほうから《国籍離脱届》にサインせよと脅迫を受ける手合いのものとは思わなかった。ここから大使館と私のバイアスは、権力的に脅迫するものと、権利であるべきものを強制されるものとの関係になってしまった。当時の駐墨大使は目賀田周一郎という男。脅迫の当事者は男女の若い職員だった。この一件のあとで、私は今に至るまで《国籍離脱》と《国籍離脱届》について何度も反芻して考えることになった。その際、御親切に《国籍離脱届》のフォーマットそのものを渡してくれたので自宅で何度もそれを眺め返していた。当時、私はサカテカス州で働いており、その後、サカテカスから月一回の週末を除くと帰ることはなかった。その間、日本大使館の所在地は、レフォルマ通り三九五番から同じ通りの二四三番のビル九階に変わっていた。

二〇一六年三月、ビルの上のほうに大使館は移転していたが、その応接場所の形状というのがだんだん刑務所の面接室に似たようなものになっていた。入口で携帯電話や荷物を保管しなければならず、大使館員の勝手な言いがかりを録音することはできなくなった。また接客窓口では、何か物を渡したり引き取ったりするときには窓口の下に小箱があってそこに入れて譲渡するのである。領事部のある九階全体の雰囲気がちょっとした刑務所の面会室であり、出てくる官僚風情は機械的な笑顔でてきぱきとしている。最近の日本の官僚がどのような研修を受けて窓口にいるのかは知らないが、「ヤジ（谷地?・）」という名の大使館員は私が以前相談した大野裕領事のことを「ああ、あの警察の人ね」で片付けていた。官僚世界の内側では名誉棄損が横行しているのだろう。

その後、彼「ヤジ」氏は、私のメキシコ外務省での国籍取得証明の認証印付コピーを誇らし気にかざしながら、ほら、ここにあんたがメキシコ国籍を取った証拠があるんだと、こちらに「国籍離脱証明」へのサインを強要し始めた。メキシコではこの認証印付き国籍取得証明は本人か本人の出身国の捜査関係の申請にしか発給されない。これを首を取ったかのようにガラス越しにかざしている「ヤジ」氏は涎を流しながら「あんたの国籍は既にサスペンドされているんだ。今すぐ国籍離脱届にサインしなさい」と命令してきた。話は深刻さの度合いを深めたのだが、こちらも少し前に痛めたひざが痛くていらだってきた。しかし、当時の山田彰駐墨大使の指南どおりに動いている忠僕に過ぎないにせよ、彼の顔は私人を見縊る官僚の笑顔を貫き通していた。公人格の立場で彼は話し、こちらは私人としてメキシコ憲法第三三条で脅迫された今までの経過を説明しているが、当初三回ほどの大野裕領事とのやり取りを含め経過の責任を組織としてまったくとろうとしないまま公人格で、相手の過去の行きさつの説明内容に対して「わたしは知りません」を繰り返すのは卑怯だろうと思った。この大使館窓口内部の「わたし」は、自分では御存知ないのにサインは強制する、このような官僚つくりを外務省がしているとしたら亡国ものだろう。畜生国家ではあるまいし過去に自国市民を篭絡した記録の《文書管理》くらいはあるだろう。個々の案件に対する軽蔑は既に大使館は習慣として持っていて、その点の文書管理感覚は最近の日本企業や日本の官僚社会に共有されているが、そのような下地があるためだろう、彼は最後まで人を見縊っていた。

ことの深刻さを私人に預けたまま、自分たちの責任は国家組織のカーテン内部のことのように言うのはおかしいとは、大野裕にもざっくばらんに話したところだ。なぜなら、彼はメールでは「自己責任」めいた表現で当初「自分で解決しろ」というような返事を送ってきた。その時点では私は職場を追われてしまっているので解決もヘッタクレもない。森下という公使に国外追放の脅迫を受けているから相談に乗ってくれという旨のメールを送ったら大野氏の応対があった。その時点で「安全を期して国籍を取らざるを得なく手続きに入ろうとしている」と私は大野氏に報告している。

SNSのMixiの「メキシコ永住組」コミュニティでは二〇〇〇年代はじめ頃「二重国籍」についての議論もよく行なわれていたのだが、何かのきっかけで、そのような言論の自由は閉ざされた。「二重国籍」がなぜ嘗てそのコミュニティで議論され、そして消されてしまったかは、それなりに重要な歴史だろう。それを問い詰めないで、たぶん脅しを受けて逃げてしまった人々がいるのだが、そのような臆病風を利用して日系社会が成り立っているとしたらかわいそうな連中ではある。

B

それから二年以上たった二〇一八年五月中ごろに、考えに考えた挙句、「国籍離脱届」へのサインを行ないに行った。たとえ、大使館による脅迫という機会であるにせよ、現在の、特に二〇一七年一〇月の参議院選挙の体たらくと、安倍内閣という無法者支配と人民の人権をも踏みにじる畜生国家化の中で、この際、正直に、素直に、大使館の意向に沿うと同時に、「ヤジ」氏の所謂、国籍をサスペンドされている非国民日本人としてのアイデンティティを確立しようというのがこちらの趣旨であった。その日のことは次のようにMixiの「メキシコ永住組」の大使館窓口にてというコラムに記録してある。

。。。。。。。。。。。。。。。。。。。。。。。。

大使館に「国籍離脱届」へのサインをしに出かけたら「国籍喪失届」を差し出された。

1. 法務大臣宛の「国籍離脱届」にサインせよと二〇一二年末の海外選挙から再三、強制されていて、その理由は日本の国籍法に違反しているということ。外国で生活している日本の市民は、そこまで国内法で非難を受け続けなくてはならないのだろうか。

2. 実際には、何人かの長期在住者の中には日本から受勲されている人もいるが彼らの大半は重国籍者である。不公平な法制運用があるのではないか。実際、国籍を取得しないと自由に活動できない面がある。重国籍者を非難できないが、扱いの不公平が歴然として存在している。

3. 法務大臣宛の「国籍離脱届」を数年間突きつけておいて、いきなり大使・総領事宛の「国籍喪失届」なるものに変更した経過と趣意が見えない。いままで間違っていたというのが窓口の弁解だが、数年間、間違っていたというのもおかしな言い方ではないだろうか。国内の外国人増加に伴う重国籍合法化の前段階の法状況をも読み取れるにせよ、納得の行く説明をもらっていない。

4. 憲法には「国籍喪失」の定義がない。「国籍喪失」の意図を書く欄に「志望による他国籍の取得」も含んでいるが、意図して喪失する「処女喪失」の用語法なのであろうか。その言語的な意図もわからないが、大使館・公務員側から市民に対する権威主義的な弄びや狼藉を「喪失」の語彙から感受することもできる。市民側からすれば、この「喪失」は主体のかかった判断の外にあるのである。

5. 大使館側のいう「外務省はお前の国籍をサスペンドした」という事項に対する法的根拠がこの三年間小生の疑問として頭にこびりついている。確かに国内法では違反であるが、海外でさまざまな問題に巻き込まれ、やむをえない国内の国籍法違反になることは「能動的に生きる場合」は有りえるのではないか？　実際、小生は「外国人の癖にわれわれのルールに介入するのか！」とボス教師に怒鳴られたこともあるが「外国人にはその権利はないのでしょうか？」と聞いたら、アジア人に対する悪態をついて逃げていった。

件の外務省のやり方をじっくり検討する材料に憲法前文があるのだが、日本人が他国社会との「協働」を生きるうえで、なぜ国内法の国籍法で海外に生きる日本人の意味を限定したいのだろうか。日本人ではある。しかし、われわれは海外でいつも日本日本と言っていられないのである。重国籍が国内的には違法である現状を踏まえても、海外でのわれわれの努力を踏みにじるために、海外で生きるわれわれの足かせに国内法を振り回すのはおかしいのではないか。

外務省から一方的に日本国籍を「サスペンド」されたとすると、これは確実に憲法第二二条の意志的行動とは異なっている。その時、小生は国籍を喪失したのである。ではなぜ、わざわざ「喪失届」にサインしなければならないのであろうか。非意志的にサスペンドされ、喪失しているわけであって既に「喪失」という既成事実があるのではないか。市民側が各自の意思に反して、重国籍を取っていたにせよ、それを取りしまる日本国家が各国家のテリトリーを無視して国内法を海外の自国市民に適用するのは越権なのではないだろうか。件の「ヤジ」氏から「お前は法律違反をしているんだぞ」と窓口で言われたが、そうならないようにこちらから大使館に国外追放の脅迫を相談に行った事実を忘れるべきではなかろう。

6. この間、日本における国会議員の中にも何人かの重国籍者がいると指摘され、その国内における違法性が指弾されていた。日本国民は憲法前文の国境観をどのように体得しているのだろうか。違憲立法審査システムの日本国家における脆弱性を誰も痛感しなかったに違いない。そして、この場合、なぜ「国籍喪失」のコンセプトが適用されなかったのであろうか。国内にいるうえに国会議員という要職についているではないか。

7. 二〇一二年から、執拗な形で大使館の若い大使館員から他者への尊重の気配もない強権的な態度で「国籍離脱届」へのサインを強要されてきた。彼らが市民に対して取る態度を大使館や外務省の現状から学んできたのは痛いほどわかる。この一八日に高畑とかいう女性館員は初めて小生に説明らしき説明をしてくれた。他の連中は常に違反や再入国についての脅迫を行なってきた。このような組織教育を日本国民は許し続けるつもりなのだろうか⁇

8. 支払済み保険について大使館は「知らない」そうである。彼らが排除し、足蹴りし、いじめ続けている市民に対して、全くの犬畜生扱いをしているのは、これをもっても明らかだろう。これも現在の日本国民の生活意識の一部なのであろうか？　自民党の政治家という動物たちの意識には違いないだろうが。

9. このような調子であるから、大使館や外務省に、果たして他国、海外地元の民衆に対する理解があるかどうかは大きな疑問であろう。憲法前文は全く彼らの心情に生きていないのではないか？　他国民との協調を見ることなく、日本人を地元民から分け隔て、日本日本の日本節ではみっともないだけではないか？

10. メキシコは帰化人の重国籍を禁じているが、メキシコ生まれのメキシコ人は多国籍が許されている。その不公平をカバーするために元の国籍放棄の手続きの証拠を帰化したわれわれには強要していない。しかし繰り返すが、日本大使館は、小生に「国籍離脱届」にサインを強要する際、メキシコへの小生の「国籍取得証明書」のコピーを何度も見せている。メキシコ外務省のスタンスは重国籍が表ざたになったら非合法だという態度を示すが、実質的に

「帰化」のコンセプトが日本とは異なっている。大使館が他国の証明書を振りかざすこと自体、これは実質的には日本大使館側の一市民に対する勝手な介入であるとも言える。アメリカも自国では重国籍を禁じているが、小生の知っているほとんどのアメリカからのメキシコへの帰化者は重国籍のままである。小生はメキシコ国籍取得後は日本に行く気を失っている。法務省宛の「国籍離脱届」にサインさせていただきたい。

この結果、小生の子供たちは日本人になるためには極めて厳しい努力を重ねなければならなくなるのである。そのような子供たちの前に日本国家は頑固に仁王立ちしている。それはそれでこれからの問題だろう。小生は現在の日本国内の「国民」には戦後の日本の根幹が失われているという判断をしているに過ぎない。また日本に住む機会があれば、そのまま日本市民として復帰するつもりでもある。たとえばヤジ大使館員に小生の国籍はサスペンドされたと言われたが、これで、「国籍喪失届」を行なう以前に、小生の日本国籍はなくなったと判断するのは普通ではなかろうか。国籍法第十一条は帝国主義的にも、そうニホンジンを規定しているのだ。

実際、「国籍喪失届」というのは屋上屋を架すに等しいとも、判断できる。外務省に聞きたい。

。。。。。。。。。。。。。。。。。。。。。。

この『非国民日本人』のスタンスについては『国籍離脱届』へのサインの背景として思想の科

学研究会会報一八八号、二〇一八年八月六日発行文に「非国民エピソード」という一文を書いた。また軍事部品の入札業者も関与している二重国籍要求裁判が日本で起こされている。以下に引用する。

。。。。。。。。。。。。。。。。。

＊「外国籍取得したら日本国籍喪失」は違憲　八人提訴へ＊
二〇一八年二月二五日 05:25 朝日新聞デジタル
日本人として生まれても、外国籍を取ると日本国籍を失うとする国籍法の規定は憲法違反だとして、欧州在住の元日本国籍保持者ら八人が国籍回復などを求める訴訟を来月、東京地裁に起こす。弁護団によると、この規定の無効を求める訴訟は初めてという。

弁護団によると、原告はスイスやフランスなどに住む八人。すでに外国籍を得た六人は日本国籍を失っていないことの確認などを、残り二人は将来の外国籍取得後の国籍維持の確認を求めている。

原告側が争点とするのは「日本国民は、自己の志望によって外国の国籍を取得したときは、日本の国籍を失う」とした国籍一一条一項の有効性だ。

原告側は、この条項が、「兵役義務」の観点などから重国籍を認めなかった旧憲法下の国籍法から、そのまま今の国籍法に受け継がれていると主張。年月とともに明治以来の「国籍単一」の理想と、グローバル化の現実の隔たりが進んだ、としている。

現憲法一三条の「国民の幸福追求権」や二二条二項が保障する「国籍離脱の自由」に基づき、「国民は日本国籍を離脱するか自由に決めることができ、外国籍を取っても、日本国籍を持つ権利が保障されている」として、条項が無効だと訴えている。

国籍法では、重国籍となった場合、二二歳までか取得後二年以内の国籍選択が義務づけられているが、申告制で罰則規定もない。

日本国籍を持つ人が外国で働いたり住んだりする際、外国籍を取る例はよくある。原告団代表の実業家で、バーゼル日本人会会長の野川等さん（74）は、経営する会社がスイスの防衛分野の公共入札に参画するため、スイス国籍が必要だったという。原告の一人は「正直に重国籍状態を申告した人だけが日本国籍を失う」と話す。

原告側は、国籍法一一条一項が無効と認められた場合、重国籍の人が日本国籍を選択した後も、外国籍の取得が禁じられるわけではないので、両方の国籍を維持する道が開けると考えている。

弁護団の仲晃生弁護士は「原告らは、日本への愛着や日本で暮らす家族とのつながりなどから、外国籍取得後も日本国籍を持つことを望んでいる」とし、日本国民が生活や活躍の場を日本内外に広げる時代に、日本国籍が奪われるのはおかしいと話す。

重国籍を巡っては、台湾人の父と日本人の母の間に生まれた参院議員の蓮舫氏が二〇一六年、「台湾籍が残っているのではないか」と批判を浴び、台湾籍離脱の立証を求められたことがあった。

＊重国籍認める国も＊

外務省によると、二〇一六年一〇月時点で海外に永住する在留邦人の数は約四六万八千人に上る。このうち、重国籍状態にある人の数はよく分かっていない。

海外に長年住む邦人家庭では、事業や就職などで現地国籍の取得が必要になることも多い。国際結婚も一般的になり、重国籍状態で生まれる子どもも増えた。

欧米では重国籍を認めている国もあり、海外在留邦人の間では「重国籍者は日本に出入国する際だけ日本のパスポートを使い、居住する国では就労などのために現地国籍を使うことが多い」（原告の一人）という。実際、インターネット上ではこうしたパスポートの使い分けについての情報交換が盛んだ。

法務省によると、一二～一六年に外国籍を選択するなどして国籍を喪失した人は、年約七〇〇～一千人程度で、重国籍状態を申告しない人は多いとみられている。（ジュネーブ＝松尾一郎）

。。。。。。。。。。。。。。。。。。。。

国際私法の上では『国籍離脱』と『国籍喪失』は、国家に対する権利と、国家からの行使という概念上の大きな差異を持つ法手続きであり、私は大使館から手渡しされた時点まで日本という国に、しかも法務大臣宛に『国籍離脱届』というフォーマットがあることを知らなかった。それはそれでいい経験であったことは言うを待たない。その脅迫が数年続けられたことに対しては脅迫罪の嫌疑で目賀田周一郎と山田彰の両元大使に対する裁断を外務省に問い質したい。私は、当初から物々しく脅迫の形をとらずに、法的説明能力を前例の解説を含めて発揮してくれていれば問題はなかったと見ている。また国家からの行使である「国籍喪失届」が大使館宛であることも非常に興味深い。これを数年間、間違えていましたという解説は完全に海外在住者を犬畜生並みに侮っているのであって、われわれの「時間」を愚弄するものだろう。週を改めて現在の領事である清水一良氏の説明を再度聞く所存である。

また「二重国籍」一般については私も本来、否定的な立場であり（『週刊金曜日』五四一号、二〇〇五年一月二一日）、メキシコ憲法第三三条の適用をメキシコ国立自治大学の有力者（私のいたプランテルの現学長。最近彼に学士証明がないことが発覚しているが、彼によって私は二〇〇七年以降、そのプランテルでの教職をはずされている《Correo Ilstrado, La Jornada, 12 de febrero, 2007》。また彼自身がスペイン国籍の二重国籍者なのも最近知った。）によって脅迫されることがなければメキシコにおける「外国人」を通したかもしれない。これも、今となっては運命に感謝している。

〔「ちきゅう座」二〇一九年八月一八日〕

国籍喪失の経過と矛盾

1．メキシコ憲法第三三条

国籍については基本的に古い考えを持っていたことを白状しなければならない。つまり、二重国籍に対する疑問を抱いていた（『週刊金曜日』、投書欄「日本国籍と日本人」二〇〇五年一月二一日）「二重国籍は基本的には住んでいる国に対する無責任な非市民的態度の形成につながるので、小生も反対である」と述べている。[1]

しかし、メキシコに辿り着いたころから、メキシコ憲法の第三三条にまつわるいくつかの話を聞いて不安定な気持ちを抱いていた。そして、その後、大学で政治学関係の講義を持ったので、なんとなく次の憲法三三条の条文に学問への誤解にまつわる危惧を持った。ここでは大きな改正前の一九九二年度普及版の憲法読本から第三三条を引用する。二〇一一年にかなりの変更がなされているが、わたくしの現在までを引きずっているのは変更前のこの引用部分である。

* * * * * *

Art.33. Son extranjeros los que no posean las calidades determinadas en el artículo 30. Tienen derecho a las garantías que otorga el capítulo 1, título primero, de la presente Constitución; pero el Ejecutivo de la Unión tendrá facultad exclusiva de hacer abandonar el territorio nacional, inmediatamente y sin necesidad de juicio previo, a todo extranjero cuya permanencia juzgue inconveniente.

Los extranjeros no podrán de ninguna manera inmiscuirse en los asuntos políticos del país.

この箇条を次のように訳することができる。

第三三条：　第三〇条（のメキシコ国民規定）に定められた資格を持たないものは外国人である。外国人は、現憲法の第一条第一項が与える法的保障のもとにある。しかし、国家幹部（普通、大統領と解釈されている）は、国内にいることが不都合と判断されるすべての外国人に対して、即座に、そして事前の裁定を必要とすることなく、国の領土から追放する特別な権能を持つ。

外国人は、いかなる形であろうと、国の政治関連の事項に干渉することはできない。

* * * * * *

二〇一一年に、追放条項に「事前の裁定を行なったうえで」という改訂があったが、追放条項そのものは消えていない。また現在の、左派と言われてきたロペス・オブラドール政権も二〇二一年の改正に際してこの条項に手を付けていない。付け足し項目の政治干渉禁止規定については、その運用に各方面から疑問が生じているにもかかわらず、現在までも、その不可思議な「有効性」がしばしば「非政治的次元」においてさえ、横行している。

2．追放の判断の出自

さて、一九九〇年代に入ったころ、日本食材の販売を手掛けていた箕原という人が「国外追放」された。仔細はよくわからないが、まことしやかな噂は日本人コロニーの中に広まっていた。また当時、日本領事であった前川氏に直接、個人的にだが聞く機会があった。そのお答えは「その問題では本当に苦しんでいる」というものだった。多方面からの情報を整理すると、「追放当日の朝、検察（ＰＧＲ）と称する男たちが箕原氏の自宅に入り、箕原氏をパジャマのまま連れ去り、飛行機に乗せ、ロサンジェルスへ強制的に送った」という点では一致している。大使館側ではもっと情報を得ているだろうが、外国にいる一市民としてはそれだけの情報で、肝を冷やすためには、十分でもあった。問題は「検察」が第三三条を利用・乱用・偽装して、誰かの気に入らない外国人を国外に放逐したのではないかという点にある。これは外国にいる普通の市民にとって脅威でもある。

憲法第三三条の条文にある「国内にいることが不都合と判断されるすべての外国人」という表現には「誰の不都合か？」「誰が不都合と判断するのか？」が定められているわけではない。またスペイン語の「el Ejecutivo de la Unión」という表現が、通説通り、本当に大統領だけを指すのかも、わたくし個人には定かではない。憲法第八〇条には大統領の法的位置づけがあり、この"Ejecutivo de la Unión"が出てくる。La Unión は普通、労働組合や職能団体について使われることが多い。しかし、国家共同体もまた La Unión であることは確実である。第八〇条の全文は次のとおりである。

＊　＊　＊　＊　＊　＊

Art.80.　Se deposita el ejercicio del Supremo Poder Ejecutivo de la Unión en un sólo individuo , que se denominará "Presidente de los Estados Unidos Mexicanos".

憲法第八〇条。国家共同体の最高権力幹部の実際活動はただ一人の個人に委ねられる。この個人が「メキシコ合衆国大統領」と称される。

＊＊＊

憲法第三三条の el Ejecutivo には「最高権力」という形容詞が省かれている。それでも意味するところは大統領のみなのだろうか。新しい改正でも、この点ははっきりしないまま継続している。[2]　el Ejecutivo という表現は、単数の「大統領」に落ち着かせるためには幾分の疑義も出てくるということである。検察あるいは公安関係が、本来の主体に代わって動くことを正当化できる表現でもある。

これと同じことを、メキシコ国立自治大学の国際私法の権威に訊くと、彼は言下に上記の語句を「大統領」だと言い切った。しかし、上記のような、わたくしの疑問を開陳すると、お前の言っていることをいちいち相手にしているとわからなくなってくる、定説は定説なのだとお説教を受けた。その後、わたくしは両親のことで日本に一時帰国して二年後、帰墨した。しばらく考えて、大学に戻り、もともと専攻は政治学なのだが、わたくしの様々な疑問を学生にたたきつけるべく国際私法の授業を担当した。そして、「疑問をたたきつけること」が、実は「政治的干渉」なのだということを、ある私立大学のお金持ちの白人女学生三人グループに教わった。問題化を恐れる学校側はわたくしを解任して済ませた。それは非常勤講師をしていたメキシコ国立自治大学での授業を慎重に行なうための前哨戦みたいなものだったと現在では考えている。

3. 帰化という緊急避難

非常勤講師をメキシコ国立自治大学で行なうと必ず経済上の問題に行き当たる。一科目の授業は週二回二時間ずつで二週間ごとに給与が出る。二〇一〇年当時ではこの半月給が大体四〇〇ペソを少し上回る額で（当時一四から一六ペソ／ドル）、とてもではないが学年を変えて二科目クラスを持っていないと生きて行けない額といえる。この水準は現在までのインフレを見込んで額面はともかく購買力で見れば改善されているとはあまり言えない。アドミ／行政職の連中に憎まれると一科目しか担当がない。この場合、辞めるか頑張るかの立ち位置しかない。「頑張る」には女性に寄生するなど、いろいろあるが、わたくしなどは、他の私立大学などでの時間講師をやって命をつないだ。これは交通の便の悪いメキシコではかなりの体力および時間の無駄を発生させる。ところが当面、メキシコ国立自治大学では七五％の教師がこのような立場なのである。

わたくしは、日本で、全共闘世代のすぐ後のシラケ世代だが、嘘もお世辞も言えない直截な言辞だけで生きていたし、生きている。当時の立教大学の教師たち（一九七二―七五）は東大からの圧力には弱かったが、ある意味、わたくしのような言辞で立ち向かう学生を「近代主義者」などと言いながら重宝してくれた。ところが、メキシコでは、そういう生意気な輩は、相当の権力者や組織内での伝手、あるいはネポティズムの後押しがないと死に絶えるだけなのである。それを高畠通敏にコメントすると、だからこそ日本には東大を頂点とするシステムがあるのだと返答してきた。それは出世民主主義という恐るべき裏切りのシステムでもある。例えば、裁判官などは出世主義のシステムの中に生きているが、それは各人の中で「原則化」していると言える。つまり、市民的な視野とは別世界に、彼らの「自己」が存在する。わたくしは裁判官資格に任期制導入が必要だと考えている。

非常勤講師（Profesor de asignatura）の境遇から脱するのは学問や教育あるいは正義への執着みたいなものがなければ簡単である。わたくしは二〇〇〇年暮れから二〇〇六年までメキシコ市近郊にあった日本企業のプラントで国際標準 ISO を環境面 ISO14001 から始めていたが、それは学問に基準のある行動学を加えたような面白さを持っていた。二〇〇五年ごろから学問的な補正を求めて夜間に私立大学の科目を持ち、二〇〇六年にはメキシコ国立自治大学の二つの分校にやはり非常勤として舞い戻った。二つの分校でいろいろな経験をしたが、ここではアカトラン校（FES Acatlán）で初めてフルタイム教授試験に参加した体験を書いておく。当初、これが憲法第三三条の脅迫へとつながるとは夢にも思っていなかった。日本の公機関とのつながりとか推薦する人などのない状態だったので自分でも難しいとは思っていたし、すぐに仲間から、そのフルタイム教授試験 (Concurso de Oposición) では、すでに確定候補があり、公募の体裁を整えるために開催されるにすぎないのだという説明があった。細かいことは省くが、その試験への参加申請をしたすぐ後に、政治関係プログラムの長であったアントニオ・エステベス（Prof. Antonio Estévez）に呼ばれて、「君は黙っていてもフルタイムにさせる予定だった。今回の試験は放棄できないか」と打診された。すぐ後に知ったのだが、競争相手は、ソシオ・エコノミー学域のディレクターだった。現在（二〇二三年）、その分校の学長をしているマヌエル・マルティネス・フスト (Dr. Manuel Martínez Justo) である。[3] テーマに出された「国民国家の危機」論文と三本の書評論文、その他を提出して、面接に入った。控室では、提出論文のコピーすら持っていないマルティネス本人に「遠すぎるところに住んでいるではないか」と指弾されたりしていた。面接室に入ると、これも後で知ったのだが、マルティネスのドクター論文の指導教授で、メキシコ国立自治大学本校（CU）の政治学社会学部（FCPyS）のボス教授のひとりが正面に居座っていて、席について自分の名前を言ったわたくしに向かって「メキシコ人になれ！(¡Sé Mexicano!)」と一秒も待たず、一括した。そして、そっぽを向いた。そっぽを向きっぱなしのそのボス教授に向かって「わたくしは日本人だけれども、それが国際政治を講義するうえで、何か障害になるならおっしゃってください」と言うと、そのままそっぽを向いている。他の三人の教師たちはナマズを飲んで成り行きを見ている感じであったが、一人が通り一遍の質問をしてきたのでそれには真面目に答えた。その間、かのボス教授はそのまま、そっぽを向いていた。「首が痛くないか」と聞いたら、そのままそっぽを向き続けていた。他のもう一人が、みんなの顔を見回して、それではこれでと言って面接は終わった。その後、いくつかの問題があったが、それはテーマから逸れるだろう。落選したが、それらの疑問点を根拠に試験結果への不服を申し立てた。その日に、社会学、政治学、国際関係や経済学を統括しているソシオ・エコノミー学域のディレクター、すなわちマヌエル・マルティネスに呼び出しを受けた。教授試験に対して、不服申し立てを行なうと退職させることになるという脅しであった。

その脅迫をそのまま新聞ラ・ホルナダの投稿欄に投書した。(4) その投書が掲載された日の翌日、国際関係学科の主任であるカルロス・コントレーラス（Prof. Carlos Contreras）に呼ばれた。彼は慎重な男だが、明らかに圧力を受けている表情のまま、わたくしに「公式に結果が出されたのだからそれに従うのが当然だろう」と言った。あまりに当然なので反省しながら黙っていた。すると、幾分、威嚇気味に「あんたも憲法第三三条を知っているだろう」と言った。「出た、出た」と思って「それは何か脅迫しているの？」と尋ねると、「脅迫じゃない、条文をよく読んでみろ！」と、今度は顔を真っ赤にして言い切った。持っていたデジカル・カメラを手に取ると、「あ！録音していたな！」と叫んだ。こういう場合は、逃げるが勝ちである。マルティネスの当時の秘書によると（秘書たちとは仲良くしておくのがコツでもある）、その後、カルロスとアントニオがマルティネスの比較的狭いオフィスに詰め掛けて、録音されたらしいということについて協議していたそうだ。

わたくしは、マルティネスの学生だった一女学生（わたくしの学生でもあった）が、彼の伝手で検察に職を得ていることを思い出していた。当時からマルティネスが検察（当時ＰＧＲと呼ばれていた）に人脈を持っていると取り沙汰されていた。また、その女学生からは、日ごろ、彼とは絶対に仲良くしておいたほうがいいわよと言われていた。で、日ごろは敬して遠ざかっていた。それから数年経って知ったことだが、マヌエル・マルティネス・フストは、なんとスペイン人で、しかも、検察に数年籍を置いていたのである。[5] そこまで知ってはいなかったが、取り沙汰されていた事実と、過去の箕原氏の記憶は、カルロスの脅迫で重みをもって迫ってきた。

すぐに当時、日本大使館の領事だった大野裕氏にメールで連絡したら「自分のことは自分で解決するべきだ」と返答をくれた。これでよくも警察庁から出向の領事様である。以前知ることのできた前川という領事とは比べるべくもない小物のつながれたイヌである。幼いころから官憲の体質を痛くも体験しているくせに、わたくしは我ながら性懲りもなくがっかりした。こんなことで日本の名前を持って敵陣先制攻撃ができるのであろうか。それであわてて当時やはり大使館の公使だった森下氏に、どうにかしてくれ、助けて！というのが本音の敵陣攻撃目的メールを出すと、内部で話し合いがあったのだろうが、日本国大使館の体質をよく表す次のような返信が来た。

山端伸英様

ご無沙汰しております。

在メキシコ日本国大使館領事の大野です。

さっそくですが、先日（二〇〇八年九月二日付）、当館森下宛にいただいた山端様からのメールにつき、小職から回答させていただきます。

山端様からいただいたメールによりますと、「昨年三月はじめに文書を大使館窓口に渡しました。…大使館側の対応あるいは無対応の趣旨を早急にいただければと存じます」とのことですが、この案件につきましては、小職から、昨年九月二六日付で、「いただいた資料からは正確に把握することはできないものの、私的活動に関するものと思われ、大使館として、その紛議の仲介に当たることはできない」旨メールにて回答させていただいております。

先般、山端様より詳細な資料を、領事部までお届けいただき、再度、確認させていただいたところでも、山端様、大学側、双方ともしかるべき手続きを取られているようであり、私的事項である本事案に介入すべき事情は現時点ではないものと判断しております。

ただし、かかる案件はメールや資料のやりとり等では事実確認に時間を要しますことから、一度、山端様に当領事班までご足労願い、小職において、お話しを聞かせていただければと思っております。
あらかじめご連絡いただければ、その時間については調整させていただきます。
宜しくお願いいたします。
在メキシコ日本国大使館
領事　大野　裕

日本国大使館の在外邦人のかような事件への対応は、極めてのろく、いい加減、無責任、姑息、卑怯の典型であることは日本人コロニーの中でも通説になっており、わたくしは二〇〇七年のその時点、検察が朝っぱらからわたくしを誘拐して国境の外にほっぽり投げる前に、メキシコ国籍を取らざるを得ないと覚悟して、メキシコ外務省の国籍取得窓口に出かけ、「メキシコ国立自治大学の教授試験を受け結果に疑問を抱き続けたら第三三条の脅迫を受けた」と事情説明をした。即座に「明日、来館なさい」と言われ、次の日に数時間待ったが国籍証明を獲得できた（永住権を得てから一二年経っていた）。これで検察などの先走りに対する防壁ができたうえに、堂々とメキシコ政治を批判できる立場になった。日本国大使館の大野裕領事にはその後、国籍取得の報告を口頭で行なったが、無視するような態度をとった。この彼の無視の態度は、わたくしに、メキシコ国内では何か二重国籍が許容されているのかのような気分をもたらした。実際、日本国憲法二二条を英語で何度も読むと、現行の国籍法に国家主義的詐術を濃厚に読み取ることができる。

その後、大野領事は森下公使あたりからの圧力によるのか、学長が変わったばかりのアカトラン校に出かけた。学校幹部からメキシコ国立自治大学では第三三条のような人権をないがしろにするような発言はあり得ないというような言質を畏まってもらって帰り、それをわたくしに告げた。パスポートに記してある邦人保護の当の責任者が、他国の権威的体裁を持った機関には論拠立てでものも言えず、逆に日本人に向かっては無責任を威丈高に変えてものを言い放つ、この態度が日本国大使館、外務省の体質かもしれない。

ある時期、日本国大使館はメキシコ籍を持つ人材の求人を行なって、わたくしは馬鹿正直なので応募したが何の返事もないまま規定の日時は過ぎてしまった。(6)

4. 非国民日本人

二〇一二年の一二月、選挙の海外投票当日、一一月にメキシコ国立自治大学のアラゴン校を辞職してサカテカスの日本企業にいた。週末を利用してメキシコ市に行き、投票しようとしたら、若い二人の大使館館員に中断され、二重国籍者には投票権がないという変な論理を使われた。その際、かれらは「国籍離脱届」の用紙を突き付け、サインを強要した。日本の国籍法第一一条一項には、外国籍を取った時点で日本国籍を喪失すると書かれている。この「国籍離脱届へのサイン強要」が、日本国大使館の「私的事項である本事案に介入すべき事情は現時点ではないものと判断」したうえでの対応であり、問題を「私的」と断じて放逐する邦人保護の実態である。

これは、日本企業の日本人駐在員の残した私生児たちにも適応されている態度である。日本のエゴ的出世主義者たちには、彼らは「私的な所産」であり、「感知するところではない」のである。何たる海外政策であろうか。わたくしはＤＮＡ検査と母親を含めた証人手続きによって彼ら見捨てられている日本人子弟の日本国籍も認める責任が日本国家にはあると宣言する。

一九八四年の国籍法改正までの異様な父権主義を反映した血統主義的国籍政策を行なっている日本国家にとって海外移民の集団は「別個」の存在になりかねない。一九五七年に外務省が作り出した「日系人」という造語[7]はすでに日本国内では差別語として確固たる地位を占めて杉田水脈その他の「右派権力者たちの政治用語」化している。日本の国籍法は、海外では一つの傾向でもあるメキシコ憲法第三七条のような国籍と市民権を別個に扱っている法律ではない。しかも海外公館或いは大使公邸に、天皇家を祭る祠が存在し、ある種の催事の際にそれは隠微に人の目に入るようになっている。それは非文字的意識操作というべきか、「あんたがた、国籍は失ったって天皇様はついていらはるんやで」と言うかのごとき効果を上げているのかもしれない。しかし、それは移民集団の中でも成功者たちだけの目に入る暗示でしかない。

その後、わたくしはいろいろ考えて、今では「非国民日本人」と自称している。日本国憲法英文では、the japanese people が主人公になっており、日本国民 the japanese national は、ところどころに出てくるだけである。わたくしは祖国を失っても、日本人である。あなたに負けないほどの日本人で、築地市場を蹂躙した奴らを許さない日本人である。第二次世界大戦の血と絶望の惨禍の中から日本国憲法が生まれたということを噛みしめることのない輩は日本人ですらないのだ。戦後は違憲立法審査権を戦後政治の中に刻印できなかった。わたくしは現在、日本が日本語憲法と並べて、世界に開示している英文憲法の第二三条の中で生きている。現在の日本国家は偽物なのだ。その際、わたくしたちにはニセ国家や統一教会政府から亡命する自由もあってしかるべきだろう。そして、国内に居続けながら、あるいは日本国籍を拠点としながら他国籍を持つことは、統一教会政府の欺瞞を国際的な視点から打ち砕く論理を用意するだろう。わたくしは、可能性を繰り返しているだけの知識人ではない。崖っぷちに立ち、武器商人や戦争資本と対峙しながら、無力承知で立ち向かう一市民であり続けようとしている。このエッセイも、そのつもりで書いた。次の行動に結び付けたい。

註

（1）メキシコに住み始めて非常に印象に残っているのはコレヒオ・デ・メヒコの教授だった田中道子氏の無責任な態度であった。わたくしは彼女を渡墨前から存じ上げていた。立教大学の高畠通敏の研究室にしばしば訪れていたからだ。高畠は「立教に職を得たいって言うんだ。だけど、語学教師では不足なんだろうね。」とコメントしていた。彼女は他の大学に行っても似たような自己宣伝をしていたのだろう。要するに日本に戻って生きたいという要望が彼女にはあった。しかし、メキシコで出会った彼女は全く逆であった。メキシコ外務省内の日本社会や文化の連続セミナーをよく受け持っていたが、その際、しばしば御自分がメキシコ人であることを強調していたそうだ。それは、彼女が「佐野碩基金」を立ち上げたころ、佐野碩につながる演劇関係者の前で、もっと頻繁に言明されていた。わたくしは友人で舞台装飾家のフェリダ・メディナ（Félida Medina）が「基金」の会計を任された際もその場にいた。その際にも田中道子は、そこにいた黒沼ゆり子たちから顰蹙を買いながらも自分が帰化によるメキシコ人であることを強調していた。佐野は、フリーメイソンからのミッションとして何人もの女優や、フェリダのような舞台関係者をフリーメイソンのインストラクターに紹介して組織しようとしていた。わたくしが不可解なのは、佐野碩基金の中に、佐野経由のフリーメイソン体験者がかなりいるにもかかわらず、田中がメキシコにおいても、日本においてもそのことに全く触れていないことだ。それは別の機会に論じるにせよ、日本での彼女の振る舞いを見てきたわたくしには、よくもまあ、御自分のことをメキシコ人と言い張りたいお人だという印象があった。

佐野碩基金の事業の一環として安部公房の「砂の女」を上演したことがある。舞台装置や装飾はフェリダ・メディナが担当したので、フェリダと上演されたコヨアカン劇場に何度も足を運んだ。田中道子と出会って、メキシコ国立自治大学での窮地をコメントすると、彼女はいきなり「日本は二重国籍を認めているわよ」と発言した。わたくしは「まさか！　国籍法は禁じているよ」というと不可思議な苦笑いを返してきた。そのあと、わたくしには、彼女はメキシコ大使館との間で変なからくりを持っているのかもしれないという疑惑を持つことになった。社会科学や国際関係関連の授業には未練があったが非常勤講師を経済的理由から退任して二〇一一年、わたくしはサカテカスの日本企業で働き始めた。週末はメキシコ市に帰ってフェリダと会ったりしていたが、しばらくすると、ばったり「佐野碩基金」の話がフェリダから出なくなっていた。そして、決して田中道子を非難せず、それどころか尊敬すらしていたフェリダが、田中に対する不信を述べた。「投げ出されちゃったのよ」。わたくしは、この文章を書きながら、田中道子が二〇一三年、瑞宝中綬章とやらを受賞したことを知った。田中が二重国籍を持っていたのは確実だろうが、大使館は「コレヒオ・デ・メヒコ教授」であることをもって大目に見ていた可能性がある。この田中の動きの中から、二重国籍の持つ性格と無責任な行動をくみ取ることもできるだろう。数年前の一〇月二日、トラテロルコ虐殺を歴史的に指弾するデモのさなかで田中道子がいるのを見たが、その左翼の顔と日本の勲章とが彼女の二重国籍の両面を語っている。

（2）特に二〇一一年の改訂で「事前の裁定」が条件となってからは、むしろ公安当局にこの「特権」を広げているとも解釈できる。

（3）「汚職型・抑圧型の学長」：https://www.laizquierdadiario.mx/El-rector-represor-Martinez-Justo-busca-su-reeleccion-en-la-FES-Acatlan .「アカトラン校における汚職：マヌエル・マルティネスとはだれなのか？」：https://misionpolitica.com/2019/05/14/corrupcion-en-la-fes-acatlan-unam-quien-es-en-verdad-m-martinez-justo/

（4）ラ・ホルナダ紙二〇〇七年二月一二日投書欄。Noé Yamahata, ”Cuestiona Concurso en la FES Acatlán” en Correo Ilustrado de LA JORNADA. 12 de febrero de 2007.

（5）スペイン憲法第一一条第二項は、「スペイン人として生まれたものは、その国籍に囚われるものではない。」と定義している。これは、実はメキシコ憲法でも第三七条第一項に宣言されている。「メキシコ生まれのメキシコ人はその国籍に囚われるものではない。」。要するに、国内産のスペイン人もメキシコ人もどんな国籍をとってもスペイン人であり、メキシコ人であるのである。しかし、スペイン憲法第一一条では市民権と国籍との分離は明確ではない。メキシコ憲法では「メキシコ国籍」は持続しながら「市民権」の保留や条件付き剥奪の規定が同じ第三七条の中に規定されている。この表面的規定でいえば、日本側の解釈はともかく、現在（二〇二三年）の日本国全権大使である福嶌氏は、メキシコでは市民権を剥奪されているメキシコ生まれのメキシコ人ということで、メキシコから見れば二重国籍者なのである。そうではないという論理は、一種の集団的秘密合意の形でも成立できるが、いかなる言い逃れであろうと、それは国家間の前例となってしまう。それはそれで二重国籍の推進側から見ればよい傾向でもある。ラテンアメリカ全体にスペイン出身者やラテンアメリカ自身の出身者への待遇に甘いのが顕著であるがそれは単なる言語的な問題だけなのではない。メキシコの国籍法ではメキシコ国籍を取得した外国人の公安関係での就業を禁じている。しかし、この主人公マルティネス氏は、検察の国際犯罪分野の幹部だったようなのだ。ということはスペイン政府側からの何らかのコネを持っていたことが示唆され得る。それが大学内での権勢と関連している可能性がある。また別口に、アッカーマンというアメリカ出身の評論家がおり、彼の配偶者はメキシコ国立自治大学の有力者で、現政権の閣僚だった。社会的に有力な女性や閨閥を利用する、ということは、スペイン・ラテン系でないわたくしたちには麻薬のように迫って来る。わたくしが最初に教授試験を受けた際にはメキシコ国立大学本校の政治社会学部長はフェルナンド・ペレス・コレア（Fernando Pérez Correa）だった。彼は六八年当時のメキシコ五輪学生委員会の委員長で、トラテロルコ事件にまつわる物議のある人物である。わたくしには経済上の行き詰まりから大学を辞職したり復職したりして人脈が乏しい。実力者の子女との接点もあったが、わたくしの勝手な信条がわたくしを駆り立てていた。

鶴見俊輔に、わたくしも「貧乏な無名の人と結婚しなさい」と言われた口だった。しかし、当のわたくし自身が彼の想像を上回る貧乏だった。彼に義理立てているわけでもないが、日本とは「貧乏」の概念と中身が全く違う貧困文化の森で可憐なモレーナと結婚してしまった身としては、大学の外で、どのように「知」と向き合っていくかが常に目前の課題である。非国民日本人とは全く裸の、市民権だけは勝ち取っている日本人でしかない。帰化メキシコ人にはすでにふれたようにさまざまな制限が設けられており、それは特にアジア系人種に対する根深い差別意識と結びつくようになっている。もちろん、アジア系に対する差別の根本には植民地化と先住民（インディヘナ）の抵抗の歴史が実はどこかで結びついている。

（6）ちなみに二〇〇七年からの歴代日本大使は成田右文二〇〇五―二〇〇七、小野正明二〇〇七―二〇一一、目賀田周一郎二〇一一―二〇一四、山田彰二〇一四―二〇一七、高瀬寧二〇一七―二〇二一、福嶌教輝二〇二一。

（7）海外移民に対する潜在的排除と包摂の上で「日系人」というカテゴリーほど成功した事例はまれだろう。なお「日系人」について極めて精彩な次の論文を参照のこと、石田智恵「日本人の不在証明と不在の日系人」立命館大学生存学研究センター報告17、二〇一二―〇三。

（付記） 以前に「国籍離脱思想の前後」「駐メキシコ大使館の脅迫に学ぶ」などを書いている。このエッセイでは「他国籍」を取得するまでの過程に焦点を当てた。なお、わたくしは、二〇一一年まではまだ日本人に期待をかけていた。原子力発電所の事故に際しても自衛隊は少しは役に立つだろうと考えてきた。その後の日本人の投票行動を含めた展開を目の当たりにしながら非国民日本人としてわたくしはどのように生き死ぬのかを考え始めていた。二〇一九年の一一月の父母の命日に合わせて日本に出かけた。出発前に、国籍問題に見切りをつけるため日本大使館に出かけた。大使館の清水一良領事は、あるいは表面に出なかったが、高瀬寧大使は、国籍離脱届にサインしたいというわたくしの意向を頑強に拒んだ。無理やり、どういうわけか国籍喪失届へのサインを無理強いされた。暴力には弱いので国籍法第一一条一項の文章とは矛盾する行為をさせられたという不愉快さが残った。それでも国籍離脱届にサインをする日本人に対して、市民的権利は国家として残すべきだろう。ここでも「喪失しているのだから離脱手続きはあり得ない」などという理屈をくっつけてくるのである。さて、それはそれとして、日本滞在中、役所へ戸籍の確認をしに行った。既に他国の国籍を取ったことを十年以上も大使館側は知悉していたにもかかわらず、小生の戸籍はそこにあった。メキシコ転出と記入されていたが消されてはいない。人権上の出生証明権は確保されているのだろうか？　そのうえ、役所で配偶者の名前まで記入させられてしまった。また、その後、経済的な理由から、ある施設での配管関連の仕事をしようとしたが、日本国籍者でないという理由で仕事に参加できなかった。

〔二〇二三年一月三一日〕

〔武田里子編『国籍法をめぐる当事者による市民的不服従の実相』
大阪経済法科大学アジア太平洋研究センター。二〇二三年二月一〇日〕

第4章
大学解体のあと

政治学の現在：その日本的一端

最近出版された岩波文庫の『政治の世界、他十篇』の解説で松本礼二という大学教授が、丸山眞男の「政治学者」へのイメージについて次のように言っている。「すなわち政治学者は医者にして指揮者であれと。今日の学問状況を前提にすれば、率直に言って、これは過大な要求であり、本解説の執筆者自身を含めて大方の政治学者にとって、いささか迷惑である。」

ここでは丸山以降の七〇年代八〇年代の政治学者たちの動きがまったく捨象されている。例えば松本礼二自身が参照したと言っている田口冨久治『戦後日本政治学史』の中で絶賛された高畠通敏は、晩節に天皇制下での「出世」を計ったにせよ、「市民政治」の中での政治学者の位置づけを計っていた時期がある。また松下圭一は政治に理論的にかかわることを続けていた。その後、北岡伸一や山口二郎などが政府や党の御用学者然として政治学者をやっていたこともある。(1)

松本礼二の言う「大方の政治学者」たちは世俗的には「現行システム」内部の受益者として生きている面があることは確かだろう。わたくしは一九九三年一〇月に高畠からFAXを送られて日本に大学院の博士課程を受けに行ったが、一九九四年の正月に会った当初から彼の天皇制論のおかしさを議論してしまったのでひどい滞在になった。二度目にあった時、彼は立教の法学部の若い教師たちからのわたくしの評判が悪いと歩きながら言った。わたくしは以降腹を立ててしまった。評判というものがあったのかどうかは知らないが個人的に知っているのは吉岡知哉現学長くらいなものだった。松本は彼らの世代より少し上でもある。当初、高畠はわたくしの滞在費は払うと言っていたが払わないで死んでいった。

東大の政治学では岡義達の影響で「政治」概念からの「暴力」の排除が進んでいる。岡が戦後の五〇年代に書かれた尾形典男の雑誌『思想』に掲載された論文に対して手紙を書き、その物理的強制力を伴った政治権力論を個人的に批判したことは、尾形典男自身が後半生を賭けての自己格闘への契機となったと述べている。もちろん、「政治」概念と現実政治との間には「暴力」を単なる社会学的事象と片付けてしまえないものがある。

同時に、岡義達の観照的政治学の態度には、政治学者自身の組織化やシステムへの依存性を強める傾向が明らかに見て取れる（岡は当然、現代システムの根底に暴力の存在も見ている。）。

松本礼二が、現在も続く受験体制から体制エリートとなる自分たちの性格を丸山的に「自覚」しないのはよいとしても、「大方の政治学者にとって、いささか迷惑である」と言うのは「代言」

として東大卒研究者たちの現状に極めて合ったものであることはわかる。しかし、現在の日本の疑似国家主義化の中でそれは、全く反省も責任もない代言の仕方でしかない。

岩波書店は現在では日本の権威システムを補強する能力をもち、執筆者たちへの褒章や学閥主義で押さえているが、このような片手落ちな解説を大学教授に書かせて、しかも発行してしまうのでは、編集者たちの実力に対する疑問も持ち上がるだろう。せっかく自分で支えている現行の価値システムを自分で揺るがすのでは、岩波茂雄も成仏どころの話ではなかろう。松本に言及されている神島二郎の『近代日本の精神構造』や前田康博の『思想』連載論文などは「現行システム」のおかげで売れる心配をしなくてよい岩波書店の手で文庫にされてもいいと思う。

（「ちきゅう座」、二〇一四年四月七日、原題「丸山眞男『政治の世界　他十篇』の解説から」）

（付記） 御用学者として彼らは、もちろん「普通の国」を筆頭にファウルを打ち続けていた。日本国憲法を侮る態度は左右どちらにも相互感染していた。そして当時も今も、誰もそれらがファウルであると指摘する「親切」を持っていなかった。そのような「親切」は、わたくしも新設の社会理論学会から放逐されたのだが、日本から排除される運命にある。そして、二〇二四年の現実がある。

「古層」析出の射程

……いわゆるトラブル・シューターは素朴なトラブル・メーカーにくらべて、より悪質なトラブル・メーカーに変じうる……（岡義達「政治」）

序

別段、いくどとなく女性にふられたからといって男が仕上がるという保証はない。[1]「成功」そのものもまた男をダメにするという説もある。国民経済や国際政治も男女の関係に影響を及ぼすが、ともあれ男の歴史における男は、いったい何故、女性にほれるなどという徒労を働くのであろう。その結果、しばしば彼が味わうのは多少の自己弁護ではおおい尽せぬ自らの精神の脆弱性の悪夢である。これが本来の脆弱性であるのか、あるいは単なる悪夢に過ぎず克服を待つばかりであるのかは、一日に論じ得るものではない。

しかし、この脆弱性なるものは高々女性に対して覚知された主観性であるが故にいきおい思想的には看過されがちであるが、「精神的脆弱」とは一般に確たる文化的所産であり、それは「反省的無力の日常性」に由来しているのである。かくしてこの脆弱性は無自覚化されることにおいて最も閉塞した静態的社会構造、すなわち人称に責任性を読み込めない社会を密かに理由づけすることになる（米山俊直「日本人の仲間意識」は徹底した批判を要する）。

現代日本の政治構造はこの「脆弱性」を「安定」というゆりかごに乗せ、その上にあらゆる価値判断を追いあげている。ゆりかごは、揺らしながら修繕可能である。

夢はいつでも買収できる。我々の安定の空しさは軽快を装う。

この平準意識（ペッタリズム）が、批判はおろか様々な現実の批判的・反省的契機をもおおい尽そうとする硬直を伴うが故に、日本における「政治的人間」が如何なるイデオロギーを所有しようが、現在のところこの「哲学の貧困」が日本の政治状況において克服される見込みはない。「説明されも説明できもしないブルジョア社会の定在と現在との事実性は、永遠の自然法則または超時間的に妥当する文化価値という性格をうけとるのである。」

既にルカーチは『歴史と階級意識』でブルジョア思想のゆきあたる非歴史的・反歴史的本質をかように述べている訳であるが、日本の政治文化と資本主義とが、どのように「歴史の廃棄」を行なったかは吟味するに価する。が、資本主義の日本における成立契機そのものが近代以前からの持ち越しである以上、ここでは政治文化を読み込むことから始めるのが手順であろう。

——世界が「私」から逃げてゆく。人々は一瞬前の「私」と同じ様に、自己の陥つてゐるその様な世界に気づかずに、ただ音楽に聞き惚れてゐる。（井上良雄：梶井基次郎「器楽的幻覚」評釈の一節）

——今日の生は、過去の中に自分の方向を見出すことができない。自己固有の使命を自分で発明せねばならないのである。（オルテガ『大衆の反逆』）

オルテガによる「今日の生」がより理念的なものであり、梶井の「私」がより肉体をそなえた具体的なものであることは確かである。その現実批判（階層批判）的側面では梶井の「私」のほうがよりラジカルであろうが、ともかく、ここには「自己喪失」としての「生の苦しさ」に逼迫した自己意識が語られている共通性がある。

オルテガにとっての「発明」が、その使命を説得的に表明しうる現実形態をとりうるか否かは、梶井的「私」体験の吟味によるであろう。またオルテガの決意と、マス・デモクラシーの真只中で、臆することなく「オオッピラ」に「民主主義」を吹聴されてきた私たちの「食傷」とは、同じ文句を発することは出来ても、与件としての事柄への、すなわち「大衆」の時代への、「思い入れ」が異なるだろう。次の言葉は示唆と空しさとに満たされてはいないだろうか。

——われわれの生の状況とは、なんと驚くべき状況であろうか。生きるとは、この世界においてわれわれがかくあらんとする姿を自由に決定するよう、うむをいわさず強制されている自分を自覚することである。(2)

むろん、この世を苦しんで生きる必然性に好んで毒されたがるような殊勝な人物が、もしこの日本国にも存在するのなら、推薦しますこの論文、丸山眞男の「歴史意識の『古層』[3]」。いわば日本における「政治」認識の歴史的不在証明「丸山版」とでも言えましょう。しかし、私はいま「暗い絵」(野間宏)の主人公がブリューゲルの画集に沈潜した精神内容を、この一つの論文に投げかけ照り返されている。これほど主題が限定され「日本」についての理解のスタイルとして感覚的には一面的にすぎる印象を受ける論文は珍しいだろうと思う。

「実感から汲みあげる方法」を多くの「日本文化論」から看取し得る「知的状況」をのり越えて、丸山眞男は未だ私たちの黒々とした恥部を指摘し続けている。ブリューゲルの絵で最初に「日本」をイメージさせたのは「暗い絵」においては盲人が盲人に道案内をしている絵であるが、丸山眞男が日本の知的状況を見抜く眼は、やはり「現代」へと注がれているブリューゲルの眼であろう。以下はその眼を伺う程度のノートである。

1. 混沌との戦い

……生活に於ては無用な事柄が沢山言われ、余計な身振りが沢山行なわれ、くっきりした情況というものは殆んどない。我々の望むように単純に十分に面白く行なわれる事は一つもない。場面は互いにはみ出している。事柄は初めもなく終わりもない。完全に満足の行く結末もなければ絶対的に決定的な身振りもないし、うまくあたって落着く言葉もなく、すべての結果は毀なわれている。……

ベルグソンによるとW・ジェイムズの眼に映じた事象一般は始めこのような索漠たるものであったという。

「これでは我々の理性は満足しない」（ベルグソン）――従ってジェイムズの苦闘が始まる。日常生活そのものをジェイムズがベルグソンの言うような形で捉えていたかどうかは実のところ怪しいのだが[4]「書物が主張するような種類の神」を信じないジェイムズの世代にとっては、まさしく生は前方に真理を「発明」することによってこそ保たれ得たに違いない。「諸君がいやしくも直観をもたれるならば、その直観は、合理主義の住み家である多弁な段階よりもいっそう深い段階である諸君の本性からくるのである。諸君の意識下の生活全体、すなわち、諸君の行動、諸君の信仰、諸君の要求、諸君の予感が前提をなしているのであって、諸君の意識はいまその前提から導かれた結果の重みを感じているのである。そして理屈をこねる合理主義がいかに巧妙に語って反対しようとも、その合理主義の言葉よりも、そういう結果のほうがいっそう真実でなければならないことを、諸君のうちにある何かが、絶対に知っているのである[5]」。ここでは「発明」とは同時に自己を構成する総体の基底の「発見」である。では私たちの「発見」は「発明」たりうるか。

ジェイムズが「信仰の基礎づけ」である「不合理な直接的確信」の「事実としての優位」を語るとき、彼の前には五里霧中なる前方が拡がるばかりである。ジェイムズにとっての状況は、ひとりの自覚した人間がこの世に立たされていることに始まった新たな「知識」性の呼びかけであった。しかし、丸山が私たちに与えた日本の「知識」状況は拡大する「つぎつぎとなりゆくいきおい」の世界でありその「発見」は、私たちに何ら前方への確信を与えるものではない。対他認識における相対主義と、歴史認識における相対主義とは、日本においては「主義」としての自覚とは無縁な存在形態のまま、しかし頑固に表出されてきている。対他性における個々人の神義論的独立は、個々の「思い込み」の世界での居直りとして、歴史性における真理のありかはその時代その時代の「真実」として、相対化するが、この思考様式は「今」の社会認識に際して「混沌」とまじり合い、「相変わらずですか、私も相変わらずです」的な安心世界の提示を個々が強迫的に求め合う「志向抑圧」の世界観が日常世界をおおい尽すに至る。

だが同時に丸山眞男に分析された日本の知識人たちの「歴史意識」には、かような日常世界の混沌から踏みはずれる「無常」の契機につかんだ「信仰」が、やはりあるに違いない。彼らの歴史叙述にも「結果の重み」を認める必要はある。日本の知識人に歴史的に備わった論理の緊張力は「状況」に対するに「異質事項」の提出を行なうことに集約されているのであって、ここにおける「信仰」は細部に宿り給う神よりも「結果」の重みに突進する。したがって日本の史上知識人は密かなる、あるいは大胆なる日常世界との結託なくしては歴史を生きる「今」の論理を「同時代」に試みることが出来なかった(歴史叙述にひそむ無際限な政治性)。歴史意識として丸山に問題とされているのは、この「今」に突き動かされた知識人たちの「自己満足史観」でもあった。しかし、この無意識の正当化こそ、我が知識人に巣食った八百よろずの神々のあかしであることを丸山は見逃してはいない。丸山は、おそらく、その「結果の重み」を各々のケースに認めたうえで、彼らの「信仰の基礎づけ」の更なる前提、すなわち直観の依って立つところの傾向性・規定性における「持続低音」としての連続性の存在をえぐり出そうとする。すなわち、超歴史的理念の貫徹は、日本近世の「反体制」思想家山県大弐においてさえも、「今」の状況に対する権機の処置―丸山）の優先のうちに、その超歴史的理念たる所以、すなわち思想的有効力を骨抜きにされてゆく。丸山によれば、〈「例外」はここでもかえって一般傾向を証示していた。〉ということになる。このような一般傾向としての連続性を究明することの意味は、やはり私には、日本の学問知識に固有の伝統的な思考枠を現在の知識の担い手に自己認識させ、その轍とのベクトルのとり方についての責任を追ることにあるのだとまず第一に考えられる。

「あらゆる真摯なる思想家の場合にそうである様に、彼の厖大な体系も窮極するところ現実社会に対する深い時代関心に裏づけられていた」という安藤昌益に対する丸山の評価は、樋口謹一のいうようにそのまま丸山自身にこそふさわしいと考えられる。「都市と都市的なるもの」において、「こんにちの社会が変動の状態にあるということは、あたりまえのことになってしまった」と書き出すルフェーブルは、〈変動〉を「たがいにもつれあったさまざまな危機」として感受し規定している。しかし丸山の場合は、歴史意識において既に「変化における持続」の観念を忍び入れていた日本の転形期知識人の歴史記述の分析により、日本における〈変動〉の無限連続性と、それによる〈危機の相対化〉に最終的に触れながら、この〈変動〉がルフェーブルの言うような（彼が現代都市にみるような）「イメージ」としてではなく、歴史的に実証されうる〈観念〉として見出すことが、少なくとも日本においては可能であるということを論証したという意味において現実社会に対したのだと言えよう。そのことは彼が、ルフェーブルの所謂「ホモロジーの方法」の有意味性についての確信をもって、この時代と向き合っているためだということも言える。[6]「反動の概念」の付記で丸山は次のように断わっている。「本稿の意図は反動の範疇の思想史を現代まであとづけること自体にあるのでなく（もしそうならレーニン以後の段階を当然検討せねばならぬだろう）、むしろ、冒頭にのべたように、その原初的な形態をたずねて、そこから今日の問題へのなにほどかの暗示をくみとりたいということにあった。」

この姿勢はいま眼の前にある「歴史意識の『古層』」に最も完成されて表わされている。それは同時に「今日」に対する深き洞察の責務を彼自身に与えている筈であるが、果して「今日の問題」に立ちあっている時代が最も希求している「発明」については禁欲的な表現をとる。丸山眞男のこの「歴史意識の『古層』」が、私にとってブリューゲルの絵であるという意味は、日本知識人の歴史意識にひそむ連続性を彼がいくつかのアイテムを歴史記述のなかから拾いだし吟味することによって、読者である私の反省的意識を刺激することにもある。しかし、その反省は私に少しも発見の喜びを与えてくれないのだ。或る意味ではここには私たちが日夜、抜け出し逃亡したいと願っている知的状況が、如何に根深く度しがたいものか、その「無窮性」が語られているのである。たとえば慈円の「愚管抄」が末世へと下降する史観に対する「もてをこしもてをこし」の努力を強調するときにさえ、「ムスヒの内在」を読みとり得るこのとき、私たちは、歴史意識におけるこの断念不在を喜ぶべきか悲しむべきか──。(7) もっとも歴史意識の形態にいちいち感覚的反応をもってしてもはじまらないに違いない。

「くっきりした情況」の不在を生きなければならなかったW・ジェイムズは、西欧モデルの自己解体を自ら試みたのであるが、一方、丸山にとって、ブルームズベリー・グループの片隅に頭をかかえて黙り込むD・H・ロレンスの苦悩と焦燥と怒りは、日本へと試る論理において無縁であった。その「緊張」とその「正当性」において、丸山の「境界人」認識は有効性と限界を有している。もちろん、丸山の「禁欲」された部分の内実を私たちが知るすべもなく、加えて、彼の論述が設定された主題の上で縦横のアイテムを尽す冒険性を示し、同時にそれがまことに強固な説得力を有することは、制度的には西欧近代に正当性を置いたこの時代に、もはや彼を「近代主義」の名のもとに枠づけし得ないひとつの理由である。丸山における「西欧モデルの自己解体」とはその方法上の孤立性として顕現されたあまりに逆説的な一事件ではなかろうか。

2. 政治的正当性とは何か

丸山は、〈「正統」に対する「修正」ないし「反逆」の動向のほうが、──当事者が意識すると否とを問わず── 持続低音と調和しているという歴史におけるアイロニー〉を日本思想史の流れから読みとる。

私は律令体制前後から以降、日本における権力支配の二重構造はともかく、支配原理それ自体の確立が、日本における民衆意識・文化とは異なった基礎（C・E・メリアム「政治権力」参照）の上で可能になったのだと考える。つまり、日本における支配の正統性とは、日本文化の異端に他ならず、支配権力の上層にあるものは、常にこの異端についての自意識にとりつかれていたのであり、しかし、それは自覚的には種々の思い込みをともなうバラエティーがあったのである。そして、対権力（反権力に限らず）の立場にある知識人層は、そのような支配権力の基礎（土俵）の上で、民衆倫理[8]と接合・迎合・同化させた〈対抗勢力〉的発想をつねにもっていた。それはもう一つの局面においては、民衆と知識との位相についての認識を欠いた「ひとりよがり」の変態的知性を体現していたものとも言える。とくに知識層が政治的に民衆とじかに向き合う機会を増大させた近代以降は、後者の局面はいわば病理でもある（林達夫『共産主義的人間』参照）。

「――今後、市民運動内部から都市専門家が育っていくことが予想される。すでに高校、大学への進学率は上昇し、今日の大学進学率が戦前の中学に対応するということは、その教育に問題があるとしても、すでに専門の知的訓練に耐えうる層が広汎に展開していることをしめしている。しかもひろく政治・経済における調査・企画の比重増大にともなって、政策科学的思考に習熟する市民が蓄積されはじめている。この層が市民運動に参加するならば都市専門家として育っていくだろう。」（松下圭一『都市政策を考える』一四七頁）

この大学教授には、未だ大学闘争の意味の内実のひとかけらも影響を及ぼしていないかのようだ。ここで甘い理解を寄せるとすれば、このひとには自らの創唱した「大衆社会」としての現代に対するペシミズムが、まず現代市民の生活形態へと向けられており、同時に現代市民そのものの自発性、共和性が「大衆社会論」のオプチミズムを背後に唱われている側面がある。したがってここでは、既成の教育体制や「科学的進歩の観念」が無批判に享受されたまま、市民の参加が待望されるのである。これらの制度枠組からはみだしたものは、彼によれば「田吾作」でしかない。都市政策論に展開されたこの政治学者の論理の背後には「既成制度」および「既成知識体系」との結託を余儀なくされた思想家の「理性の狡智」を感受できないか。

都市政策の専門家と、市民運動の当事者との「公共」概念をめぐる決裂は、ここではあまりに自明なことだ。「すべての個人がテクノクラートになるとき、それはデモクラシーに転化することを想定しなければならない」（松下圭一『現代政治の条件』増補版、二一九頁）などと理念的なことを言われると私のような呪文愛好者など、ついうっとりとしてしまいがちであるが、問題はそれへのプロセスなのだ。ミニマムな現場での個々人の手作り的な英知と、かような理念とは感性的にも現実的にも作業のプロセスを異にする。理念を演繹する知識体系は、都市住民の実際的活動とは直接的には無縁な知識人の論理の「流れ」であり、政治の場では「彼らは、思わず知らずに、政治の体制側の形式を模倣している」（ライヒ）ということになる。

現代における「政治現象」の市民生活への抵触過程は、政治に対する民衆の「持続低音」的対応を突き崩しつつある。しかし、これは政治意識の問題であろう。丸山の持ち出す「歴史意識」とは常に知識階層が体制とともに表出の権を独占してきた観念の基層なのである。

　ということはすなわち支配権力が自らの正統性を被支配層に説得する理路の背後に忍ばせた「つぎつぎになりゆくいきおい」の発想が、より説得的に働く文化形態が存在しているということであり、同時に知識人層は支配権力の側が客体化し得たこの文化形態に対する自己相対化を明確な形で定式化し切れなかった知的な無反省性を抱懐しつづけてきたということなのだ。しかし、そのことは決して知識人層そのものの「境界人」化あるいは「専門家」化、および「党派」化などによる「明確な立場」をもってしても解消できるような代物ではない。政治権力が支配の行使の必要に迫られて情況に対する自己相対化の機会に恵まれていたのに対し、情況における諸矛盾の理論づけを「権力状況」的理念によって記述する日本の知識人には、政治権力が客体化し得た文化形態について、批判はおろか客体化する冷静ささえ、いや知的誠実ささえ欠けていたと言わざるを得ない。つまり、「修正」ないし「反逆」の動向のほうが持続低音と調和しているという丸山の指摘は、「歴史におけるアイロニー」というよりは、政治状況の「今」に立ち合った知識人たちの自己省察を欠いた「歴史意識」のもたらす帰結であると考えられる。

　思想が現実状況にむかって表記される際、日本の知識人がたえず「歴史意識の〈古層〉」に新たな尽きぬエネルギーを汲みとり論理のフィルターの役目を課した事実を、「作為」として認め得ないという日本的状況においては論理上のタクティクスやレトリックの政治的成立はありえなかった。すなわち、民衆の論理そのものを評価して政治的ポレミックの場へ持ち出す方法について知識人層は無関心に近かったし、民衆への無責任性と究極理念への無責任性とは彼らの思想の転轍の局面に「古層」としての持続低音として表面化しつつ「政争」の場面にも問われることなく、相互に昇華されてしまうのである。

ただでさえ「論争」に徒労はつきものであり、現代における多様な知的展開を相互の理解を保てるほどに関連付けるにはさらに恐るべき労力を必要とするであろう。そのうえ私たちは古事記以来の由緒ただしき「古層」を介して重層的徒労の栄に浴することもできれば、そのうちどうにかなるだろうと肩をたたき合うこともできる。絶望なき徒労と平安の泥濘。しかしながら、かように私たちの知的状況を見究めることの出来る背後には知識階層そのものが、「歴史」に立ち会う自己認識の局面に「今」の社会認識を優先させるという、「社会認識」における非歴史性の問題が横たわっている。それは過去のエネルギーを含みこんだ「今」の「今」からの初発として言われているように叙述としてのみ完結するものであっても、社会認識は「今」のなかにとじこもり、歴史そのものは社会構成との連関なしに「なりゆく」ことになり、それこそ、議論の余地がない。この傾向が歴史的に重ね合わさったところに「歴史的相対主義」という判断の形態があらわれるといってよい。

（しかし、これについて触れておく枚数も尽きかけているので、ただひとつだけ触れておくと、歴史的相対主義を、内田芳明は『歴史変革と現代』という著書で「歴史的虚無主義」と言いかえを行なっているが、これは日本語の文脈においては異なった方向への歪曲をもたらすのではないだろうか。）

3．政治文化と政治学

歴史意識の局面における「インテレクチュアル・ヒストリー」として試みられた〈歴史意識の「古層」〉は、実に鋭利に日本知識人の特質を突いているが、同時に民衆の生活世界と知識人との距離を歴史空間の中に明示化することにおいて欠落している。もとよりそれは丸山の意図するところではないに違いない。しかし、このことによって、日本に可能なる知の範型を、歴史の表層を自覚しえた浮動的階層及び支配階層の側からしか汲み得なかったということは大きな失点だと考えられる（安丸良夫、村上重良等の仕事を見よ）。反面、そのことによって丸山は、日本の知識階級に巣食う「歴史意識」の独自性が歴史的に果し得た不毛の内実をポジティブにもネガティブにも解き明かすことに成功した。その論述効果に、私はR・ブラッドベリのある小説における回転木馬の「作用」を思い浮かべる。日本的「知識」は回転木馬の進行につれて外形を時間的に変化させるが、その内実の根底は「いま」のままなのだ（葦芽）。現にある日本の「市民社会」にこの古層が胚胎していることは言うまでもない。

私は岡義達の「政治」から抜き出した次のふたつのテーゼをめぐって歴史意識の政治との連関を伏線的にノートしようと試みた。

(1) a「もし人が価値体系の世界に身をおくかぎり、権力は彼方の世界にある。」 b「価値体系自身は、あたえられたものであるにしろ、つくるべきものであるにしろ、実はその存在を政治権力にふかく負っている。」

(2)「正統異端の差別は政治過程のなかに非常な混乱をうみだしてきたが、それは元来、権力に対する異端があると同時に、権力における異端がある事実にねざしている。」

その試みはノートの段階においてさえ果すに遠く及ばない。[9] 岡の論理は一三七頁における機会主義への言及を丸山の本文におけるそれ（「今」の状況に対する権の優先という歴史意識の析出）と比べるかぎり、丸山のもつ規範性をも相対化する視座に貫かれており、私たちのひたっている政治文化を超えた論理の価値自由（これに示された岡の思想的由来に逆のぼる必要がないほどに評価の妥当性に富むという価値評価を私はおこなっている。）を提示している。

政治文化と政治学との緊張は、政治学の成立当初からの争点であるが、日本の政治文化における知識人の実体的政治主義化は、安易な「政治の論理」の併呑を伴う。その意味で「政治的現実」に向き合う政治学とは政治的現実主義と「政治科学」主義とを弁証する了解の基軸としての規範性を何らかの形で要請されるのであるが、その規範性とは必ずしも人類を統一的視野に収め込む必然性を指し示すものではあり得ない（H・M・エンツェンスベルガー『何よりもだめなドイツ』参照）。

ここでは、私たちは「古層」との対峙の上で、「諸道理」ならざる原理を自らの歴史的奪回作業によって「発見」せねばならない。それは、かつて支配権力が抱懐した政治文化における異端の自意識を〈民主主義というフィクショナルな理念へと向かう政治体制の一員として私たちがこの政治文化のなかで感得する異和として〉自己のものとすることであり、その異和・異端認識・疎外を共同的脱出の原動力とすることに他ならない。

その思想的課題を一世紀前にはマルクスが担い、ひとつの体系的展望を与えた訳だが、本論の中心課題である政治的知識人に関しては、ミルズ、パレート、ラスウェルらの政治エリート論への論拠だてに一役買ってしまった。

私たちは民主主義について、たとえばイシール・プールの民主主義論（大衆と政治体制）を読むに際して鶴見俊輔の「北米体験再考」の記憶を細かく浮かびあがらせながら、現代の政治認識に働きかけ、その所在を自己の内に確かめることもできる。

古層的「諸道理」の蔓延ばかりではない、政治文化や危機状況からの脱出のイデオロギーもまた繁茂している。しかし、幾多の知的努力への共感そのものを断ちながら、それらの問いに耳を傾け自ら答えようとする知識の形成こそが、政治理論の政治「学」としての確信に繋がる。そして、それは戦後民主主義を大日本帝国の残滓を媒介として感受した私たち自身が自らの政治原理をつかみとるための試練の茨に他ならない。

〔一九七六年一〇月二五日〕

註

（1）スタングール『恋愛論』はその本論を著者の従弟のロマン・コロンによって「失敗について」で結ばれている。

（2）『大衆の反逆』角川文庫。四九頁。以下に続けて謂う「われわれは決断しないことを決断したといえるのである」と。

（3）事実、私たちは丸山眞男の業績のなかに果断なる啓発と批判を読みとれても「安心」を得ようなどとは思えない。「心やさしさ」を実体的にこの世に顕現せしめ、他者に「やさしさ」あるいは母性を求め安心を欲求するものは、「救済」からもっとも遠きもの、すなわち、「政治」の言葉を聞きとれないものである。私は理念的に語りすぎるか?。「まなざしの地獄」（サルトル）とは、自己の正義の破綻を弁証しつつ生きねばならぬゲヘナの定義ではあるまいか。

（4）「プラグマティズムとマルキシズムの哲学」『三木清全集』第二巻、岩波書店参照。

（5）「宗教的経験の諸相」岩波文庫。上巻一一五頁。

（6）以下に書き出すM・フーコーの試みと丸山のそれとが、ほとんど逆の志向を持っており、とくにフーコーにあっては「思想史」的方法への強い反発がうかがえることを明記したうえで、しかし丸山の論述形態が「思想史」でありながら「諸変移」の描出に秀れているなどの相乗的な効果を可能にする秘密を胚胎していることを見逃してはならない。以下、雑誌『エピステーメー』創刊準備号。

「私の問題は、ひとびとがきわめて自発的に時間継起を思考するときにおける〈変化〉の抽象的で一般的で単調な形式に代えるに、〈変移の相異った諸類型〉の分析をもってすること、である。このことは二つの事柄を含んでいる。すなわち、生気のない連続性という古い諸形式（伝統、影響、思考習慣、偉大な精神的形式、人間精神の諸強制）、これらの諸形式によって通常ひとびとは変化という野生的な〔自然的な〕事実を稀薄にしてしまうのだが、そういった古い諸形式をすべて括弧のなかに入れ、その反対に差異の活発さのすべてを執拗に浮かびあがらせること、偏差を細心にうちたてること。ついで、変化についての心理学的な説明（偉大な創始者たちの天才、意識のもろもろの危機、新しい精神形式の出現）のすべてを括弧のなかに入れること。そして変化を惹きおこしたとは言わないまでも、変化を〈構成した〉諸変移の最大の配慮をもって規定すること。要するに、〈生成〉という主題（一般的形式、抽象的要素、最初の原因と普遍的結果、同一のものと新しいものとのごったになった混合）に代えるに、〈諸変移〉をそれらの特殊性において分析すること。

また対比する意味からも（もっとも「対比」そのものに意味はない。丸山とフーコーとを対比することはナンセンスであるが、このように書き抜くことは読者としての私たちの知的感受性の健康体操なのだ。）『日本の思想』の「あとがき」から引用をしておく。

「私は『日本の思想』でともかくも試みたことは、日本にいろいろな個別的思想の座標軸の役割を果すような思想的な伝統が形成されなかったという問題と、およそ千年をへだてる昔から現代に至るまで世界の重要な思想的産物は、ほとんど日本思想史のなかにストックとしてあるという事実とを、同じ過程としてとらえ、そこから出て来るさまざまの思想史的諸問題の構造連関をできるだけ明らかにしようとするにあった。」

（7）神島二郎「日本の近代化」（『近代化の精神構造』評論社）を読むべきである。

（8）出会いにそなわるひとつの力学として日本における第二のムラは同質性を外来者に求めるのではないか。異質なるものが自分らの関係を支えているのだという前提的認識がないので、自分たちの「共同性」をひとつの同質的一団であるという無意識のうちの観念によって外部者と接触する。これは現代のことであるけれど、しかし、知識人（外部者）の意識に訴えるホモロジカルな「民衆像」の補完態をそこにみることも可能ではないか。

（9）いかにも安直な「神々からなる人民」（ルソー『社会契約論』）が輩出しているこの現代は、その自意識において「大衆の反逆」よりも始末が悪かろう。民主主義を盾とする体系は「人民」の自意識をステイタスな価値序列へと組み込むことに腐心する。かくして「出世民主主義」もまた「下から」の正統性を得、公権力の黙示的「規範単位」となる。「参加民主主義」もまた、己れの「真の民主主義」からの偽善の痛みに居直ってはなるまい。民主主義という理念と現実における私たちの危機を、経験のプロセスの側から批判（明証化）してゆく必要がある。

〔『立教文学』第二号、一九七七年四月〕

（付記） この文章は、自分の不注意と混迷から留年してしまい、東宝舞台の末端、赤坂のキャバレー「ミカド」で舞台装置を担当していた時代に、以前、自主講座運動で知り合っていた高橋順一氏の慫慂で書いた。高橋氏に感謝する。

書き出しが無茶苦茶であり、あちこちに不相応な表現がある。当時、ストーカーを真剣に行なっていた。また村上泰亮などの新中間層論がまだ盛んで、北岡伸一や吉岡知哉など縦横整然とした戦後的「酒屋」の息子たちを横目に、戦中派「酒乱」の息子らしくダサく血走って大学を終える必要があった。丸山の「古層」論文に対する論説部分は捨てがたく原文のまま復元した。

思い残すこと

大学の総長という仕事に就かれたことをどのように評価すべきかは知らない。身近で習おうとする学生にとっては、少し残念なことでもあった。しかし、それは尾形先生にとっても、同様であったのではないだろうか。だからこそ、総長時代もゼミを継続して受け持っておられたのだと思う。

総長に選出されたころ、神島先生は、面白くなるよと、いかにも天下晴れたという表情で言われた。法学部の諸先生の気持ちを代弁するものだった。神島先生の真意とは別に、同じ職場の同僚としての、その感想には、他の先生方にも響きあうものがあったようだ。

尾形先生の還暦を祝ったあと、その集まりで写したスナップの幾葉かを京極先生にお渡しした際、先生は尾形先生の総長就任について、かわいそうなものでと低くつぶやかれた。

この二つの反応は、大袈裟にいえば、学者尾形典男のアポリアとともに私たちのなかで分裂したまま共有されていたものではなかろうか。

尾形先生が網膜剥離の手術を受けて研究体暇をとられている時期、私はほとんど初対面の同席をしたことがある。ある先輩の結婚パーティーに遅れて着いたら先生のとなりに座るはめになったのだ。

先生は緊張して完全硬直状態の私のために、料理を小皿にとって渡してくださった。尾形先生の給仕による小皿をみつめ、いざ食おうかと思った瞬間、「これも食うか」と箸に何かを挟んだまま視線をこちらに向けて尋ねられた。そのときの先生の表情がいまも生々しく目に焼きついている。

その席で、ほかの先輩が眼の予後について尋ねると先生は語気を強めて、本当に参った、本が読めないということがこんなにつらいことだとは思わなかったと一気に語られた。

私は先生の論文のスタイルや授業のあとで時折見せられる疲れ切ったような表情を思い出さずにはいられなかった。学問は趣味だといいながら、先生のスタイルには緊張が張り詰めていた。例えば、その試験問題は、一行か二行のなかに、政治的なるもののクライマックスが押さえた文体で抽出され、それをもとのコンテキストにしたがった争点にふたたび投げかけるという正統派のスタイルを究め尽くしたとも言えるものであった。それがあの一点をもおろそかにしない筆跡をもって刻みつけられているのであるから、それは詩を越えたジャコメッティー的ななにものかであった。

尾形先生のなかの分裂の事情については、やはり御自身がしばしば私たちに語られたことだ。

神島君や野村君、高畠君と名前をあげて御自分との比較に及んだこともある。先生にとっては、他の政治学の諸先生方の政治観は、羨ましいほどに確固としたものに見えていた。その辺の事情は、他日を期するし有能なお弟子さんたちの仕事でもあろう。

しかし、最も威厳にあふれ威信に満ちた大先生が、まさに一書生のように人知れず苦しみ、そして、権威の何たるかも知らない頓馬な学生たちにそれを溜息まじりに語られる。尾形典男が危険人物である所以である。

そういう意味で、それぞれの出自とスタイルが異なるにせよ、尾形先生と神島先生の立教法学部戦中派は、若い後世代が教壇まで持ち込むエスタブリッシュな雰囲気とは無縁であった。日本的エリート社会にあって、教育面ではファシズム体験は有益であったのに違いない。

個人的には、私を批判する愉快そうな尾形先生のお顔や、談笑中に、おまえ、中江丑吉を読めなどという神島先生の不意打ちを、私は学生生活のみならず、自分の人生のはほえましい思い出としている。

先生は基本的にはヘーゲリアンであり続けたといえる。しかし、教育者として、あるいは政治と人間へのこだわりにおいて古代ギリシャ政治思想史上のソクラテスにも強く引かれておられたと思える。ソクラテスは書物を残すこともなくアテナイを放逐されるのを拒み死に至った。その都市社会をはみ出せば彼の思索もレトリックも通用しない。日本の西欧主義が、西欧自身の地域主義に「脱亜」の揚げ足をとられている現在をはるかに遡ったある日、尾形先生はそのような体験をされたのではないか。

カッシラーはその著作『人間』で、多様な「ソクラテス観」の存在を真の意味を探るためには歓迎すべきものとしている。とはいえ、尾形先生は公に政治的現実を語ることのはほとんど皆無であった政治学者で、どれだけ生前の談話が記録されてあるかを私は知らない。

最後に先生は、私たち自身の怠惰の痛みを教えてくださったのだ。

〔『回想尾形典男』非売品、一九九一年一月一五日発行〕

成熟について

卒業のシーズンになると尾形総長は立教大学の卒業生のために毎年精魂こめた式辞を御送り下さった。ときに聖書から、ときに聖歌から、本職の牧師以上の真実への肉迫力をもって私ども学生に声をかけられた。〝我ひととともに生き、ひとととともに……〟尾形先生は、たとえば教会堂のなかで言い古された言葉に非信徒の立場から新たな力を吹き込む司祭でもあった。

それらの総長式辞のなかで繰り返し尾形先生が語り説かれたことは、世俗現実世界（先生はときとしてこれをプラグマティズムの論理と置き替えられた）にあって、子どもと呼ばれることを恐れるな、あるいは認識の眼、子どものようにきららかな認識能力＝批判精神を失うなということであった。

これは、尾形典男という〝おとな〟の言葉にして、はじめて説得力をもつ言葉であった。

私は尾形ゼミに足掛け二年〝居ただけ〟の生徒であったが、尾形教授が学生の発言をさえぎったり、無視したりするような場面には全く出合わせなかった。常に学生のしどろもどろの発表や意見に視線を直線的に差し込んで、理解への回路を御自分を痛めるように探索し、学生にも助言されていた。

先生はその点で、対象に真剣に立ち向かう学生がお好きだった。状況を鼻であしらうようなタイプがお嫌いだった。今でもそうに違いない。そしてそれらのコチコチの感性に柔軟な知の窓を開かれるのである。

尾形先生が総長になられたとき、尾形「西洋政治思想史」の授業は、〝トラシュマコス〟で中断のやむなきに至った。その最後の授業にあたり先生はたしか次のようにおっしゃった。

「わたくしは、ソクラテスをソクラテスたらしめた時代、社会情勢、政治的、思想的背景を述べたのち、二回にわたりソクラテスの思想、およびその限界について論じてきた。そして今日、ソクラテス以後を代表してトラシュマコスを論じようとしている。」

この実力説の思想家が、現実政治の人間存在に対する圧倒的優位の認知に立ってソクラテスに皮肉めいた反論を試みていることは、尾形先生の講義やプラトン〝国家篇〟にみる通りである。

先生は講義を終えられるとややくつろいで私ども学生に語りかけられた。

「これでおれの講義はおしまいになる訳だが、……君たちは、この講義が必ずしも中途で終わったものではないと受けとめて欲しい。実にトラシュマコスの言説が今、私たちを取り巻く〝おとなたち〟の精神状況であり、〝子どもたち〟の現実であるからだ。この状況から、古典古代の政治思想家たちはどのように生き、考えたか。要はそこに尽きるし、現代の君らの宿題でもある。」

このように私は聞いた。先生の立教のカリキュラムにおける最後の授業になってしまったが、他の記念講義にみられない普段の笑顔で席を立たれた。

その後、総長時代の忙しそうな先生のもとでゼミを受けていたある日、終了後トイレで小用をしていたら尾形教授も隣りでシャアシャアやりはじめた。このようなとき、尾形先生は気を使われて必ず学生に話しかける。

「いや、立て看板の〝保守反動尾形体制打倒〟なんてのをみるとゾクゾクするな。」

見上げるとあの白い歯並みの笑顔であった。私にとって尾形先生の笑顔はたったひとつの救いであった時代であった。一九七五年、石油ショック後の苦しい就職シーズンの最中、日を追って迷うばかりであったが、それは尾形教授の宿題の重みでもあった。

尾形先生の論文は難解だが、どこか畳の上でひとつのおもちゃをこねくり回している孤独で早熟な少年のリズムが伝わってくる。結論は彼には引き出すまでもないようだ。しかし、そこには完了の形へのとまどいもある。これはあまり健康に良い徴候ではない。

このような稚気の一側面に類似した何ものかが、尾形先生に緊張をいくらか含んだ情緒の安定を与えているのではないだろうか。

ある日、「先生はウサギ年なんですねえ」と意外ぶってご機嫌をとったら、この馬鹿という眼で「古風なことを言うじゃないか」と下心を見透かされてしまった。私たちはどこか先生に甘えたくて集まるのだ。

それから十年たった。その間、私は手術後の先生の病室めがけて花束を握りしめて新大久保の街並を突走ったこともある。たんに毎日を食べるがために生きていたこともある。

〝縁なき衆生〟という尾形先生の〝反語〟がある。学ぶものの特権を意思表示すると同時に、どこか知もまた領域に閉じ込もるという自嘲も伺われる。先生はときとして学生に御自身の学問的反省を語られた。挫折しアイデンティティーの危機に瀕する経験は日本における非エリートの共有物である。しかし先生は、自己を知悉する情熱の過程にある〝おとな〟の姿を私たちに呈示して下さった。エリートぶらない知性の高貴、私たちの親の世代の沈黙を晴らす玲持の生、屈託なき青空のような笑顔、これらが私たちの尾形典男のイメージである。そして先生は、おそらく政治的成熟を個人から社会へと弁証する論理を生きて来られた。成熟なき大人社会の幼稚性に屈することなかれ、子どもであれと私は復唱したい。

〔『「尾形典男先生の論文集の刊行を待望する会」会報』第一号、一九八七年七月
(尾形典男「議会主義の政治理論」非売品の折り込み。)〕

神島二郎仕掛けのオレンジ

一九八六年も二月に日本を抜け出した私には、神島二郎先生の晩年を語る資格はない。

資格といえば、この十数年間、日本は全くの資格社会になってしまった。介護福祉士とか日本語教師とかあたりは経験に打ち勝てる資格ではないが、税理士とか会計士とかは資格なしでは経験にさえあずかれない。資格なしでは藪医者にもなれないわけであるから資格というのはおもしろい。資格を作れば問答無用の閉め出しが可能であるという目論見があるのかもしれないが、神島先生が去ったのち、立教大学法学部は当今流行の大学院作りを行なった。そのことは慶賀すべき進歩であろう。しかるに、立教法学部で政治学を学んだ誇りは、私には無資格という資格のなかにこそ存在した。

神島二郎は学生たちのダンスパーティーでゴーゴーを踊れる政治学者であった。私の今の悔恨は、神島先生をメキシコに連れていってマリアッチを踊らすことができなかったことに尽きるといってよい。先生のなかには柳田国男への私淑がスタイルを変えて、勤勉と磊落との調和が見られた。

学生の頃、会えばしばしば談笑した。私にとって先生は、父親より一つ年下の戦中派であった。しかし、戦中派のパラノイア的旋律を先生は見事に消化しているように見えた。私の知るかぎり、先生の生活には、都市戦中派の異常な情念とは一線を画すスタイルが保たれていたのである。自分の家の戦中派から避難して町の書店で通読した「保守二党論」の論述には、荒ぶる戦中派世代の同じ旋律を気配程度に押し静めた、生きるべき戦中派の矜持と戦略を見出すことさえできたのである。

先生には他の同学のひとびととは異なるファシズム体験の土壌が伺えた。ファシズムを担った階層への同伴者としての共感と批判が音を立てて同居していた。だから、丸山眞男のように距離を置けず、橋川文三のように日本浪漫派への傾倒を持たなかった。先生の兵卒としての戦時体験は、政治理論的な天皇制批判よりも、民俗学的視角からの庶民意識の読み込みによる天皇制力学の転倒に向かわせた。そこに、既成理論的な対決を行なわないところから生じる神島二郎の非暴力的な学問の風格がある。

その後、私は先生の往年の古巣に学生として籍を置いたこともあるが、憎まれものは愛する先生の古巣などには行くものではない。それ以前にも以後にも、先生は私と会うたびに心配の言葉をかけてくださった。私はと言えば、日本では「先生」たちに恵まれてきたが、面接という審査では合格したことも職を得たこともないのである。冗談めかして、そのことを先生に言うと、先生は真顔で、中江丑吉を読んでみろと言われた。何を読めばいいの？　と問い返すと、なんでも彼の人間を研究してみろと答えられた。

あるときから私は絶望に陥り、逃亡を考えた。そのとき私は絶望に深く放り込まれていて高畠先生に頼ったが、答えは同じであるにせよ、神島先生にも相談するべきであった。今どうしてそのような反省をするのかというと、日本を離れてしばらくすると、教え子の日系人奨学生が日本で不条理な目にあったり、駐在日本人の大国意識とつき合ったりするたびに、私自身が日本社会を嫌悪する情を持ち始めたからである。たしかに神島先生の日本社会への愛着と批判はアンビバレンツな意欲であって、日本を、離れた対象として見てはいない。そして私も日本を愛するがゆえにこだわるのである。

私とて日本を忌み嫌うつもりはどこにもない。日本の古典や小説を読んだりするとき、きびすを返して日本へ帰りたくなる。とはいえ神島先生の『近代日本の精神構造』を読むときのある種の恋しさと知的興奮は自分の青年期にかかわることだからかもしれない。

神島二郎という政治学者が「帰嚮原理」という非暴力そのものの理論を基軸としたことは、非対決の側面よりも「社会形成」の面から、より高い評価を下されるべきだろう。

七三年頃、山手線で偶然先生を見つけてアルバイトの合間に日本政治思想史では何を読んだらいいかなどと馬鹿げたことをたずねた。逆にあれこれ質問され、福澤諭吉の『学問のすすめ』をはじめ数冊をあげられた。福澤のだけが読んでいなかった古典で、恥ずかしく思った。読んでいないと言ったときの先生の顔をよく覚えている。神島先生は、その福澤諭吉とよく似た階層的視覚をもちながら、政治学の「毒」に〝洗練〟される「不幸」に浴し、タンジブルな関係に立つ教育者として成功しながら、表現者としてはどこか風格にこだわるところを残されたと思う。

その意味で、世代的に損をする典型でもあられた。私などには余り重要とは思えないことで先輩の尾形典男や丸山眞男の二番煎じを演じられることがあった。京極純一先生にも平伏するようなことを学生に話されたことがある。また、当時の立教のスタッフのなかでは先生は戦争を生臭く掻い潜ってきたイメージをいつも漂わせていた。

ある日、高畠先生の部屋で談笑しておられるとき、テーブル上の器に果物がもってあった。オレンジだったが、話題がこのオレンジに向かうと、戦争中の話をされた。こういうオレンジでも空腹で、しかも行軍中で体力を消耗しているときなど、じかに食べることができないんだよ。だから……。そう言って先生は高畠先生の目の前においてあるオレンジの一個を手にとり両手で支えた。オレンジのお尻のところに両手の親指二本を立て、いとも簡単にオレンジを二つに割って見せられた。こうやってね、オレンジを割って、口にいれても受け付けず嘔吐しかねないから体にすり込むんだよ、こうやって。と、腕や手の甲に割れたオレンジをすり込まれた。

オレンジが意外に簡単に割れたことには一同驚きの声をあげたが、体にすり込む動作には密林の中の静けさを感じていた。戦争の一情景として、真に迫ってもいたし、経験の無音の調べでもあった。だれかが簡単に割れるもんだねと言うと神島先生は、そうだよ、やってごらんと言われた。正面におられた高畠先生は、一度オレンジをつかみあげたものの逡巡して、手が汚れちゃうよとおっしゃった。

立教時代の先生は教育熱心で神島ゼミのメンバーはみんな勉強家であり、結束が固かった。先生のゼミに入れてよと言うと、君はまず家にいないそうじゃないか　と言われた。率直にいって神島先生はまじめな、教科書的なレジスタンスの徒であり、きだみのる的レジスタンスとは無縁であった。

・

メキシコのある地方都市で、街角に売られているオレンジを買い、仮の庵に向かう途中、微風と日ざしにあおられながら正面の青空に立ち止まり、最近、神島先生はどうしておられるだろうかと思ったことがある。私にとっては、中江丑吉の生のスタンスを説かれ、オレンジに戦争を刻印して、先生は逝かれたのである。けれども、しかし、心から申し上げたいことがある。

神島先生、ありがとうございました。

〔『情況』一九九八年六月号〕

「無関係」の連想

神島先生の弟子でもないのにここに書くのは、ほんの小さなおせっかいに過ぎない。弟子でないと言うことは制度的にそうなのであって、無関係を決め込める。その程度のことであるから、いくぶん私的なことにわたるのをお許し願いたい。

あるとき折原脩三氏と話していて、話が神島先生に及んだとき、彼の名前を聞くたびに思い出すのは終戦後のある時期、彼と電車の中で出会ったときかな、もんぺのようなものをはいていて、手に本とノートを抱えていたんだよ、そのときの彼の笑顔とは裏腹の、あの彼の服装と去って行く姿が目に焼きついてしまったなあと語られた

そのときがどんな時で、なぜ彼らが顔見知りであったのかは判然としない。予想はつくが予想を述べる必要もない。確かめたかった。先ほど確かめようとして折原氏のところに電話をかけたら既に他界されたという。折原氏は定年まで銀行員を勤めた思想家で、筧克彦の教室描写から始

まる「天の真名井」論を書かれたことがある。神島先生にその論文のことを尋ねたら、そのときだけ奇妙に不愉快そうに反応された。しかし、折原氏の人物には好印象を持っておられたようである。名著『日本人の結婚観』のなかには「一人前」という価値が高らかに謳われているが、折原脩三氏の目に焼きついた先生の姿は「モラトリアム」に仮寓している幻影であったのだろうか。私も、あの福島新吾先生の弔辞を、髪をばらばらにし、もんぺのようなものをはいた、しかし、既に生と死を戦場に分けた、ひとりの青年の姿を追いながら聞いたのである。

大学に入る前、ある勤め先で書評紙を広げたら、『文明の考現学』当時の神島先生が一面に取り上げられていた。タンジブルな人間関係をとかいう見出しであったと思う。そういう意味では、私は先生に対して実にタンジブルでありすぎた。先生に対してなんの幻想も抱かなかったのであるから遠くから眺める必要もなかった。一度、立教通りに機動隊が押し寄せ、一般学生が通りを封鎖したことがある。神島先生も登場した。私は人混みの中にいたが、だれかが先生の著作の名前を出し、先生を糾弾した。先生は動ぜず、落ち着いて反論していた。学生かわいさに満ちた先生の行動を少々時代掛かった福澤諭吉だと思った。

神島先生が禁煙を敢行したあとで、まさに青年のような声で私に言った言葉を憶えている。禁煙そのものは大したことではなかったんだよ。しかし、たばこを吸うことが周囲にいる人間にとって如何に迷惑千万であるかということに気がついた時には愕然としたな、吸っていたときには全くわからなかったんだ。私はそのようなことを直裁に語る先生が好きであった。禁煙をする前には、変な小型の灰皿をポケットから取り出し、おもむろにたばこに火をつけ、これでそわそわ灰皿を探し出す必要もなくなったと自慢されたこともある。だからいっそう、禁煙されたときの述懐を憶えている。

私は大学を留年してしまい、不愉快に時間をつぶしていた時期を持っている。就職活動など一切しなかったし、勉強をするわけでもなかった。雑読していた。社会科学や精神分析などの古典をあさった。特にウェーバーの学問論や社会科学論を多くの内外の学問論と合わせて読んだ。第三世界において「社会科学」というイデオロギーを新たに解剖したいという意欲が私のなかに息をとどめている。しかし、「第三世界」などという地図上の概念について、私はいまや批判的である。

さて、それでも大学に向かう日課をやめることができず、さすがに情けなく思った。「学問したし」という若いころの神島先生の情熱と私の当時の思いは逆向きであったことを強く意識していた。そして、神島先生流儀の「一人前」の価値観はひとつの抑圧であった。学問と人格形成と自己の生について、私は展望をつかんだわけではなかったが、日本の大学が、世間的にはいざ知らず、自分の生に何か積極的な役割を果たすものとは思えなくなっていたのである。高畠先生はその一年を「女の子を追っかけて過ごしたのだろう」と診断されていた。大学の威信を自ら下げる発言ではあった。それに反し、神島先生には学生に対する敬愛の情が古典的な素直さで保たれていた。留年について、無駄なことをしたと言われた。含羞の徒には、高畠先生の診断の方に腹を立てながら救われる面があった。

　自己を支える制度が見つからないときの人間の動きはどこかしら惨めで悲しい。しかし、制度のなかで壮年期のルターのように太って権威を自認するものも、制度に従う規制のもとで、どこかしら惨めで悲しい点では変わりないのである。折原脩三氏の出会った時期の神島先生には、メキシコにおけるギジェルモ・ボンフィル・パターヤの青年期を彷彿とさせるものがある。志向として先生がアカデミズムに向き、ギジェルモが社会底辺の他者に向いていたことは、それぞれのアイデンティティーに関わることであって業績そのものには親近性がある。それは文化総体を周縁に押し込められた深層の文化から反証していく面に顕著である。

　小野田寛郎が日本へ帰ってから、ブラジルへ転身したとき、神島先生は満身で快哉を表しておられた。彼はうまくやったねえ、横井とは違っている。

　ひとの良い神島先生が、前世代の居残り組（彼らは神島ゼミではなかった）におだてられながら動いたことがあって、私は批判ぽく、なんでそんなことに今一生懸命になるのかわからないと言うと今しかないのだという話をされた。君の活動にもふれているよとおっしゃったが、それはお消し願いますと憎まれ口をたたいてしまった。それでも神島先生個人に私は不愉快をもつことはなかった。それは戦中派の先生の努力のひとつの姿であった。

　既に卒業後一度就職し、退職し、精神的にはぶらぶらしながら生きていた（肉体的にはかなり厳しい毎日であった）。今でもそうなのだが、何をやっても眠くなったり疲れたりするくせに、本を読んだりノートを取ったりするときは眠気も疲れも感じず三日も四日も起きていられるのである。ただ暴力のない場所に居たかった。その後、大学院に行った。年齢的に嫌なことを続けなければならなくなっていたのである。悲喜劇である。修士を二年で引き上げて、またうろうろしていたら尾形研究室で仕事をしていた神島先生が後ろ向きのまま、どうするんだと声をかけられた。そのときの返事は書くまい。先生は、そうかと低く答えられ、そのまま私は部屋を出た。絶望感は持っていたが、先生に対し感謝を新たにした。

神島先生との思い出は歩いていて出会ったときにお話しするとか何かの集まりに紛れ込んでということが多く、正式の関係をもった間柄ではないことを示している。晩年に至っては、全くの赤の他人を決め込んできてしまった。あの程度の恥ですんで良かったとも思う。

『朝日人名辞典』というのが出たとき、先生というのは丸山さんと柳田国男を足して二で割って出来たんですかと冷やかしたら、神島先生、本当にお立腹のていで、かなり足早に歩きながら、後藤総一郎なんかに政治学なんか分かりっこないんだよと吐き捨てておられた。私もしばらく足早で御機嫌を損ねた責任を取らねばならなかった。

先生は他者にやさしすぎた。にこやかであることは認識にとっての負担である。そして、柳田の作った領野を政治学で汲みあげる作業は今、神島先生を失ってしまった。神島先生の政治学は、先生生前の孤立を、しかし今度は先生不在のまま耐えている。

神島先生には大学の権威も、政治学者としての威信も似合わなかった。原日本そのものから汲み上げる学問の風格を、新たに自己のものとしようとするものこそ神島学を継ぎ、発展させるものだろう。

いちどお宅におたずねしたとき、小さな女の子が玄関で遊んでいた。女の子はやさしいとおっしゃっていたが、その女の子はほとんど無心に自分の遊びに熱中していた。男臭い、どこか独身者的な神島先生と女の子どもさんとがどのように親子としてやっていくのか、ほんの少し興味を持った。

メキシコ市、一九九八年六月二〇日記

〔『回想　神島二郎』神島二郎先生追悼書刊行会、一九九九年〕

ある日の日高六郎

日高六郎さんは一九七六年、立教大学の法学部学生を相手に講演している。そのときの若々しいおしゃべりの中で少し話題を転じて、聴衆である学生たちに目を向け、あなたたちは卒論を書かなければなりませんよ、好きなこと言いたいことを書くんです。そして、目を後方にいた高畠通敏に向け、教師はそれを読み解かなければならないんです、と言った。高畠は頭をかきながら笑い声をあげていた。

日高さんの訃報で、『思想の科学』に彼の書いた桑原武夫と竹内好への追悼文を思い出した。竹内への追悼文のなかでは「私は怒ることができない人間」と書かれていた。

講演が終わった後、高畠の研究室でお茶を飲んで話す機会が設けられた。同じ社会学専攻であるはずの栗原彬教授はついに顔を見せなかった。日高さんに性格のおおらかさを感じたが、それは大学を辞職して一市民として海外で生き、謀略めいた事件に対しても挫けなかったからだろう。

日高さんは当時立教総長でもあつた尾形典男と同じ一九一七年生まれで、小生の父と同じであった。父と違うのは、戦争中、彼らが特権階級の経験を味わえたことだった。それでも、日高さんの持つ非暴力性に心から引かれた。『一九六〇年五月一九日』『戦後の近代主義』『戦後思想を考える』などを思い出す。今回、日高さんが「整理しきれない複雑な気持ち」（『戦後思想を考える』九四頁）のままに逝かれたと思うといたたまれない。日高さんを失うことを恐れていました。ご高齢だったとはいえ残念です。さようなら。

〔『思想の科学研究会会報』１８９号、二〇一八年一〇月一〇日〕

私にとっての立教大学

最近、十数年ぶりに池袋駅から立教大学を歩くことがあった（二〇一九年）。そのとき断続的に脳裏に浮かんだことを書き留めておく。

1．以前、シールズSEALDSという学生たちの運動のプロセスで、立教大学が大会会場に予定されたが、大学側（吉岡知哉総長）はそれを拒否したという報道を見た。こちらは地球の反対側で、生きるために生きるのに必死であまり注意を払うことがなかった。しかし、その運動は二〇一五年九月の安保法案強行採決で山場を迎えて下り坂になり、有名人を輩出はしたけれど、今では個々人の胸に収まっているかのようだ。そうではない、という運動が出てきてほしい。

2．立教学院は森永の勢力が強く、戦後のいくつかの森永製菓や森永乳業に関連する事件や隠れた事件に揺れている。学内には「松崎奨学金」という給付奨学金制度がある。松崎家は安倍首相の細君の家である。安倍昭恵は立教大学の修士課程を出ている。おそらくは安倍首相に推薦されただろう立教大学初の最高裁判事木澤克行氏は立教学院生え抜きの学生だった。現在、彼は立教学院の理事でもある。戦後一貫して違憲立法審査権の本筋を反故にし続けている、行政権力の金魚のうんちと堕した最高裁の判事を立教大学が理事として擁していることは法学部の実態と合わせて慶賀に値するだろう。

3．高校を出て二年間の放浪は、日大闘争（岸信介の僚友だった古田会頭体制：三八億円使途不明金）や佐藤政権の日米軍事同盟阻止に向けた羽田以後の街頭闘争の後で、個人的に厳しい執着と迷いと錯乱の日々であった。二年目には中央大学と立教がまだ授業料で手に届くところにあった。家業の写真屋はポラロイドなどの前兆に父を狂わせていた。既に彼は戦後を酔いつぶして生き、私たちはそこに育った。夜中に酔って帰る父と印画の暗室で怒鳴りあい、また話し合うのだが家は泥沼に向かい、母の日常感覚だけで私たちは生を保っていた。ウェイターや結婚式場仕入課のアルバイトで渡す金を父は何度か私の前で破いて捨てた。大学に入って「自由について」というエッセイを立教の「学生部通信」に書いている。新中間層論との背離があった。

4．二〇一九年の一一月に一五年ぶりに立教の周辺を歩く機会があった。それ以前には気を付けて歩くことはなかったが、もう、池袋の公園わきにあった餃子会館や芳林堂書店はないようであった。立教の通りに入るところにある交番は健在であったが、周辺は変わっていた。古い家屋を見るといちいち止まって眺めた。

5．一九九二年ごろ、高畠通敏を訪ねた際、すでに立教に腰を据えていた吉岡知哉が何か話をしていた。吉岡は立教内の行政に興味を示していた。大学構想の季節だったのかもしれない。既に北岡伸一は小沢一郎と普通の国論議をふるい、御厨貴などの面々も立教を踏み台にしていた。高畠は三谷太一郎氏への深い敬意を持っていた。吉岡の話を聞きながら、「一号館は残さないとね」と蔦のからまる校舎の肩を持つ茶々を入れると「あんな空間を無駄にしている建物はないですよ」と高畠のほうを見たまま吐き捨てていた。一瞬、高畠はいくぶん咎めるような目でこちらに視線を投げたが黙ってこの「東京大学法学部」から来た「植民地総督」気取りの話を聞いていた。その場には社会学の栗原彬教授もいた。高畠は立教大学法学部は東大の植民地であるということを冗談を交えて言うこともあったが、それは彼の痛切な経験にも依っている。

6．入学後、私は、既に存在していた、菊池芳伸氏や広瀬知衛氏などのいた法学部の自主講座に参加した。しばらくすると栗原彬先生のゼミの学生が反乱を起こした。何回かの集会で法学部自主講座の参加者は教授たちのマヌーヴァーであると指弾された。反乱の理由を栗原先生に訊くと

「彼ら」についての批評が口から出ていた。「彼ら」に問題のあることも事実だったかもしれないが青年論を論じる先生が、しかも東大を三回も浪人して入った先生が「彼ら」との齟齬を言うのには正直抵抗を感じた。その「彼ら」のリーダー格が卒論を書き、その講評を高畠に聴きに来た際、高畠は私を批判するのとは打って変わった優しさを示しながら、しかし突き放した感じの評を加えていた。後で、尾形典男と神島二郎がいる場所であの騒動は未だ理解できないと言うと「栗原君はまだ若い」というようなことを尾形教授が言った。私は「学生はもっと若いでしょう」と窓の外に向かって吐き捨てた。あの時代、大学に何かを求めて入ってきた学生たち、仲間たちのことを思うと今でも胸が痛む。

7. 六〇年代に佐藤誠三郎が立教に就職したとき、何ヵ月かして佐藤が東京大学教養学部の教師を兼任していたことが分かった。当時の立教の法学部の設計者であった尾形典男は「二股をかけているとは何事か」と東大法学部の学術委員をしていた丸山眞男を呼ぶと同時に、政治思想史を担当していた神島二郎にどういうことなのか事情を調べろと指示した。神島が自分の研究室に佐藤を呼んで「調査」している現場を高畠は目撃し、その場から出てきた丸山眞男とかち合わせになったということを、彼は、死の寸前に立教の同窓会で作った高畠ゼミのブログに書いたことがある。その文章は何らかの圧力で消されてしまったが、高畠も東大法学部教授への機会を狙っていた一人であった。私に「岡義達氏はよく法学部教授の職を獲得できたものだ」とつぶやいたなっている。

こともある。鶴見俊輔は高畠の亡くなった後、「口惜しい知性」という講演を同窓会の主催で行

8．立教の蔦のからまる校舎は、現在何と呼ばれているのか知らないが、古いまま健在である。「植民地総督」が総長を務めた期間、どのような力学が働いてその不経済な建物が保存されているのかは、これも寡聞にして知らないままである。北岡伸一氏はその後、東大法学部教授から紫綬褒章を経てJICAの理事長を勤めており、世代が逆であったならば、高畠に「出世主義」の本質を知らしめる良い材料になっていただろう。そして、吉岡知哉氏には「春琴抄」におけるジャン・ジャック・ルソー的な面があり、それが彼を立教に留まらせたのであろう。

9．立教にも大学闘争期の生き残りがのさばっていた。久野収氏のところにも顔を出しに行っていた二人組がいて、「勉強もせんで、のさばっている」という点では久野氏も高畠も同じ評価を下していた。高畠がメキシコにいる間に彼らの一人で万年大学院生をやっていた秋野晃司が法学部十年史を作るとかいうことになり、その際、自主講座を続けていた私はひどい侮辱を受けた。既に時事通信で記者をしていた安達功に「自主講座のことなど全く触れられていない」とコメントしたが彼には世代の異なった次元の挿話に過ぎないようであった。高畠が帰国した時点で、彼らのやっている嘘八百は既に印刷に付されていた。高畠は一瞥するなり権幕を発して、そのいか

さま十年史を反古にしてくれた。秋野は最近まで生活学学会の会長をしていた。日本の生活は嘘八百になっているだろう。

10．一年間、小説「黒の福音」の舞台となった会社で働き、その後、いろいろアルバイトをしながら別の大学の大学院に通ったが、とにかく始めから借金で動いていた。院生の仲間にいろいろ助けてもらったことは忘れられない。しかし、指導教官に執拗なパワハラを受けていてエレベーターの中で彼を殴った。小さなころから多様なリンチに会い続けていたが、そこでは反撃できた。数日後にお茶の水のその大学院の図書室で本を読んでいると、あんなことをしてお前にはここに来る意味なんてなくなったじゃないかと同僚の一人に言われた。

高畠には別荘番に使ってくれたり、朝日新聞の新刊抄欄に世話をしてくれたり、心配をかけた。一年近く、彼と同じ屋根の下に住んで二人マージャンや奇妙な議論を交わしたりした。最後には、彼に無理を言ってメキシコに渡航した。帰って来なくなった私に、高畠は「お前は結局デラシネなんだ」と言ったが、彼の本質的な弱さを知っている私は、彼の取巻きの状況に押し流される傾向を少しだけ警告した。高畠は私が別荘にいた当時「週刊ポスト」の書評グループにいて、そこで仲間だった伊東光晴からは頻繁に電話がかかってきていた。伊東は一九九二年に紫綬褒章を受けている。

高畠と初対面の頃、高校時代に書いたものの一部を街頭闘争の合間に書いたと言って読んでもらった。由比忠之進の死を「無駄死」のように書いてある場所を激しく批判された。一年生の基礎文献ゼミでの彼との討論は、私の生きる意味にも直結していた。そして、由比さんの生きた意味を高畠から受け止めざるを得なかった。由比忠之進の死から五五年が経っていることを、今も肝に銘じている。

在学中のある日、中学の同級生のお兄さんで東京外国語大学にいた人と立教通り近くの喫茶店で話をしたことがある。「おまえは、突っ込めと言えば突っ込んでいったからな。こんな平和なところにいて気が狂わないか？」「今は女の子に気が狂っているよ。」

11．そんなことなどを思い出しながら、当時の在学証明を事務にお願いした。応対してくれた女性は冷静で適切で確実な仕事をしてくれるタイプであった。大学という空間にあるあらゆる事象が、なぜかタイムカプセルのように感じられたのだが、それは私の大学解体論、そして、日本の出世主義イデオロギーへのアンチテーゼと共存できる「保守」空間のように思われた。

在学証明は、国民年金受取りのもので、とぎれとぎれに苦労して払った国民保険を額は最小でも、非国民である私も受け取ることができる。母は父の暴力の前に完全なうつ状態に陥った時期があり、その間の国民保険の支払いを「怠った」。そのため、老後の年金額が大幅に減らされた。そして、彼女は最期まで私の年金のことを心配していた。立教大学での育英会奨学金の返済や大学院での東京都奨学金の返済は厳しく、私を二四時間労働の人間にしてくれた。現在でもメキシコ先住民の言語共同体自治など社会構想の姿勢を持っている。これらは、暴力に満ちた青春の一時期と、転向以前の高畠通敏、大学を突き破る知の姿勢を示していた尾形典男や神島二郎たちの言葉の影響を物語っている。

12．世界大の戦後史の中で立教大学は、聖公会の教育機関でありながら横須賀市に原子炉を所有している点で、特異な大学の一つだろう。私は聖公会の牧師にも嫌われていて、実は教育課程の「キリスト教倫理」という科目で落第し、大学には五年間在籍した。聖公会は理学部の持つ原子炉を、どうとらえているのかと牧師の教師に質問すると「君は何を考えているのか」と叱責された。

立教大学は数年前から、この原子炉の廃棄プロセスの中にいる。それはイエス・キリストの生誕以来の年月をはるかに凌駕する長い年月を必要とする。廃棄完了の瞬間は、はるかかなたの時空に属している。そのような責任を、科学的にも、大学運営においても、そして宗教的にも、どのように果たしてゆくのか。それは現在の作業を怠りなく記録し、公開する必要と責任を含めて、「現在」とは如何なる時代なのかを今後の学生たちに問いかけ続けるだろう。その「問いかけ」が現在のスタッフに自覚されているかどうかは、別の問題に属する。

〔『ちきゅう座』二〇二〇年一月一日に発表した「立教大学の周辺」を補筆〕

第5章 時間と空間の交差の中で

オロスコの家

地下鉄（メトロ）だけが、ひとり新しく、ゴムタイヤの車輪ですべるように入ってくる。ホームは満杯のラッシュである。メキシコ市（以下、メヒコ、メヒコ市）の交通機関のなかで、トロリーバスとこのメトロの路線の拡張だけが、なにか堂々としているようにみえる。

メトロを待つひとびとは、しかし、少なくとも堂々とした印象をあたえない。圧倒的な数の中年男の一群は、無精ひげをはやし、ビニール袋に何かをいれて、油汗や汚れにみちた服装で、うつろに何かを、メトロ以外の何かを待っている風である。若い金髪のＯＬがホームのテレビジョンに見入っている。眼をぎらぎら視点を定めずに歩く青年たち。私もまた彼らに混じって疲れ切った顔を入ってきたキンピカの車体に写している。

まず日本人と出会うことはないのだが、メトロに乗れば、メヒコの現在の市民生活が、われわれの日本にみられる市民生活と、経済的にどの程度の距離にあるものか想像がつくだろう。

一度、日本に所用で出かけたことがある。ある夜、新宿の東口と西口をつなぐハーモニカ横丁脇の通路をくぐり抜けた。時刻は夜の九時頃であったろうか。後をふりむくとアベックが一組、ぜいたくなコートを着て寄り沿って歩いていた。

一九五〇年代、私たちはこの通路を親にひかれて歩いた。私たち自身も貧しかったが、この通路の入口には傷痍軍人のアコーデオンが連なっていた。そして色黒の細い手が通路を通り抜けるまで何度私たちの胸先に触れたことだろう。自分たちも貧しいということを私たちはこども心に痛感していた。商品の注文があるたびに、その商品を買いに銀座や新宿に親子で買いに来るのである。父兄会のたびにほつれ髪でやってくる母は、その前の晩もさんざん酒に酔った父に殴られていた。父兄会の平穏な雰囲気に私は母に対する罪をおぼえた。

しかし、その新宿の通路を通るたびに、私の心にナショナリストの憤りが育まれたことも確かだ。それはこの通路の暗闇をさらに暗くする外界の明るさからの疎外をどこか共有するところがあったからであろう。いま（一九八〇年代末）、人口の八〇パーセント以上が中流と称する日本社会はおそらく、あのコントラストの記憶を忘れようと努めている。

メヒコの現在に戻ろう。

乗り換え駅の混雑は朝の六時頃から始まる。一号線と二号線を結ぶピノスアレス駅、一号線と三号線のパルデーラス駅、二号線と三号線を結ぶイダルゴ駅の六時は、既にラッシュ時の池袋なみの人出である。ホームはまさに充満し、ドアは降車客さえ待たずに締まるので、開いた途端にひとびとは乗車しようとし降車しようとする。しばしば衝突が起こり、警官が走り寄る。最近はガソリンの値上げとともに、ネクタイ姿の乗客も増えてきた。今、メヒコで最も勢力があるのは〝インフレ〟である。

一度、クアトロカミノスという始発駅（通称〝トレオ〟）から超満員の状態で走り出したメトロが、そのまま車庫に納まってしまったことがある。少なくとも私は急いでいた。しかし、満員のなかのひとびとは、ぶつぶつひとりでクサしながら、二十分近くも動きだすのを待ったのである。

メヒコの社会を〝のんびりしている〟と侮蔑を含めたいろいろなニュアンスでいうひとたちがいる。しかし例えば、徳川時代が私たちの社会に残した痕跡（べつに封建遺制という考えに無条件に組するわけではないが）を忘れてはならない。メヒコのひとびとはながい植民地時代、ながい独裁、ながい混迷、カシキスモの嵐のなかで死なずに生きることを選択してきた、常に。戦闘意欲を少しでもちらつかせたらおしまいである。けれども、注意に注意をかさね、目立たぬように生きても運の悪い奴は殺されるのである。歌も踊りもうまいに越したことはない。ひとびとは毒気を抜いて生きている。そのとおり、のんびりとした、アミーゴの国なのだ。

二号線のレボルシオン駅の近く、革命記念塔のある周辺には、安いホテルが数多く密集している。旅行者向けなのだが、安全と優雅を求める、東洋の神秘で教養にみちた単一民族はみかけない。彼らは資本や商品イメージの華麗なスキゾ的饗宴の心理的檻に囲まれてこのあたりまでやってこれないのだ。

あいかわらず、米国やヨーロッパの連中は軽装軽快で、メヒコのタクシードライバー連中もよく利用するこれらの安ホテルを、あちこちとはしごしている。女性のひとり族も多く、何度か同宿のグリンゴ同士で、下手なスペイン語と英語で歓談した。

西欧（どういうわけか私はカナダを西欧的センスに含めていた、反省）やラテンアメリカの若い連中と、メヒコのボロホテルで歓談できるというのは、ただその事実だけで私を興奮させる。

一度、デンマークとフィンランドの女学生が連れだって繁華街のソナロサを散歩するのにおじゃま虫を決め込んでついていった。ふたりはすりへったジーバンのポケットに手をかっこよくつっこみ、ショーウィンドーを評論して歩き、画廊のソファーで一時間近くも通行人をながめ、私という東洋人をからかって楽しんでいた。彼女らは旅行のスタイルを崩さない。

私の場合、現在この一帯を寝場所を求めてさまよっている。全くかっこわるい。


メヒコ市でこれまで間借りを二回した。また、カーサ・デ・ウェスペデス（簡易宿泊のできる共同住宅・旅館）を数回、すみかにした。どちらかというとメヒコ市を転々としているといったほうが聞こえがいいかな。

間借りについては、それぞれ五ヵ月ぐらいの期間を、離婚協議中のリセンシアード（弁護士）や、化粧品マキラドーラの独身女性課長とすごした。一家族と住んだことはない。家族がいないせいか、彼らの感情の起伏をもろにあびせられた。

一般に、現在の急激なインフレーションのなかで冷静を保っていられる家主は少ないだろう。おちつきがなくなり、ヒステリックになり、結局は二倍の家賃を請求したりする。しかし、それを払うたびに、ちゃっかり心の病はおさまり、嘘みたいな毎日、明るい声が帰ってくるのである。時間がたち、自分自身の生活がきつくなるにつれて、家賃の値上げが予期できるというのは、いやな日常である。家主のその場の感情や都合がじかにわかる場合には怒りさえ感じてしまう。自動車やステレオの調子が悪くなっただけで大声をあげられてはかなわないというものだ。

カーサ・デ・ウェスペデスは、荷物のないときは気楽であるが、いつも人間が右往左往していて落ちつかない。

家族を市内にもちながら、年がら年中無一文の青年というのがよくいて、彼らとときどき仲良くなると、彼らの笑顔が曇らぬよう、いろいろ心配しなくてはならない。

そこで知り合ったプエストス（路上販売業）の若者にはその意味でしばしば時間を費やされた。プエストスを仕切る組織があって、その暴力の質は日本のその手の組織とほとんどかわらない。無法者の社会もよく似ているが権力構造の非制度的局面には、どこか相似のところが日本社会とメヒコの社会にはある。役所の応対のあたりからはじまって。

レボルシオン駅界隈には、やはり少し危ない種族もいる。しかし、それがあることは、この周辺がいくらか生活上の活気に溢れていることを示してもいる。

オロスコは、こんな街に住んでいた。ビアホール（セルベッセリア）、安ホテル街、プエストス etc。三十年以上も前、やはりこのあたりは、小商人をはじめとするごみごみしたイメージをたたえていたのではなかろうか。

壁画運動の一画を担ったオロスコは、メヒコのアイデンティティを観念的に追い求めるあまり、どこかステロタイプな作画作法におち入ってしまったような気がする。好きになってよいのかどうかわからない。

しかし、自画像、小品、風刺漫画の世界におけるオロスコを私はとても気に入っている。とくに風刺漫画は、彼の壁画や油絵にみられない軽快さ、辛辣なユーモアを備えていて、しかも一本の線を描く手際がとても細心であるところ、彼の市民としての人となりをよく伺い知ることができる。

そこでの彼は、米国のラテンアメリカ政策や文化に不信と不愉快を露わにする。同時に、メヒコのさまざまな矛盾に、おそらくはディエゴ・リベラよりはやさしく感覚的に対応していただろう。リベラたちが住んできたコヨアカンの住宅街からはるか離れて、革命記念塔界隈の雑然たる街路の一角に、オロスコは住んでいた。アトリエは街路に面し、ひとびとの生活に面していた。

イグナシオ・マリスカルという通りがメトロの裏手にある。この通りはいくぶんさびれた印象をあたえるホテル街であるが、喧騒から放たれたおちつきもある。床屋のそばにホテル・テハスがあり、その正面に〝カーサ・デ・ロス・アミーゴス〟という名の簡易ホテルがある。すべてが相部屋で、男女は別の階に宿泊する。入口をくぐると、内部から別棟にも抜けることができるとわかる。

別棟には、宿をもとめてやってきたメヒコ人を無料で泊めている。二週間期限だが半定住者もいる。

カーサ・デ・ロス・アミーゴスというのはフレンズの家、フレンド教会の指導する施設である。その家のオロスコ邸の部分は、外国人旅行者の宿泊とクウェーカーの集会室（旧アトリエ、図書室を兼ねる）にあてられている。他にキッチンとサロンがある。

クウェーカー教徒がオロスコの旧宅を旅行者用ホテルを兼ねる集会所としている。この事実は、メヒコ的な歴史展開のひとつの典型を示してもいる。ソカロ広場の構成が土をかぶせてなされたように、画家の家は旅館として機能している。そしてなによりも、北米プロテスタントの一宗派が、メヒコのアイデンティティを追いつづけた画家の家を拠点としている。オロスコは何というだろうか。

しかし、クウェーカーの円陣に参加しているひとびとの姿形はまぎれもないメヒコ人たちであり、それが過半数をしめている。英語で話し合っているのはいつも七、八人である。集会の指導者はカナダ人だが、英語は使わない。

私は先に、メヒコのひとびととの生活に対するカシキスモの影響を述べた。けれども、彼らの好奇心、彼らの他文化への熱中、マリンチスモも、メヒコ人の根底にあるもののようだ。グアダルーペ信仰をカソリックは利用したという。オロスコはしかし、利用されることに情熱をかたむけ、正統を称するものの眼をもそむけさせる擬態への専心に、把えがたいメヒコ的な生の真実をかいま見ていたのではないだろうか。

「ペドロ・パラモ」を仕上げて以来ペンを折ったファン・ルルフォは、メヒコの国民的作家となりつつある。その小説と彼の実存をこれからのメヒコ人は何度もたどり返すだろう。最近の一部よりの批判にも関わらず「孤独の迷宮」というメヒコ人解剖をおこなったオクタビオ・パスも、その捉えがたい自らの素顔を追っているメヒコ人である。

栗原彬は「民衆理性」という言葉を創出した。最も孤立した地点においてメヒコ人をたずねようとするとき、その言葉、その概念はメヒコ人の圧倒的多数を救い出す可能性を持つ。「民衆理性」の乗っ取りが必要かもしれない。しかし、どこへ救い出すのであろうかと。メヒコ人はもはや〝パパ〟(ローマ教皇)を賞賛し歓喜に涙しても正統を自認する舞台に立つ意志を持たないだろう。異端も反権威もなにもない。

・

メヒコの外界は回る。

いちど郊外のサン・ルイス村に出かけた。テオティワカンの近くだが緑深い美しい村である。そこにも教会があり、日曜日午前の神父の訓話がおこなわれていた。よく通る声の訓話は、わたしたちの日常の安心がどれだけ尊いものかを説いていた。その声の主は米国の青年神父であった。血まみれのイエス像の前で、イエス《ヘスス》の原義であるエルサルバドールの現実を言葉にするとき、トランキリダー（平安）の言葉が力味をおびる。英語なまりのスペイン語は思案気に言葉を繰り出していた。彼には正統の地からやってきたというおごりはない。

カーサ・デ・ロス・アミーゴスには、宿泊費の安さに加え、いくぶん安全な雰囲気があって常にいろいろな国からの学生やサラリーマンが宿をとっている。お年寄りも多い。サロンやキッチンでの会話は深夜まで続いている。

またメヒコ人によるボランティア活動の拠点にもなっていて、地震被災者の簡易宿泊所建設などに、宿泊している〝外人《グリンゴ》〟をかり出したりしている。彼らはクウェーカーではない。そのリーダー（コオルディナドーラ）は二十二歳の女の子でふだんは全く目立たない。しかし、彼女にかかると、どんなにしゃれたスタイルの旅行者も、この国の貧困と窮状に対する加担者にされてしまい、仲間といっしょに建築現場に趣くはめになる。

このカーサに滞在する学生はふたつに大別できる。米国の研究者のたまごを称する連中と、そうでない米国・カナダ・ヨーロッパの学生たちである。大学教授もよくサンダルばきで宿をとる。シカゴ大学やその他ラテンアメリカ研究の名門からやってくる学生たちの鼻息は荒い。なかにはメヒコ市をほとんどゴミタメとみなしている手合いもいて、政治的オーガニゼーションの貧困を、私たち非アメリカ人に向かって説諭してくれる。

しかし、そんな学生を赤面させる機会に遭遇した。この施設では毎朝八時から希望者にだけ朝食が出される。セルフ・サービスでボリュームがある。セルフ・サービスでボリュームがあるというのは少し変な表現であるが真実である。

ある朝、ニカラグアから帰還途中の大学教授夫妻が、食卓で、そのときは十四人がテーブルを囲んでいたが、こともあろうか、メヒコには反戦運動に目立った動きもないとか、メヒコ人の政治意識の低さをなげいた。彼らは四十代に入っているスチューデント・パワー世代の民主党系平和主義者だろう。妻君は頑迷な能弁家だった。

スコットランドの保険調査員を称するこのホテルの常連が、その夫妻の能弁にひとこと口をはさんだ途端、食卓の雰囲気は一転した。いつも太い声でメヒコの政治システムについて説教してくれるシカゴ大生は、対立の場に引き込まれるのを恐れるかのように黙念とし、フィンランドのスサーナは待ってましたとばかりに、スコットランドのマイクに味方した。メヒコで三人フィンランド人と出会ったが、彼女らの政治感覚というか臭覚は私の気にいっている。

延々三時間もその議論の朝食は続いた。意見のおはちがまわってきて私も中曽根発言にちょっと触れて苦手な英会話から逃げだした。マイクが席を立って階上にあがるのを、みんな黙って見送って食卓は解散した。マイクとシャワー室で雑談したら、平和主義もアメリカ合衆国の人間がいうかぎり侵略だよと吐きすてていた。しかし、彼が二回も繰りかえした言葉は印象に残った。同じ英語を話しても彼らとスコットランドは違う、そう言った彼の眼は笑っていなかった。

残った食卓で、私たちを見わたして、夫妻は理解し合うことはむずかしいと、うなづきあっていた。

この施設の受付けは、旅行しながら居ついてしまったカナダや米国の青年、メヒコ市ポランコ地区の上流家庭のお嬢さんなどがかわるがわるやっている。この周辺はしかし、あまり治安は良くない。事実であるから、いかにも日本人風にやってこないこと。

一夜、コロラドから夫婦で来たという老人と合部屋になった。ガソリンスタンドをやっていたとひとこと言って、わたしの長いサイズの浴用タオルを欲しがったので、さしあげた。メヒコでは長いサイズのタオルは高価な買物である。彼は、昼間も外出せず受付けのところで夫婦で雑談したり雑誌を何度も繰り返し読んだりしていた。

私のメヒコでの生活は始まったばかりのようである。そして、いったい日本人たちはどこにいるのだろう。私はあらためて探す必要を感じている。実際的にも理念的意味においても……。

あのソナロサの日本レストランの一室にたむろしている種族たちの真実は、「ボーイ・ハントをするメヒコの女の子」（日経）とか、地震報道における「レストラン歌舞伎ではミソ汁がこぼれた程度」（朝日・時事）とかいう一章一句によく現われている。メヒコの一般の女性はしっかりものだし、地震のあった時刻午前七時半頃には「歌舞伎」にはまだ誰も居はしない。

日本人の体質の自画像として、これらの記事をみることができる。日本にすべてをおき残して来たが、メヒコにいて、日本はやはりひとつの問題児だと思う。

メヒコはいかなる存在形態も許容する。オロスコの家は、許容のひとつのあらわれだろう。許容そのものの具現。ここから出発する旅は、同時に人間としての責任の旅でもあると思える。しかし、時は去り人は去る。マイクはメヒコ女性と結婚した。

あのオロスコの肖像が少しくにやっとゆがんだようだ。

〔『思想の科学』一九八八年九月号〕

（付記） 新宿駅、ハーモニカ横丁脇の通路は現在、存在しない。また「カーサ・デ・ロス・アミーゴス」は二〇一六年からフレンド教会（クエーカー）の手を離れている。九〇年代からいろいろな変化を経ていたようだ。最近、一泊してみたが、ロペス・オブラドール現政権で大麻の屋内使用が可能になり、また酒類の持ち込みが自由になるなど、この施設への宿泊には相当な覚悟が必要になったと言える。また分譲地の開発など、テオティワカン周辺の変化も激しいものがある。

文中、父親の家庭内暴力に触れている。メキシコで生活して、かなりのメキシコ人が甲状腺ホルモンの異常に悩んでいることを知った。父の症状はそれによく似ていた。彼は精神科の施設に強制的に入院させられる前、わたくしの職場に電話をかけてきて、「メキシコに行くぞ、いいか?」と言ってきた。「いいよ、待ってるよ。」職務中で、それしか言えなかったが、それが彼との最後の会話になってしまった。

村田簣史雄：最も透明なる領域

村田画伯というべきか村田先生というべきか、Kishio Murata は死後もまだメキシコ画壇に特異な地位を占め続けている。村田簣史雄の絵の前に立つと時間を忘れ、苦痛を忘れ、この世の殺伐さ一切を忘れ、振り返れば厳然と存在する現実に対する新たな応対に迫られる。しかし、その画像は音楽のように、脳裏にピアノ協奏曲の流れと解放の道筋を残し続けているのである。ここには一つの異次元交叉が生じ、解放されようとする感性は現実を振り返り放物線を描くかと思うと現実への着地をもう一度拒否して跳ね返る。

一九九二年八月九日に八一歳で他界された村田簣史雄氏の不在を既に二七年生きている不幸は、単に現在の日本の不幸だけではない。いま、歴史の狭間を危うく生きているメキシコ社会にとっても、図書館を漫画本で埋め尽くしているメキシコ日系社会にとっても、現実を超越する能力を持って立つ村田のような人間の不在が、彼の持っていた実存の不在が、不透明で不自然な空白を人々の胸の中に、さらには精神の中に拡大させている。それでも、彼の残した絵画空間の意義は、定義を拒みながらも、画像・映像としての存在感を増している。

村田篔史雄は岐阜県の出身。一九三二年の二科展に出品して入選した。日本人による現代抽象絵画が、二二歳の青年の手によって、二科展に初めて登場したのである。正に瑛九などの前衛抽象絵画運動が鳴り物入りで登場する遥か前から、村田は孤独な青年時代の実存性を音楽的抽象の中から日本社会に提供してきたのであり、それは、しかし、その閉塞した日本社会の中ではさらに孤独なる色と形状と形式のハーモニーを歌い続けるよりほかなかった。彼は次のように一九七九年、『季刊銀花』第二九号の中で述べている。

「一・二年がかりで描き上げてあった画を取り出して、出品したのが昭和七年の二科展であった。このとき出品した三点の画は、意外にも全部が入選して、今年の二科展には《形のない画》が出たと発表され、この三点が二科に初めて出た抽象作品になったのである。

私の二二歳の時であった。この時、私は自分の音楽に対する愛着を、生涯画から得ていくことにしたのである。自分の画、抽象作品が画壇でどのように評価されようと、世間には縁のないもの、受け入れられない画であることは覚悟していた。私は自分の画だけで明るい喜びをいつも持ち続けることのできる自分自身を幸福に思ったのである。」

一九一〇年生まれの村田篔史雄が二二歳の時は、ジョアン・ミロ（一八九三—一九八三、カタロニア）やパウル・クレー（一八七九—一九四〇、スイス）がそれぞれ異なった状況の下で油の乗りはじめた頃であるが、当時の日本では、まだ彼らの本格的な仕事は知られていない時期であった。二〇代に入ったばかりの村田青年がこれらの潮流と出会ったことはあっても全体を見通せるものではなかったであろう。しかも、彼の《透明技法》には、線にも面にも次元同士の交叉と空間配置の間隔に固有の動きがうかがわれ、抽象画としては色の落ち着き及び線と面の運動性を含めて独自のものがあると言えよう。同じく『季刊銀花』第三九号からの引用をする。

「音楽が気持ちの上にある私は、画をやりはじめたころから、色を混ぜてそれぞれの色を殺してしまうことはいやであった。それは私に濁りを感じさせるからである。」

「音は透明である。そのために自分の好みから透明技法をやっているのである。この技法は昔からあるもので、一つの色一つの色を油でのばして重ねていくのであるが、前の色が、油が落ち着くまでは次の色を重ねることができない。それをやれば前の色が戻ってきて、色が濁ってくるからだ。描き進めていくためには、画を休ませる日数が必要だから、私は何枚もの画を同時に制作して、常にどの画かが描けるようにして、毎日一四時間前後は、制作中の絵の前にいる。」

「それぞれ異なったイメージの画を同時に制作できるということを、不思議に思われるのだが、その説明は、描いている画が私をそれぞれのところへ連れてく、というよりほかない。事実、制作を始めたら、その画は私より一歩先に出て、私に呼びかけてくれる。呼びかけてこない画は、何日でも何か月でも静かに眺めて待つのである。」

このような村田簣史雄の述懐自身が、彼の交叉的運動性を語って余りある。実際、何度か村田氏とお会いした記憶の中には、むしろ積極的に語りかけてくる能動的な人柄が今もなお笑顔で迫ってくるからである。「呼びかけてこない画」は、すでに動機が刻印されたものであって、その動機の実存的ダイナミズムが村田簀史雄の中に高まり彼を突き動かすのを彼は「静かに眺めて待つ」と言っているに過ぎないのではないか。

日本の狭い権威主義的な美術界や芸術アカデミズムが、村田簀史雄 Kishio Murata の世界から遠くはじきだされているのに対してはお悔やみの言葉もない。しかも、村田は一九六四年の東京オリンピックの年に、メキシコの美術評論家カリージョ・ヒルの招待を受けてメキシコに渡航しており、日本の驕慢なる半世紀に背を向けたまま一九九二年に世を去っている。その後、日本とメキシコ両国で一〇回の美術館での個人展、数回の美術展への出品が行なわれてきた。しかし、村田簀史雄の価値は日墨交流史の中に閉じ込められるべきものではない。

筆者は一〇年前にあるSNSの一角に次のような拙文を載せたことがある。それは学校の同僚が筆者を村田夫妻に引き合わせてくれた記事から始まる。

《既に昨年故人となったヒルベルト・カバニャスは軍人の長男らしい鈍さを持っていた。神父になり横浜と福島のカトリック教団の中で苦しんで物事を理解できないまま、それは理解を求めていた。その魂の動きに、たぶん村田夫妻は遭遇したのだろう。

その「友人」に会わせてくれるという誘いのままアティサパンにあるお宅に伺ったのは既に

二一年前の話である。旦那さんの村田画伯は出たり入ったりしていたが奥さんは明るく話題の豊富な方で、ヒルベルトの一癖ある気取った話し方に閉口していたわたくしはいくぶん気分的にくつろいだ。当時のヒルベルトは古典的なフォルクスワーゲンに乗っていてエンジンの調子が悪かったのだが、お宅を退出した際、やはりノックを繰り返していたので「降りて調子を見ようか」と言うと、「次のあの角を曲がってから。奥さんたちがまだ見送っているから」と言う。

後ろを見ると、なるほど、さきほどお別れの挨拶をしたはずのお二人がまだ門のところでこちらに挨拶をされている。向きかえってヒルベルトに、「そう、早くあの角を曲がってくれ。」

何度か、お邪魔をすることになった。

村田さんはメキシコ生活について長居の方向音痴を発揮されていたが、確実に必要な知識を私に教えてくださった。スーパーマーケットで売っている「カスティージョ・デル・リン」、言わば「ラインの城」なる格安白ワインが結構イケルこと、夜の仕事には「クーバ・リブレ」を少し飲むと気分がしっかりすることなど、これらは、そのままわたくしの生活習慣にもなってしまつた。

当時、奥さんが苦労して編集された画集はすばらしい出来であつた。日本である編集者に貸したままでいる。たぶん、メキシコ近代美術館での個人展に備えたものであったろう。オクタビオ・パスも来館して賛辞を残しているがパスは村田簣史雄が通り一遍の日本人でさえないことを結局は知らずじまいだったろう。

村田さんは八三歳で他界された。事情通の荻野正蔵さんは「もう二、三年生きていてほしかった」

と無念をあらわにしておられた。わたくしの中には、チャプルテペックの美術館を出た際、村田さんが早足でわたくしを呼び止められて一緒に食事に行きましょうとおっしゃったときのお姿がまだ昨日のように残っている。

そのような優しさと、なにかれへの配慮をその作品と体で表現されていた。》

十一年前に「二一年前」と言っているので、筆者が村田氏のお宅を訪ねたのはメキシコの生活を始めて一年と少々の頃であつた。村田簣史雄氏は日系移民の集中して住んでいるメキシコ市南部ではなく、メキシコ市から北部のサテリテという地区に出たあたりに住居を構えておられた。お庭にはメキシコの花々とともに銀杏の木が植えられ、日本への愛情が語られていた。一九六四年のオリンピックの年に第三世界と呼ばれる世界に足を踏み入れられた村田氏と御夫人美穂子さんだが、お二人ともお二人だけの同じ世界の住民で、お二人はお二人の世界を突き進んでおられた。小児まひで両脚のご不自由な美穂子夫人が、遠くをいつも見つめているような御主人を助手席に乗せて、颯爽と自動車で美術館や個展会場を去るのを多くの人たちは言葉を失って眺めていた。

来年、二〇二〇年に「宴のあと」の東京オリンピックが開催されるという噂がメキシコにも流れている。村田簣史雄が去った一九六四年から、高度成長とバブル、そしてアベノミクスの時代を挟んで、このオリンピックがどのような意味を持つのかはわからないが、日本が「失楽園」の苦行を生きるのであっても、村田簣史雄が戦中戦後の日本で、そして第三世界であるメキシコで展開した解放と自由と平和のイメージの意味とそのすがすがしい透明な放射性の明るさは変わらない。彼は晩年を知らずに描くこと、を知っていた。老いてますます若々しく奔放な画風を増していった。そのエネルギーに学ぶことを、現在の日本と日本人に知ってほしいと痛切に思う。

〔「日刊ベリタ」二〇一九年六月九日〕

関与とアリバイに関する覚書

1. 閉塞

最近は書くこともままにならないほど不安定な労働を続けているのだけど、たまに何かを書いて投稿すると、文章や名前の後に「メキシコ在住」とされる。その簡単な、能天気な、しかし勝手なカテゴリー付けにある種のわざとらしさを感じる。確かに、「能天気」なのはわたくしのほうであって、何年も日本のニュースさえしっかり続けて読んでいないし、雑誌なども取り寄せて読んでいない。したがって、日本のことを書き始めたわたくしの文意がかなり現実とズレを起こしていることは疑いを入れない。だが反面、ヘイト・スピーチから始まり世界語になった「オタク」現象まで、すばらしき日本は今もってスーパー閉塞世界なのだ。で、わざとらしさを感じるというのは、その閉塞世界の仲間同士の閉塞言語から、わたくしの言葉を疎外させるための道具として「メキシコ在住」という言葉が使われている節があるのではないかと、オタクたちの閉塞世界を覗くすべはないから外の、日本ではないところの四つ角でハタと止まって考え始める。すると、日本人の世界観は、日夜変わり続ける首都圏の外装とは異なってほとんど変わっていないし、その世界を睥睨した「自在な発想」は日本人の想像力から社会構想力を抜き取り続けているとしか思われない、などと日本への距離感の印象と被害妄想はますます募るばかりで、なんとなく日本にいる「知性」側から「アリバイ工作（不在証明）」をされた気持ちになっていることに気が付く。これは山手線界隈にある東大の植民地大学などにいる非生産的な大学教授の存在証明ごっことは対照的な立場にいるということかもしれない。仲間外れにしておけば、消えていくのが日本における絶対的他者の運命である。そこでは集団や組織の閉鎖性や歴史的責任以上に「仲間たち同士」の居心地の良さが価値を占めることになる。

在住どころか、東京でもアメリカでもメキシコでさえ、しばしば夜中をうろついている自称テロリストにとって、動くことは「不在証明」と「存在証明」の弁証法を生きることでもある。で、ときどきフン詰まってしまうと、ちょうど、幸か不幸か、コロニア・コンデッサのあの街路の四つ角の向こうの精神科の女性たちを思い出す。わずかな診察費で彼女らを訪ねては、無駄な時間を過ごすことになる。日本の海の向こうでは精神分析医を訪ねるのは床屋に出入りする風情と似ている。二人の女性で診断室を持っているのだが、どちらの担当の日でもかまわない。対照的な二人で、一方はフーコー、ラカン、デリダ、ドゥルーズといろいろな博覧強記ぶりにいとまなく、日本にいれば立派なカタカナ学者になれるタイプだろうし（ギョウテとはオレのことかとゲーテ言い）、香水は数種を使い分け、そのうえなかなかの脚線美を持っている。他方の女性精神科医は、まずほとんどの診断日に白衣を着て机の向こうに座っている。寡黙でじっくり瞳を据えて相手を見つめ、わたくしたちの行動を追う。こちらは日本のカタカナ文化でシモーヌ・ウェイユと呼ばれる人物と瓜二つの顔をしている。彼女はわたくしとの会話の旅に関心があるそうだ。

少なくとも頭のおかしい都市生活者には、定住とか在住とかいう発想は、それ自体、現実味がない。あの東日本大地震の津波は、現代日本人の在住イデオロギーに対する最初の一撃であり、それによって引き起こされた原子力発電所の破滅は今後も繰り返される民衆の流浪化を先導し、先取りしている。そこでは、もともとその日その日の糧に追われているプロレタリアートの日常世界に多くの市民的な人々を引き込むという点で、「共産党宣言」が期待した展開とは全く逆の歴史的展開が出現しているのである。ブルジョア市民の生産活動から学び取るプロレタリアートの時代から、メルト・ダウンを背景にしたブルジョアジー（市民層）のプロレタリア化の時代へ、日本社会は名誉ある思想的自立化への道を津波によって獲得したのかもしれない。などと言うと被害住民の苦痛と疲労に対する非常識な見解を非難されるかもしれない。わたくしは非常識なのだ。

しかし、常識的に言って、日本は、パレスティナのように西洋型世界史の要所には存立していない。「帝国」形成後の破綻を待って天皇制の安定を決定づけたマッカーサーの占領期にあって、アメリカの軍事基地を作られても安閑としていられた世界観を持っているし、そこでは手短かに食っていけるだけの経済的算段がすぐに顔を出し、票に出る。島宇宙の中、どこに行っても安心して定住し自足できる「約束の土地」がこの島々である日本人にとって、「立場は違うが」などというのは全くの虚言に過ぎない。そしてさらに、現存国家システムの中でしか日本人は生息し得なくなっている事態が、この四半世紀の日本を支配してきたのではないだろうか。ここでは多国籍企業活動の中でも日本人を固有な行動形態に置きかねない。つまり、日本型多国籍企業が生まれる。以前、ある自動車メーカーのメキシコ・プラントでのルポルタージュで「説教ゲーム」なる表題のものがあったが、自分で組織の重要人物と確信している自己中心的な人間にとって、植民地世界は、まさしくあまりに勝手な存在に満ちており、住民文化（「現地人」という日本の駐在者用語がある）は異様な迷妄の中にあり、常に、あるいは日常的に、「植民地政策」は練り返しを迫られる。近代化の問題はすでに古いモデルとして捨てられている。が、そこでも本国は「政策」の発生地であるばかりか価値観の発現地ですらある。しかも、本国にとって、植民地は確かに海の向こうにあるのである。

二〇一四年のイスラエル政府によるガザへの容赦なき爆撃は、「約束の土地」を求めるユダヤの論理シオニズムが如何に自己本位のものに過ぎないか、あるいは、過ぎなかったかを物語る。幸福なことに、現代日本人は彼ら自身が自足している土地そのものに対する「約束の土地」的な客観的態度を持たないですむほど「在住」している。その土地の神聖さを自覚せず、国家の表象にだけ関心が集中するのは日本の偏った教育の逆証明であろう。郷土主義が拒否されたうえで中央集権主義が「保守」を名乗るのは政治的な郷土への不在証明であって、「故郷」そのものへの執拗な拒否が現存資本主義国家側には存在している。福島で土地を追われた人々が帰還にこだわるのは、ある意味では日本に空間的な移動についての明確な思想が確立していないからでも、ある。その意味では神島二郎や長谷川四郎、その他何万の人たちの戦争復員兵たちや引揚者たちの世界は、それらの時点で大きな可能性を帯びていたし、多くの元日本兵が大陸や島々で、日本本土から閉ざされる運命の「他の生きざま」を見出していたかもしれない。実際、メキシコの日系社会には満州からの引揚げ時に両親と生き別れになったまま一時期日本で青春を過ごし、メキシコにやってきたやってきた尾谷邦子さんのような人もいた。

わたくしたち自身の存在の不安定性を時間的に捉えれば小林秀雄風の「無常」になるかもしれないが「無常」と特別に認識するほど安閑とひとところに座りながら、「後悔したいのなら、たんと後悔するがいい」と、率直な良心の営みである後悔そのものの運動まで、文化勲章片手にバカにする必要はないだろう。そこへ行くと鶴見俊輔の「もうろく」のほうに胸に迫るものがある。彼に「学生さんとは付き合わない」と言われたわたくし本人が、もう何人もの友人を失い、ロビン・ウィリアムスなど同世代を失う年齢に達している。彼らの「もうろく」ぶりとわたくしの「もうろく」にあまり差異はない。「もうろく」の「無情」は日常的に積み重なっている。わたくしたちはこの世にも在住できないことを認識できるのである。しかも、中古バイク程度の値段で、第三世界で分譲の墓地や葬儀予約をとってはみたものの、それさえ確実ではないことは、保険会社次第で自動車保険がまったく用をなさない現実と相俟って「無常」などとしゃれ込む暇さえ与えてくれない現実である。不誠実な言い方かもしれないが、そういう意味では福島を持つことのできた日本人に初めて「世界」への入場切符が渡されたのではないかと、期待感を持ち始めている。(註)わたくしたちは死んでいくので国家を持たない。民族を持たない。財貨も持たない。死ぬ前に(あるいは意識を失う前に)わたくしたちが持ち、手放していくのは、生きたことへの追憶と人々や愛しいものへの希求であろう。

最近、手に入れた丸山眞男の文庫本の解説(松本礼二)に〈丸山の言う意味での「純粋政治学」を追及した戦後政治学の代表的作品は岡義達『政治』〉について〈この小著の洗練され(過ぎ?)た知的内容は今日政治学者の間でさえ十分に咀嚼されているとは言えない〉というコメントがあって、半世紀後にも、まだそんなことを言っているのかという驚きをもった。岡は政治概念から暴力をそぎ落とすことに専心して戦後の平和ボケ状況を先導した。「暴力は技術の限界―多くは不足―から出てくる」(『政治』一四頁)しかし、そこでは「技術」を取り巻くあらゆる受験体制支配階級からの作術が跋扈してくる。そして「暴力のイメージがやはり重要なのである」(同上、一二六頁)という現実が出現する。また岡がアメリカという新しい社会についてその七三頁以降で行なっている言説は同頁の「問題は現在においてもアメリカ民族はいまだに存在しないことにある。そこにあるのはアメリカ国民でしかない」に要約されるように「日本民族」の床屋政談的な狭い現実認識を出るものではない。一種の精神的・運命的共同体としての「民族性」は想定できるが、誰が「アメリカ民族」を求めているのであろうか。岡の反語的問題提起は「民族」の中に巣食う「精神的共同体あるいはユニティ」への運動を示唆するところがあるのだが、「そこにあるのはアメリカ国民でしかない」ということになる。「アメリカ社会」には産んで育てて死んでいく以外の運動はないのであろうか。「国民」という制約から離れて、日本国憲法の英語原文のように、そしてまた、ハワード・ジンがアメリカ史において行なったように「人民 People」の存在証明を行ないえないのか。ある意味で岡義達は、彼が若いころ批判した尾形典男ほどにも人間の可能性を高く見ていない。現存システムの価値体系内部にサイクルする政治は、単なる閉塞なのである。そのような印象を与えるのは、彼がその叙述を彼に可能にしている価値体系基盤についての誠実な省察を彼自身が慎重に回避しているからである。

（註）この期待は、二〇二三年八月二四日以降の原発事故汚染水の海洋放水によって、もちろん裏切られたわけである。「世界」の市民はこれを許した日本の政治現象を拒絶している。そして、またしてもガサへの爆撃が米国とのつながりを持つハマスのテロ以降、開始された。歴史は、アメリカ人民と軍拡を許している日本国民のアリバイを奪うであろう。

2. 多国籍企業と他者

会社法人組織の海外における在住化は基本的には目的、多くの場合は経済的な利害に結びついているといって過言ではない。法人組織の各国での活動は法人資格での国籍の獲得から始まるのが普通であるから法人全体で言えば、その国籍獲得の時点から、その組織は多国籍化する。国家の方は外国企業の投資内容に規制を設けたり、緩めたりして国内支配階級や資本階級の利益を計っているが、第三世界性の度合いによって植民地化の状態を深めたり国内政治の安定を損ねたりする原因となりかねない。支配階級や資本家階級とは異なるイニシアティブが社会発展のためには必要とされるのである。つまり、企業側の海外進出の目的と現地国の目論見は始めから食い違っている。その上に、完全に無視された社会的イニシアティブが存在する。

したがって、多国籍企業と言っても、他国法制のいろいろな制限の中で短期や長期の計画の下に収益を上げるために動いているわけで、実際、実績が悪ければ退却するだけの余地もあり、戦略的に見通しがなくなる以前に如何に投資損をしないかも各拠点や本社側で神経を注ぐ問題である。投資上及び戦略上の位置が優れたものであっても、その地域の文化や人材から反撃を食うこともあるし、現在の中国の法制のように国家側の資本介入が前提とされて一〇〇％の自己資本で経営できないこともある。

そこでは他国資本に対する、金融資本と一体となった企業自身の安全確保策が、「本国」の官僚機構の助力のもとに組織を、また企業執行部内では、国家と関連しながら、ひとつの運命共同体化する日本的な動きも伴う。最近では自動車工業のような下請け系列企業の必要な複合的な産業が海外に拠点を作り、「本社と系列」関係は、政府機関よりも特にコミュニケーションの面において「本国」化している。同時に、下請側は請負い先の多様化も目論んで海外進出を図るようになっている。また、中小の下請け企業の中には、大使館や地元商工会議所も知らないままプラント経営を始めるケースも多い。

他方、各企業によって、戦略基地への一般的姿勢は異なっているし、その基地ごとに戦略を変えて対処することも多い。第三世界の民族主義を背景に経営を現地の人材主導にしたり、生産に国籍はないと国内からの駐在者や在外自国人、ほかの在外プラントの外国人スタッフおよび現地の多様な人材などを動員して生産体制を組む場合もある。その意味では国際的な資本相互の交換過程や国際分業も進んでいる。過去における競争の段階から資本協同の市場拡大へと時代は集合的な保守体制に移っているのである。

これは実質、マルクスやエンゲルスがその「宣言」の中で展開している状況であり、基本的には「国家」の存在を利用しながら自己の利潤を追求している勢力の運動でもある。現時点でも「国家」枠の思考様式は経済の中では縮小し始めているし、資本同士の提携はマルクスの期待、あるいは予測以上の進展を遂げている。その意味では資本側にとって、政府要人を飼い犬にしておくこと、あるいは彼らにイニシアティブを執らせないことは重要な課題でもある。一九世紀後半期、エンゲルスは多国籍企業の代表者でもあった。

社会はこのような形の発展能力を実現してきたと言ってよい。これは昔存在していた社会主義者たちが「社会主義国」を形成したり、「国家システム」を歴史的に不可避な前段階としてその軍事化を許したり、国際主義から一国社会主義へと路線を変えた途端に民衆の天皇への帰依にひれ伏したりしてきた実情とは全く異なって、社会そのものの動きを資本と重ね直して、多国籍企業は実に、国内的には「国家」を利用し、「国家目標」を提起しているのである。その意味では企業組織は多元的政治体として、すでに圧力団体以上の規模を持つ集合体を形成している。

つまり、かなり遅ればせながら、多国籍企業の本拠地を自認し始めている社会の市民たちが、他国の労働者の問題を無視しながら「国家」概念に閉じこもっている事態は、反面、多国籍企業あるいは日本資本主義の「知性」の対外的な姿勢にとっては都合のいいことでもあろう。またいくつかの日本企業では、既にアメリカ支社などの海外拠点が企業戦略の基幹部を抑えていることも多い。この現象は当面組織内の競争力を組織的次元で「国際化」させ、組織幹部を資本の国際化に見合った実力者に育てるシステム形成に効果を持ち出している。それとは逆説的に、海外要員のなかには日本語や一般知識に疎くなるものも生じているようだ。海外拠点にいながら海外拠点の建物の外、つまり現地の事情に疎いというのは日本企業に一般的な現象である。

第三世界を舞台にした海外プラントの場合、第三世界側の給与体系をモデルにして安い労働力が謳われることが多い。国際的に知名度の高いメーカーは、第三世界側の民衆からは歓迎を受け生活の安定を期待される。しかし、日本の高度成長政策が「所得倍増」を謳えた背景には政官財の同時進行的な組織的運動が必要であった。現時点の第三世界の労働環境の中では、現地国家システムや労働者側の「近代化」にはなるべく「隔たった対応」が優先している。現地民族主義へのリップサービスには、現地側リーダーの期待と絶望、離反を想定しなければ成り立っていかない局面、そして、民族型リーダーシップへの配慮が、資本側に要請される。リーダーシップ次元から分断化される現地民族主義や第三世界的国家においては、実際に生産に携わる多数の労働者の生活向上という面についての真剣な対話は生まれてこない。ルンペン的ブルジョアジーである第三世界支配階級も、代替労組による労働者の団結権制限や組織内における外国体制専横を防止する労働法や刑事的防衛などを固めているが、実質的な労働局面では多国籍企業の執行部の意向を百％尊重することになる。

したがって、多国籍企業による工業化では、第三世界の労働力、労働者は今現在も自立した生活を得ていない状況にあり、国境を越えた労働移民の波が途切れていることはない。これらの財貨の問題をもって労働者の「根こぎ」を問題にしたシモーヌ・ヴェイユは移民労働者でなくても労働者の根こぎ状態はあるとしているが、その当時のフランスには、彼女も言うように、移民労働者の問題は潜在的にしか存在しなかった。しかし、フランスですら、現在では移民も自国民も同じ問題を共有している。そして、日本社会も同じ問題を共有すべき事態の中にいる。

別の価値体系が存在する。そして、その別の価値体系を恐れる「政治」の徒がいる。わたくしたちが目の前にしている状況である。

3. 第三世界の人民理性

一九九四年にメキシコのチアパス州で民間武装部隊が蜂起を起こした際、日本の新聞その他のメディアには、この集団の政治性に対する二つの解釈が、第一段階の反応として登場していた。表面的なことのようだが本質に関わることであった。

スペイン語ではこの反乱集団はElercito Zapatista de Liberación Nacional（ナショナル解放のサパティスタ軍／EZLN）と自称していた。

読売新聞などの媒体ではＥＺＬＮは「サパティスタ民族解放軍」と訳されて、この訳はかなりの日本での浸潤度を示した。他方、朝日新聞などの媒体は「サパティスタ国民解放軍」という訳語を使っていた。この訳も、わたくしの書いたものを含めて、(註) ある程度散見された。この翻訳の当時の表記上の差異自体については、あまり問題として扱わない。その理由は各種の英和辞典ではNAT10NALの意味に両義とも加えていることが多く、社会科学がバブル経済やベルリンの壁の崩壊以降の混乱の中にあった時期の日本では正誤の検討も意味を持たなかっただろうからだ。ＥＺＬＮは現在も存在しているのだがその耐久時間は、メキシコでの二〇年という時間をわたくしにも十分示してくれるものだ。（この文章の始めの章で、岡義達の「アメリカ民族」はなく「アメリカ国民」しかないという議論に触れた。）

もちろん、支配の道具と堕した選挙型民主制の方では、きれいさっぱりこの集団の存在を不在のものとして生きている。では、「あの蜂起はメキシコの西南の山奥の片隅の民族性に強調点を置く単なるエスニックな運動であったのか」というと、やはりそのインパクトと意義は「国民的」しかも「歴史的」であったというのがわたくしの立場だ。

ツェルタル、ツォツィルその他の部族を統括する民族名は広範な文化領域を持つマヤ族であるが植民地期のカスタ戦争を待つまでもなくマヤの歴史は様々な展開を見ている。マヤ族の南限そのものにもいろいろな説があるが、ホンジュラスやグアテマラ（チアパス州は一九世紀までグアテマラ領であった）、ニカラグア、エル・サルバドール、ベリーズなどには確実なマヤ文化の継続がある。そのマヤ起源的な民族解放戦争であるならば、イギリス領であるベリーズ（ベリセ）などから出発しても不思議ではなかった。この国は独立してからも元首をエリザベス二世としている見事な植民地主義の現代進行形国家であるからだ（二〇二三年一一月、国連総会での中東停戦決議ではベリーズは、イギリスに反して停戦側に回っている）。

しかも、メキシコ史上はじめて国民生活における人権の問題に取り組む「独立法人国民人権委員会」を創設した当時のサリナス政権に比較すれば、チアパス州の帰属国家であったグアテマラなどは軍事的圧制を継続していたのである。

民主化途上の甘えられる政権を狙うという戦略もあるが、首謀者マルコスがメキシコ左翼の言葉を使い、サリナス政権をやみくもに批判する姿勢は、サリナスに嫌悪を示す政権党ＰＲＩの主流右派やエチェベリアの第三世界主義とも一致しつつ、マヤ民族そのものではなく、メキシコ国民の政治生活にエネルギーを与えていった。このことは、八〇年代後半から優勢になっていた国際産業システム再編論や国際協調主義の波をネオリベラルの名のもとにメキシコ国民が拒否したことを示しており、その一年後のテキーラ・ショックは来るべきものが来たに過ぎない帰結であった。

マルコスは八〇年代初めメキシコ市のメトロポリタン大学ソチミルコ校で社会学を教えていたのだが、自国史や社会科学上の基本的コンセプトに疎いところがあり、蜂起から二年経ってから「いま僕は〈国民国家〉という概念に強い関心を持っている」などとラ・ホルナダ紙に書きつけている。

前章でわたくしは「民族主義」を三回使い、「民族的リーダーシップ」を一回使っている。それらは「ナショナリズム」、そして「自国民優先型リーダーシップ」と改めるべきであろう。自己反省だが、慣用化された言葉の訂正はなかなか難しいところがある。従属理論派の領袖であるアンドレ・グンター・フランクの「ルンペン・ブルジョアジーとルンペン的発展」の改訂版を訳した西川潤氏の『世界資本主義とラテン・アメリカ』(岩波書店、一九七八年刊)でも「民族主義」「民族的資本主義」などの用語が使われている。ここでその本の導入部から二か所だけ引用させてもらおう。

《さらに同じ著書の序文において、私は「民族的資本主義と民族ブルジョアジーはいかなる方法によってもラテンアメリカを低開発性から脱出させないし、脱出させることはできない」という

確信を主張している。》(『世界資本主義とラテン・アメリカ』七頁)
《もし従属状態が純粋に「外部的な」ものであるなら、「民族」ブルジョアジーが低開発の問題に「民族主義的」あるいは「自主的」な解決方法を提示できる客観的な条件が存在すると主張できよう。しかしわれわれの見解においては、このような解決方法は存在しない。それはまさしく、従属状態が内外不可分のものであり、ブルジョアジー自体を従属的とするからである。》(同書、同頁)

これらの「民族主義」「民族」を「ナショナリズム」「国民的」あるいは「国内」などと訳すと幾分かの鮮明さが回復されるのではなかろうか。上記の引用の一部を引けば、「(ラテンアメリカの)国内資本主義と国内ブルジョアジーはいかなる方法によってもラテンアメリカを低開発から脱出させないし、脱出させることはできない」となる。

しかも、日本人の東京集権的な「単一民族国家」観の中では未だに「民族」は、意識の外から、そして根底からも日本人自身を縛り付けているエスニックなコンセプトであることを忘れてはいけない。外国で「祖国」を対象化する際には日本出身者の多くは「単一民族国家」のシステムとその象徴に視野を限定しがちだ。特に叙勲の季節には、彼らは郷土の草花などへの感傷は女々しい戯れにすぎないと意識しているようだ。社会党議員の二代目知識人でも、日ごろは第三世界の国籍をとって左翼の運動の同伴者を気取りながら、日本からの勲章授与には神妙な、あるいは晴れやかな表情をもって天皇権威へのお辞儀を繰り返すのである。

ところがアメリカ合衆国を含めた「人種のるつぼ」である米州各国や国境干渉が日常的なヨー

ロッパでは、エスニック問題が拡大するのと同時進行的に「国民国家」への見直しが繰り返されている。アメリカは「国民国家」として成立しており、岡義達の言うような「アメリカ民族」を形成してはまずいのである。アメリカには、ハワード・ジンやポール・ジョンソンたちが使っているような「アメリカ人民（アメリカン・ピープル）」というカテゴリーが画然として存在している。それを民族／エスニックに分断したり集約することは白人の警官に黒人を射殺させる論理づけに傾きかねない。

サリナス政治（一九八八―九四）に対する民衆の憎悪は、サリナスの自己基盤である政権党保守派からも嫌われる近代化政策（人権政策、農地改革、情報開示、国際的標準にしたがった経済の現代的運営、ウルグアイ・ラウンドから北米自由貿易協定、国際貿易機構に至るまでサリナスが示した国際的リーダーシップなど）に、ある程度の期待をかけていたわたくし自身の近代主義にも自己批判を迫るものがあった。サリナスは当時から現在に至るまで自分の立場をソーシャル・リベラリズムと称しており、ゴルバチョフの改革から、ペレストロイカ（再構築）や情報開示などのコンセプトをそれなりに解釈し移植しようとした。そのような改革をメキシコに深く浸透している権威主義的伝統社会にぶつけて自分の地位をも危うくしていったことは確かだろう。また一九九二年のエヒド制の撤廃は、それ自身「解放」ではなく「反メキシコ革命」と解釈され、土地の私有化の嵐の中で、特に辺境農村で企業による大土地私有を横行させ、農民階層にかなりの損失と失意を与えた。

サリナスの経済改革は、日本の高度成長政策の再現を目指して国内的には政官財の「コーポラティズム」を進め、組織内の古い人材からの反発を、彼自身の大統領権力と国際的リーダーシップで乗り切ろうとした面もある。そこではもちろん、従属的利害にがんじがらめになっている国内ブルジョアジー（フランクの言う「ルンペン・ブルジョアジー」）の執拗な抵抗もあった。同時に国際的背景にはニーゲル・ハリスのような左翼系経済学者が「第三世界の終焉」を、新工業化諸国とイデオロギーの凋落、という副題付きで一九八七年に刊行するような雰囲気の中にあった。少なくとも、産業のグローバル化によって、国際間の不平等は乗り切れるというような幻想が支配し始めていた。メキシコ人民がそれらの国際的な動きに不信の目を向けていたことは評価されていい。しかし、そこでも自社会そのものに対する反省的進捗は留保され、外国人や移民勢力の観察に委ねられている。

国民は、たとえEZLNのような政治勢力に煽られたものであるにせよ、国民自身のエネルギーを持ち得る理由と権利を持っている。六〇年代から七〇年代の「従属理論」は、大学や学問の世界からは追われてしまった感があるが、メキシコ国民の中には一種のシニシズムとともに「思想」として形成され始めている。二〇一四年現在、メキシコの新刊書の本屋や図書館の飾り棚から従属理論派は追われてしまったのだが、その後の海外投資の発展と国民生活の停滞により、国民の意識の中ではむしろ「国民自身から生じる内発的従属」への省察が深まっている。それは現在も「現実認識」に止まるものであるのだが。

以前、『思想の科学』の人たちから「普通の人」とか「生活者」とかいう言葉をよく聞いた。それが「国民」としてなのか、歴史に生きる「人民」としてなのか、あるいは政治的市民としてなのか、という問題は、たまには考えるべきテーマだろう。ただ「民族として」考え始める状況は、わたくしたちにはもう残されていない。エスニックな問題は、固有文化、言語や人種問題を含めて、それそのものが社会の多元性や公正の問題として、もう一つの次元を準備する。

（註） 一九九四年、雑誌『情況』に拙稿「原住民蜂起のユートピア—国内植民地とメキシコ」を書いた時点ではメキシコの南北問題に焦点を絞りすぎた面がある。ブログの中で私家版風に、文字などの補正を施し幾分の構成上の訂正を試みてある。ただ現在わたくしは、以下に見るように、「国内植民地」の事態をより深刻に、より広範に捉えている。

社会理論学会の『社会理論研究』二〇〇三年四号の拙稿「国民統合運動としてのEZLN」は「メキシコ」への忠誠を誓うマルコスの姿を論じている。

4. 独立の初段階と挫折

歴史が事実を掘り起こす学問であるとすれば、メキシコの学校教育で教わる歴史は極めて操作されたものでしかない。それは支配層の都合に合わせて、岡義達風に言うならば「状況化」「制度化」「伝統化」を繰り返すかのようであるし、安田講堂の騒ぎの「静まる」のを待って研究室に復帰した政治学者の「制度化」への意欲を示す論理立てともよく似ている。メキシコの独立がイダルゴ神父の陰謀と叫びに収斂するのは、基本的には植民地における植民地ブルジョアジーの利権の確立への意思がメキシコという植民地規模で固まったからであった。歴史上の「独立」の結末は、クリオージョと呼ばれる植民者階級の権力把握という形で落ち着くのだが、外国の介入が終わったわけではない。ここでは、メキシコの義務教育では教えない重大な「独立」の陰謀について、新大陸征服の時間の中でいささか超スピードで読み込み、なぜ、メキシコ征服者コルテスの子供たちの独立騒ぎが激しい拷問や見せつけの後に歴史からかき消されたのかを見てみたい。

オクタビオ・パスは、その主著ともいえる『孤独の迷宮』の中で「マリンチェの子供たち」という章を設けて、混血文化としてのメキシコ社会の複雑な心理状況を解説している。ここでのパスの解説は比較的有名なので、メキシコに行こうと思った方は既に読まれているかもしれないが、メキシコ社会の中での他者への侮辱用語もそこには説明されている。植民地時代に醸成された侮辱用語の世界から少し身を離せば、メキシコと言えば浮かんでくるような外国人に対する「アミーゴ」（友達）という言葉の意味も反映されて出てくるはずだ。

マリンチェはエルナン・コルテスの征服事業を援助した女性。ナワトル原語では「マリンティン」で、「マリーナ」とスペイン語風に征服者たちの間で呼ばれていた。彼女は征服以前にマヤ族地域で奴隷化されており、スペインの新大陸征服は彼女にとって人生の一大転機であった。要するにマリンチェは侵略勢力に協力する「裏切り者」として原住民の目には映っているが、同時に彼女は解放奴隷であり、「成功者」でもあった。実際、この外国との接し方そのものと外国人に対するスタンスはメキシコ人の意識の中ではほとんど定型化されているとしか言えないような状況が、低開発や貧富差に苦しむ現在も続いている。そのことは、マリンチェが、征服者コルテスとの間に子供のマルティン・コルテスを生んでも、子の成長を母として見る機会も与えられず、コルテス自身の手で別離させられたことにも象徴的な原型を持っているかのようだ。

パスは前掲の文章の中で、実際のマリンチェがコルテスの子供を持っていたことについては全く触れていない。ナワトル、マヤ、スペイン語の通訳で明晰な女性、しかし裏切り者のマリンチェの子供、マルティン・コルテスはラテン・アメリカの混血（メスティソ）最初の世代を代表する人物である。彼は、十年後に生まれたコルテスのスペイン女性（ファアナ・デ・スニィガ）との間に生まれたマルティン・コルテス・スニィガという弟と区別するために「エル・メスティソ」と呼ばれることになる。この同姓同名のふたりの兄弟は同じ時代と同じ運動を全く別の文脈をもって生きることになる。このふたりをここでは、エル・メスティソ（マリンチェの子供、メスティソ、一五二三年生）とスニィガ（征服者コルテスの嫡子、オアハカ盆地侯爵、白人クリオージョ、一五三二年生）と呼び分ける。

征服者コルテスは征服の功労者たちに原住民を奴隷配分してエンコミエンダ制を敷き、それを世襲とした。この運用の実態については個人差があったことは確かだが、スペイン本国側では当時のユマニスモ（ヒューマニズム、人文主義）が王室をも影響下に置いていたので、本国側の人道的配慮と征服側の利権への意欲は食い違ったまま植民地政策が進められていた。王室側はエンコミエンダを管轄するエンコメンデーロの世襲を禁止したり二代限りとしたりして、実質的には支配の直轄を模索していた。

このような本国のスタンスに対して、既に新大陸での利権を抱えて育ったスニィガには、特に王室およびスペイン本国側のエンコメンデーロ世襲に対する攻撃的姿勢に対する憤りがあった。一五四〇年から一五六三年までのスペイン滞在を経て帰墨したスニィガや、スニィガ以前にスペインで王宮に仕えていたエル・メスティソの前には、すでにメキシコ副王朝が築かれ、体制化していた。オアハカ盆地の侯爵としてメキシコで有数の資産家となっていたスニィガには、次第にメキシコ支配階級としての自覚と倨傲が芽生えてきた。そして三〇歳そこそこのスニィガ青年のリーダーシップの下に、一五六五年、同姓同名の義理の兄、すでに伝説化していたマリンチェの子供マルティン・コルテス、エル・メスティソも、他の兄弟ルイス、父コルテスの僚友の子供たちアヴィラ兄弟その他と小さな、しかし、本国や副王朝のスペイン人には大きな脅威を呼んだ反乱を起こした。彼らはすぐに捕らえられ、特にアヴィラ兄弟は斬首のうえに肉体をさらしものにされた。しかし、ふたりのマルティン・コルテスとルイスの扱いは、その父親ゆえに全く異なったものであった。

もっとも、おそらくは褐色の肌を持ち、白人のスニィガのような嫡子の扱いもなく、さらには位階も持っていなかつたエル・メスティソは、記録上わかっているだけだが、漏斗で水を持続的に大量に飲まされる拷問にあっている。彼は何も白状せず諄々と拷問に耐えた。スニィガ青年のリーダーシップがどのような形の反乱を起こし得たかの具体的記述にわたくしはまだ遭遇していない（フランシスコ会宣教師たちのスペイン王への報告には「陰謀」は将来有望な若者たちの議論の域を出ないものだったと記されているそうだ。またスニィガについての別の記述には彼がヌエバ・エスパニヤ王を目指したとも書かれている）。しかし、この過程で、リーダーより一〇歳年上のエル・メスティソが拷問にあい、何も白状しなかったと伝えられていることに感銘を受けると同時に、現代メキシコの多くの友人たちの対権力や社交上の立ち居振舞いに思い当たる。コルテス兄弟を極刑にかけようとしていたムニョス派遣使の死後、兄弟はスペインに護送され、一五七四年に罪科免除ということになった。その後、エル・メスティソはスペイン女性と結婚し、イスラム勢力との戦争に加わったりして余生を送り、一五九五年にその生をスペインで終えている。

スニィガの方は、スペイン在住の若いころに政府高官の娘と結婚していた。メキシコの領土に帰る資格を与えられたがスペインにいることを選択した。一五八九年に亡くなっている。

「独立」というトピックを作らない以上、本国優先的価値の動きは、征服者たちだけでなく、日本を含めたどこの国の地方や移民社会にも見て取ることができる。これを帝国主義的空間と言い直すこともできる。この場合、本国からの利害、本国からの価値体系に服し従属していることだけが岡義達も言っている「政治」ということになる。だから、二重国籍を公然の権利としている国からの移民は多元性の中で自己を開くことが出来るので移民社会で話をしていても警戒の色はなく表情が明るい。それに反して、生きている社会での権益が、人間関係の中で優先性を持たない「生」には解放感はなく、居心地も悪く他者が持っている遠くから来る価値観に警戒しなくてはならない。

同時に、エル・メスティィソの人生に、自分から率先してイニシアティブをとる機会が少ないことにも着目したい。彼は物心ついたころには母親と遠い世界にいた。母なしを意味する侮辱の言葉「デスマドレ（Desmadre）」という根拠を失った混乱の事態だが、彼は自分の肌の色と、一〇歳年下の義理の弟との待遇の差に「価値体系」と呼ばれる現存システムとの離反を人生の大半を過ごしたスペイン本国の中で反芻することがあったであろう。彼は、ラテンアメリカ最初のメスティィソ世代であると同時に、原住民文化からも疎外されてヨーロッパで青春を送らざるを得なかったのである。その意味で、現代のメキシコというメスティィソ国家を個人的に先取りしている。現代の圧倒的多数のメスティィソにとっても、原住民語を話すメキシコ人は訳のわからない差別の対象であることが多い。メキシコにおける現代の国内組織においては、人種主義を基底に置いた関係性は錯綜化している。差別（Discriminación）、抑圧（Represión）、陰険な弱者への攻撃（Hostigamiento）、いじめ（Acoso）などの事例が絶たない。混血家族の時点で、子供に白人や褐色系が生まれるのは普通のことであるにもかかわらず、社会的差別が存在する。

上の文脈から明らかなように、わたくしたちの世代から見ると、スニィガの独立構想はエンコミエンダ制の保守を願う反動的志向を持っている。同時にそれはスペイン王政の利害と衝突を起こす性質のものであった。「ヌエバ・エスパニャの王」に彼がなるにせよ、エル・メスティソがなるにせよ、ひとつの「価値体系の分断」には人間史的意義がある。それは挫折したのだが、挫折ゆえにメキシコの義務教育に彼らの名前が登場しないわけではない。彼らコルテスの子供たちは、そして特にエル・メスティソの存在は、メキシコの価値体系の急所を分断しかねない思考上の時限爆弾なのである。領主国の直接支配の意欲から、メキシコの「主権」を守ろうという志向は多国籍企業の内部にも存在している。わたくしたちは、あの虚妄に満ちたメキシコ革命の子供であるオクタビオ・パスの「メスティソ・メキシコ人」への定義を疑う能力を持ちえる。彼は次のように言っている。

《メキシコ人は、インディオにもスペイン人にもなりたくない。彼らの子孫であることも望まない。彼らを否定する。そしてメスティソとしてではなく、人間であるという抽象として活気づくのである。無の子となる。彼は自分自身から始まるのである。》(『孤独の迷宮』法政大学出版部、高山智博他訳、八八頁)

支配階級が、自分たちの隠したい歴史を隠し続ける以上は、メスティソ階級は確かに孤独でつながりを持つことのない「不在」の階級である。その空しさを突くように、今は鬼籍に入った友人のマカリオ・マトゥス(Macario Matus)もメスティソとインディヘナの境界を語っている。

わたくしの友人ナタリア・トレドにとって、メキシコは、テワンテペック地峡のフチタン市の第六セクションから始まる。あの町を日本人は札束をポケットに押し込んで歩くべきだろう。サポテコ語の町、ムシェエやマリマッチャの町、しかし、一昔前はウアベ族やチョル族、ミヘ族を圧制し、その後アステカ族に面従腹背した歴史を持つ、マヤ民族からの派生民族。サポテコ自身が生んだベニト・フアレスとも対決した政治的な風土。革命与党の常勝選挙に一九八一年初めて傷をつけた町。楽しみは満載だ。そこからバスを乗り継ぎ、メキシコ市の地下鉄駅チャプルテペックにたどり着き、やけに寒いね、とか何とか言いながら、私たちは価値の多元性の社会に向かっている。

5. 歴史に対する不在証明

わたくしたちはわたくしたちの目論見から離れたところでこの時代に生まれ、その土地に生まれ、あの親たちを持って生きている。わたくしたちの無意識は、しかし、それらの限定からはみ出し、わたくしたちを路頭に立たせ、わたくしたちの背丈から傷痍軍人の群れを観察させ、親たちの生きざまを眺めさせ、「いじめ」という今世紀的卑語で囲われる前のリンチにあわせ、愛というわけのわからぬ拘泥に悩ませ、性に埋もれさせ、他者を探させ、何が大切で、何が不幸かを見極めようとさせ、図書館に立たせ、学校に出戻りさせ、オフィスから窓の外を眺めさせ、販売戦線に立たせ、深夜バーに働かせ、おとなたちを見限らせ、子どもに帰らせる。あるいは自分をもおとなたちとともにおとなたちの餓鬼道を生きることにいたらせる。死んで間もなく、わたくしたちは忘却に沈み、政府はロナルド・ドーアやチャーマーズ・ジョンソンなどの外国人知性が批判する以上に人民の幸福には無関心を続け、後世代は生きるのもままならず、わたくしたちの墓も肉体も意味を失い、永遠の無縁へと消えてゆくだろう。そんなわたくしたちの歴史に対する責任性というものはどこに存在するのだろうか。

とある瞬間、二〇〇四年か二〇〇五年だったと思うのだが、東名高速のインターチェンジあたりで自分の親たちの、感性も知性も無い単なる機械的な暴力に殺された五歳の男の子がいた。彼の魂は、あまたの子どもたちに電波を送り始めているのではないだろうか。

たぶん、恒常化した暴力の下で生きる子どもたちは、ぐずる抵抗の試みが死へとつながる予感を共有している。殺された子どもの名前は狩野隼人であった。わたくしはその名前から中世の狩場の荒野を矢や槍を潜り抜けている少年の姿を想起した。しかし、彼は、ぐずる抵抗のままに死へと追いやられてしまったようだ。その夜空の密室で命を失った狩野隼人は、わたくしの分裂したアイデンティティに言葉を、あるいは沈黙を宿そうとしている。言葉を失った狩野隼人のうめきはわたくしの言葉をはみ出したうめきである。その同じ夜空の密室に多くの日本の子どもたちがまさに無念の死を遂げ続けている（狩野隼人「メキシコでソニー支社長発言がもたらした波紋」『週刊金曜日』第三二四号、「DVから日本の現在を思う」『週刊金曜日』第553号）。

「おとな」たちの戦後に培ったはずの知性は確実に退行しており、「カラマゾフの兄弟」のイヴァンが物語る「大審問官」並みの哲学を持つ経団連体制は組織の中とその社会的影響下に日本人の知性を押し込めることに成功してきた。しかし、それは戦後社会の「制度化」をも「伝統化」をも語るものではない。をも「伝統化」をも語るものではない。社会とは境界をことにした組織次元での政治学というものがあるとすれば、その意味で岡義達の例示的なシステム解釈も政治学の顔をすることも出来るだろう。しかし、日本の小家庭次元の子どもたちの死に見るように、その組織は世界のいくつかの教団組織のように社会の大多数の人間をシステムに巻き込む能力を持つに至っていない。

安倍晋三は、父親や祖父叔父と物心ついたときにはわたしのまわりに政治がありましたと明示的に言う。狩野隼人は彼の顔を振り返って見るだろう。すでにそのとき、階級的権力の論理は確立し、一方の反戦政治家であった安倍寛は不在にされている。だから、「思想の科学研究会」の誰かが、父親や祖父叔父と物心ついたときにはわたしのまわりに『思想の科学』がありましたと明示的に言うとき（後藤嘉宏氏の会報での発言）、狩野隼人はひとつの政治を、すなわち、ひとつの支配を、ひとつの階級を、ひとつの策術を、そして、ひとつの「思想のたそがれ」を見て取ってしまうかもしれない。「まわり」に「あった」というのは、実は今はないのかもしれない。安倍も彼も今はないものを追っているのかもしれない。わたくしは、あるいはわたくしたちは、彼らの「まわり」にあったものは今はないという「不在証明」を行なうわけにはいかない。それは彼らの「思想」の基点であるかも知れないからだし、何よりも今、彼ら自身、彼らが作りつつある新たな「環境」の主権者となることを半分声明してもいるからだ。彼らの感じた「まわり」は再建され始められた。しかし、「明示的」に過去の自身の「まわり」を表明しておきながら、自分が改めて彼の「政治的環境」のイニシアティブを握ろうとしている意図については、安倍のような人間のイニシアティブを待っていた人たちには歓迎されているだろうが、別に明言されているわけではない。

そして、そのような過去の「まわり」という出自の環境を持つものは、どぶ川沿いや貧困や暴力の中で生まれ育ったわたくしたちよりは好ましく受け入れられる。そこには直接経験という貧困者の泥臭い恨み走った余裕の乏しい思想から集団を守りえる幻想が生まれはじめるからである。鶴見俊輔氏もそのような指導者である。ただ彼は戦後の文脈の中で、過去の「まわり」の環境を破り続けるような活動家であった。そして、何よりも「目黒の秋刀魚」でありながら「機」を見る眼力を備えていた。彼はベ平連の創設者であり推進者であったが、自分から強い執行部を構成することはなかった。しかも、彼は自分の環境をいつもゆるい組織性の中においてみたり逃げ出したりしている。自分の「まわり」にあったものが現在は自分の環境とは違うのだという意識は、歴史をさかのぼっての高野長英への目配りから佐野碩への言及まで、彼の「まわり」にあったものにとどまって終わってしまう意識ではない。鶴見の過去の空間に対する態度には一種の離反的な意味での近代的覚悟が伴っていると想像、あるいは誤解してもかまわない。それは難解なものかもしれないが、一種の都会的鼻唄気分も持ち合わせている。

過去の生活環境の遠くから、あるいは時間を越えてからのこだわりというものが、存在する。いくぶん粘着気質の室生犀星ならば次のように言うであろう。異国にさまよっていて原文を持っていないが「ふるさとはかえるところにあるまじき、よしや異土のかたえとなりとても、かえるところにあるまじき」というものがあり、そこでは過去の空間そのものが安住するためのものでも利用するためのものでもない。「うさぎおいし彼の山、こぶな釣りし彼の川……」と歌う近代も、しかし、過去の空間であるふるさとへの執拗な思いを遠くで歌っているのに過ぎない。

安倍たちが利用しようとする特権的な「まわり」である彼らの家庭環境には、日本の近代の虚妄の歴史がこびりついている。「郷土」への思いがそこにあるわけではない。あの彼らにとっては栄光に満ちた満州、台湾、朝鮮半島の歴史を再現したいという動きが二〇一五年の日本の権力と時代そのものの無責任と言える。なぜ再現したいのかはその特権性の回復が、「危機」にある日本の構造保守に貢献するとの思い違いがあるからであろう。麻生と安倍のふたりがＮＨＫに乗り込んで脅迫行為に及んだあたりから、確実に日本は戦前から東学党事件の昔へと見事な遡行の歩みを始めてきた。あの陸奥宗光や伊藤博文を「偉人」化している日本の近代がそこにあることは言うを待つまい。そして、わたくしを含めた日本や沖縄の民衆のもとには、今を、改めて希望に満ちて生きようとする環境などはもたらされない。現実は、写真屋の息子が現像液、定着液、水洗装置などのある暗室の入り口で手にとるデジタル・カメラのように、遺骨の代わりに渡された空箱のような姿をとって現れる。そこには南京虐殺事件も無ければ絶望的なビルマ戦線ガダルカナルの進軍も無い。与党派閥の金権総理大臣を検挙した検察や司法の現在の憲法意識とその政治的独立性が問われるところだろう。

片山潜が、お坊ちゃん的感性で続けた労働運動の果てに敗北した相手は、安倍の生まれた環境なのである。片山潜は日本を脱出した。彼は、はじめメキシコにたどり着き、そしてアメリカへと北上して左翼としての国際的地位を築いたのだが、メキシコの官僚組織がネポティズム＝血縁主義に固まっていることには一言も触れていない。彼には一過的だった場所に、自分の半生を生きていることをわたくしはなんとも思わない。しかし、メキシコの同時代に、メキシコの貧困と苦悩とともに不安定に生きていることの意味を繰り返し考えている。それは、わたくし自身の階級性を、わたくしの受けた教育を、わたくしの育った環境を起点とするものではない。この、おそらくは根拠の薄い選択を、わたくしはわたくしの歴史的な責任としている。生きてしまった以上、わたくしには自分の選択が他者との交差を得る時点での手ごたえがほしいのだ。それは、「自己責任」と呼ばれるような自己中心的な行動なのであろうか。

しかし、「エル・インディオ」マルティン・コルテスにはメキシコ征服の功労者の息子であるという環境条件は、まったく生きる意味をなさなかったと言える。しかも、彼はいかなる状況にあっても自分で逃げる特権を持つことが出来なかった。彼は生まれて数年も経ることなくスペインに送られて、そこで青春を送り、自分が得てもよい地位を異母弟が得ていることに気がついてしまった。メキシコでの数年は彼にとってチャンスであったかもしれないが、戦うべき壁の高さに彼はやはり口をつぐんでしまったのではなかろうか。

だから陰謀が発覚して拷問にあったときも、彼には自白する義理も罪人として生きる情熱も湧いてこなかったのかもしれない。ましてや自己弁護など行なう余地もないほど、彼は特権から排除されていたのだ。スペインで罪科を放免された彼が軍人職に就き、その後、ひたすらスペイン市民としての生き方に徹していることは感嘆に値する。スペイン帰国以降の、侯爵であった義理の弟との関係は明らかではないが、エル・インディオは、弟のスニィガより十年近くあとに普通の市民として他界している。

近代のメキシコ国家は、そのエル・インディオを追うこともなく、スペインに生きたコルテスの子どものひとりとして片付けてしまった。そこでは「植民地」であった歴史と環境そのものが、すでにゆがみを伴って現代に引き写されている。そして、教科書で教わることの出来る「独立」の物語そのものにも、そのゆがみが付きまとっていることに気がつく必要があるだろう。独立の父といわれるイダルゴ神父は歴史上、銃口を前にして自分の潔白を（独立の陰謀に加担しなかったと叫んで）証明しようとした。その当事者責任からのアリバイ証明をイダルゴが叫んだことだけはメキシコの教育機関では教え込むのである。

わたくしたちは「独立」という運動や「革命」や「維新」の実態に敏感であるはずである。メキシコでは教科書に書かれている「独立」の主人公とされる物語の主人公たちはすべて処刑されて死んでいる。これは「革命の閉鎖性」の前に「独立と国づくりの閉塞性」をも味わってもらおうという支配者たちの特別の計らいなのではなかろうか。

さらには、少し進んで、第三世界の「独立」には「独立国家」一般が持っている「国民と国土」

の問題が征服の歴史のゆえにいくらか戦略的な意味を持って潜んでいる。他方、エスニックな主体の立場は、「国民と国土」という近代の論理から置いてきぼりを食ったまま生きている。マルコスが先住民を連れてメキシコの立憲広場に到着し、「われわれはメキシコへの忠誠を誓いに来たのだ」と言ったとき、わたくしは失望し、先住民側は活気づいた。その問題はチアパスのようなエスニック問題の混在している地域だけの問題ではない。本来ならば、それは沖縄県人、アイヌ人や江戸っ子たちの問題でもあり、移住地を追い出された福島の人たちの問題であり、誰も住んでいない竹島（独島）の問題でもある。

ルソーの『社会契約論』には国民国家を述べるとき、単にヨーロッパの歴史のみならずヨーロッパ人による混血が進む「新大陸」の状況にも配慮した形跡がある。ルソーにとっては「民族」も政治の下では「政治的集団」となり、トラスカラ人も、アステカ民族の圧制に対して、スペインの侵略を利用することになるのである。そこでは征服のプロセスが、新大陸側とヨーロッパ人側の相互作用として見直されている。もっとも、新大陸発見以後の征服が、ヨーロッパ側の金銀への動物的ともいえる欲望の所産であることはどうしても拭いきれない歴史的現実であった。歴史的現実の中から、ひとつの理論的定義を引き出そうとするときには、常に別の現実を見逃しがちだ。そして、理論の骨格をはっきりさせるためには、むしろ、現実によって理論の成立を妨げることを回避して、理論そのものの広場に立つほうが理論の提起には好ましいかもしれない。しかし、その際、歴史的ないし社会的現実の錯誤や騒音、介入や例外的な運動については、理論形成とは同時進行的に理論の付帯条件として論じることが好ましいだろう。すなわち、理論そのものが孕まれる現実があると同時に、理論に掬われなかった現実も常に存在しているのである。「ポツダム宣言」についての多くの言説が、戦後の「自己責任」を抜きに他人ごと的に行き交っている。実は、これが二〇一五年の風景かと、わたくしは絶望的な気持ちになるのだが、さらにはそこに権力の一種の悪乱用さえまかり通っている。憲法やポツダム宣言受諾などに対する「俺たちには関係ないけど」というアリバイ意識と、戦後責任の圧倒的な他者への転嫁がうかがえる。竹前栄治氏の『ＧＨＱ』という新書版（岩波新書）を読んでみてくださいと言っても、これらの権力亡者たちは、頭からの反感か、単に持論の正当性を探すためにその書物を利用することしか考えないであろう。ここには「政治的知性」という言葉の「死語化」の状況がある。衆議院でのいわゆる「戦争法案セット」議論で聴聞された憲法学者たちが法案の違憲性を明言したことは、単なるプロセスの問題ではなく、このような日本の状況においても「知性」が存在することを証明したに過ぎない。しかし、これで国民の良心が安堵の無為に沈んでしまえば元もこうもなくなる。

ポツダム宣言に至る過程でアメリカ政府中枢の調査官たちの間では、日本の市民が「実力」をもってして反平和・反民主化の動きに望むことが可能であるようにすべきであるという意見もあったようだ。憲法九条でも、国家の武装を禁じても民間武装の禁止は明言されていない。もちろん、徹底的な非暴力の運動をわたくしも支持しているし、非暴力で成果を挙げてほしい。しかるに、現在の「権力」の特徴は、権力に「近代主義」が仮想していた非暴力に対する受容能力やボンサンスが無いということなのだ。市民側には権力に対する期待をゼロにすることから動く覚悟が必要だろう。マフィアややくざや官製アカデミズムは徹底した市民的反省を持たないから存続しているのである。

東アジアの産業的・経済的追い上げやアメリカ市場の先行き不安などが経済界にもある反面、嘗て繁栄の象徴であった情報テクノロジー分野で嘗ての家電メーカーが苦境に陥っているのは、日本の政府や産業構造、産業組織側の戦略上の問題もあったと見るのが、まず素直な観察だろう。戦前からの終身雇用制を戦後も踏襲したのはよいにせよ、その見直しをシステムの中に組み込まず、いつまでも日本の組織を仲間集団の心地よさに安住させてしまった。現在、わたくしは技術特許を持って、殿様商売をしている自動車部品企業の現地雇用で安く働いている。そのためか会社の性格と雰囲気は現在の日本の、アジア諸国から追い上げを食っている産業界とは違うのだが、それゆえに、バブル時代からしばらく日本を支配した雰囲気が読めて取れる。ここからは、「それでいいじゃないか」という建物の外の他者や別世界への無関心が意識の中心を占めたまま、仲間意識に守られて、自己の歴史的責任にはアリバイ証明を行ない続ける生存形態しか生まれないであろう。逃げた客についてプラント責任者は「そのうち頭を下げてやって来るんじゃないですか」などと日本の責任者に向けて発言している。しかし、逃げたお客に銀行を含めた企業間の組織能力が無いと思い込むその態度には、家電メーカーの一時期の驕りと同じものを読み込めるだろう。

また先進国側の武器メーカーが収益を上げる戦争は常に局地化されていないといけないが、次の戦争が局地的に終結されるという保証はどこにも無い。「アメリカが中東で血を流しているのに、日本人が傍観していていいのか」と言う発言を有力政治家石破茂が行なっているが、片方で平和憲法を「外国」の「押し付け憲法」と言っている。こういう人間が日本の「有力政治家」であることには、わたくしたちにも責任がある。ラテンアメリカ諸国の停滞と継続的破綻は、民衆的なアメリカへの猜疑とは裏腹に、歴代政府がアメリカに対する追従に徹してきたことに大きな原因があることは紛れもない事実であるのだ。

現在、「思想の科学研究会」のような団体の多くが沈黙している。言い訳は「条件」がないということだろう。わたくしは「異土のかたえ」である。「条件」が整っていないというその時点で、タイミングも失い、おそらくはその「集団性」が問われ始めるだろう。

エピローグ：生と国籍

わたくしは二〇一二年の一二月に大使館に国内投票に出かけた際、投票を拒否され、ふたりの現地雇い大使館員から「国籍離脱届」にサインを迫られた。

学校で社会科学系の授業をしていて何度かメキシコ憲法三三条の外国人の政治関与禁止条項で脅迫された。最後には、教員のポストを狙って試験を受け、そのプロセスで、上司にあたる教員から、外国人の政治関与を禁じたメキシコ憲法三三条違反だと脅迫された。それを当の日本大使館に相談した。当時の警察庁からの出向の大野裕領事にメールで相談したところ、「自分で解決しなさい」ということだったので、実際に会って話もしたが、お前が何を書き散らかしているかは知っているんだとか言いながら、官僚主義的な突き放した態度を一貫させていた。

日本人コロニーでは明け方近くに自宅から裸同然の姿で国外追放になった人もいる。大統領大権みたいなものだが実際には連邦検察が幾分恣意的な運用をするのが三三条である。相手が国立大学のマフィアであったこともあって（二〇一七年以降、学長をしている）、恐れをなして相談したのだが警察官の領事は威張っているだけで役に立たなかった。永住権を持っていたが外国人である。考えた末、メキシコ国籍をとった。現在、移民一世のとれる国籍は、メキシコの場合、完全な国籍ではない。一〇年間、国外に出ていると取得した国籍は剥奪される。警察や軍隊、役所関係でも働くことは出来ないし、重犯罪を犯せば出身国に送還されることになっている。日本では二重国籍を認めていないが、二重国籍者でありながら勲章をもらっている人は多い。

そのときふたりの館員から渡された「国籍離脱届」をじっくり眺めた。当時の目賀田大使は、竹島の問題をメキシコの山奥でも外務省の指示通りに通訳をはさんで宣伝して回っていた。状況をわきまえない外交官というのもあるわけだ。わたくしの目前にいた二世の女性館員は、「日本に次に入国するときには罰金が科せられる」と二世なまりで宣告してくれた。国籍離脱したら、今まで途切れ途切れに払った国民年金の掛け金は返してくれるのかしら、などと聞こうと思って彼らの顔を見たら、やたらに緊張している。すると、なんだか、この「国籍離脱届」は、なんとなく、今後を生きる切符のように思えてきた。

「わかりました。じっくり考えさせてもらいます」と言った。その「届け」と日本のパスポートと海外選挙権証をふたりの館員の手から順番にもぎり取り、懐に突っ込んで振り向きもせず、曇り空のレフォルマ通りに出た。

うさぎ追いし彼のやま、と歌いかけたが、感傷的になっているほど暇なのかとあの狩野隼人が口を挟んできた。そう、精神科医の脚線美を拝むタイミングである。


〔『思想の科学研究会会報』一七八、一七九号、二〇一五年、原題「不在証明の政治学：批判」〕

第6章

闇の音

梶井基次郎研究

その現代文学に於ける位置づけ

この文章は、作家梶井基次郎の生きた時代を背景に考えながら、彼の関連した——あるいは彼と照らし合わせて興味ある作家・詩人と対比して、その作家像を浮き彫り、位置付けしようという主旨のもとに書かれた。

＊

梶井基次郎は、その年十六の頃より夏目漱石に傾倒し、それに及ばずも谷崎潤一郎をも愛するようになる。漱石と潤一郎への傾倒は、高踏派、耽美派の代表格である両者からの影響が、多分に梶井の文学における創作態度に現われるということを導くのである。

結論を提起しておく。

彼は昭和初年代にあった社会的精神形体の行きづまりの中で、反体制ならず逃避ならず、極めてボヘミアン的な見地で、時代の堕落の内に美を、安息を髣髴させる境地をひたむきに模索している。この姿勢こそ、その時代における彼ひとりのものだったといえよう。

さて、その「ひとりのみ」の姿勢が、如何に如何なる状況において成り、それが如何なる位置を占めるかを、これから述べようとする。

1．その時代

梶井の処女作「檸檬」の第一稿が着手された大正十二年当時、ワシントン軍縮条約、日本共産党結成、そして震災と既に明治はその惰性を失い、変動の、かつ不安な時代の幕は開きつつあったのである。

時代は変動していた。それに応じて、嘗ての青年等は、自ずから時代と対処すべく精神態度を固めて行く為の苛立たしい努力を繰り返しつつあった。今や知識人のその価値も、何ら時代に影響を与えるべく力を失い、青年等はユートピアへの希望を持ちながらも、そこへ辿り着く道程すら、彼等の眼を持ってすれば、失われたも当然のことであったであろう。

何故ユートピアが失われたか。これを一九六七年の七月、H・マルクーゼは講演「ユートピアの終焉」の一部をもって答えてくれる。

「本来ユートピアとは歴史的概念である。この概念は、不可能と思われる社会的変革を計画することを意味している。いかなる理由で不可能なのか。ユートピアに関する普通の論議では、この不可能とは新しい社会計画の実現性の不可能をいう。――その理由は、与えられた社会状況の主観、客観的条件が変革に適応していないことによる。社会状況の所謂未成熟といわれるものがこれである。例えば、フランス革命期における共産主義運動などが好例であろう。あるいは現代なら、高度に発展した資本主義諸国における社会主義なども多分その例になるという人がいるかも知れない。いずれにせよこの二例は、計画を実現せしめるための主観、客観的条件があるいは実際に存在しなかった例、あるいは欺瞞的に存在しないといわれている例である」

これは大正から昭和初期にかけての日本の青年等の精神的な行きづまりをも指摘するものであるが、以上のような状況の下に梶井文学は先に述べた起因をもって毅然と築かれていった訳である。そしてまた、この時代において有島、芥川、生田春月等の知識人及び青年等の幾許かは、行きづまり、自らの命を断っていったのである。

2．大宅壮一

しかし、かような時代背景を前に自らの活路を見出し、盛んに活動をしていた青年の中に、梶井の三高時代の友人大宅壮一がいた。大正十年より中谷孝雄との親交が始まり、当然、梶井は中谷と親しかった大宅を知った。梶井は大宅の生き方を身近に覚えるようになる。

中谷は著書『梶井基次郎』に若年の大宅を好意的な眼を持って書いている。その頃の大宅は酒も煙草もやらない生真面目な、社会問題に関心を抱く「精悍で雄弁なピューリタン」であったという。これに反し、梶井は音楽・絵画に素養を求め、文学では鷗外を蹴って漱石に傾倒したというだけの、常識的一般的な学生の範疇にあり、かつ「良友」と「悪友」をはっきり区分けする程、気位の高い――いや、恐らく気位を高くしようという意識の中にいる、感受性の強い――ひとつ皮を剥がせば粗野な地の出る市井人的気質を持ち合わせた青年であった。

当時の大宅と梶井とは、いずれ近寄りもしなければ、互いに興味を交えることもないふたつの魂が、互いに己れの真実を確信しつつ進み行く、全く粋な青春ふたつの対比であった。

大宅という精神を、目の当たりにした梶井の心は、壁に突き当たったような衝動に激しく苛立つ。――大正十年、十月十五日、梶井は大宅に対する意識から日記を起こす。

☆

自分の個性を生かし抜いて其処に安住の地を見出すことが、自分を優越に導く最善の方法だろうと思う。

○

唯自分は大宅のような男を見るとあせるのである。

自分の天職というものにぶつからない寂しさが堪らない。

○

大宅の殉教者的の態度が自分を嚇す。

見たところ彼は絵画や音楽に何の趣味も持たぬらしい。（中略）これから音楽の研究なんぞを始めるのは自分にとっては凡人的の趣味を養うに過ぎないことになる。元来趣味などは非凡人になるためには贅沢の沙汰である。

☆

梶井の大宅への羨望はこのように彼自身の卑下をも招く。卑下を招いた羨望は即座に彼の精神を蝕むことはしない。つまり「自分の裡の非凡人はかく趣味を捨てよと迫る」と叙述する彼はもう、実生活に密着しながらも実生活を一段下に眺めている。実に当時の梶井は実生活を試みようとする意欲に駆られながらも決っして心は実生活に埋もれようとはしなかった。大宅が実生活即精神的な態度をもってしたのに対し、梶井はついに実生活に、求め続けた。何を求めたかは後年の彼自らが悟るものとなる。

さてまた日記は一日の思索時間を持って、大宅と自らを断じる。

☆

……大宅は社会主義を奉じる、彼の哲学は彼の天職の空であったことを告げるかも知れない。然し自分は土台を築く。ああこの考えは如何に俺を撃つことだろう。自分の行くべき必然の道は開けた。……(抜卒)

☆

時に大宅は、キリスト教社会主義を標榜する賀川豊彦に従い、キリスト教の伝導に努めていた。梶井はキリスト教と社会主義を結びつけることに根強い疑惑を抱いたのであろう。大宅はプロレタリア文学運動の一員として活躍するようになるが、梶井はついに同人雑誌の中にのみ、彼ひとりのみの模索に終始している。即ち終始社会主義運動を念頭に置きながら、芸術的生活凝視の中に、自らの文学を見出そうとしたのである。

3．漱石及び潤一郎

梶井はこの両者の作品に早くから親しんだ。当然彼の作品のイメージは、両者からの類似が互いに相違を生み出しているというところに提起を受ける。

○谷崎潤一郎

まず谷崎の初期の短篇には、華やかな庶民的な純粋さが見事に、よく言われるところの官能的色彩をもって高められていて、明るい気分の、読む者に懶惰を与えぬ陰惨な気持を起こさせぬ明朗な堅実なものを持っている。例えば「刺青」の叙述の美しさは、確かに怪しく官能的ではあるが、そこには陰鬱なものも病的なものも覚えない、健康な、しかし、神秘な、それでいて絢爛としたデカダンスがある。それはまた、真に清純で、生きることに対して誠意のある一途な心の主にしか持ち得ぬ、一種恐るべき谷崎の人格または信念がさだかにテーマの背後を貫いていることをも証す。この谷崎の姿勢というよりも、谷崎という人間一個の形が既に梶井の憧れるところとなったのではないか、そして彼は意識、無意識の如何にかかわらず、谷崎という、作品をあやつりながら既成の道徳を破りつつ純粋であり得る人間、芸術家の名において超然とボヘミアンとして安住していられる谷崎というものの形態に、少なからぬ羨望を抱いたに違いない。
共に題材として奇異なものを求める傾向が強い。と言っても両者は至極異った奇怪の求め方をする。一口で言えば、谷崎が奇怪を作り出して美を発散させるという形であるのに対し、梶井は日常生活の中から奇怪を、その特異な視角と感性とをもって見出し、それを自己凝視や生命の問題等に暗喩として用いているのである。この場合、梶井の創作態度がサンボリズムに傾いていると見られがちであるし、またそれを否とも言うことはできない。

○

以前自分はよく野原などでこんな気持を経験したことがある。それは極くほのかな気持ではあったが、風に吹かれている草などを見つめているうちに、何時か自分の裡にも丁度その草の葉のように揺れているもののあるのを感じる。それは定かなものではなかった。かすかな気配ではあったが、然し不思議にも秋風に吹かれてさわさわ揺れている草自身の感覚というようなものを感じるのであった。酔わされたような気持で、そのあとはいつも心が清すがしいものに変っていた。（「泥濘」）

流されて流されるがままの文章である。「象徴」が修辞を使われずして作者の中に溶けこんでゆく。――梶井はここに、自分の裡にも「秋風に吹かれてさわさわ揺れている草自身の感覚というようなもの」を感じたと説明する。彼はよく象徴を一旦別の地点から語ることをする。ここには、「しみじみした自分」である時の彼が語られている。次に彼は、その底意を深めたり、方向を変えたりする。つまり「しみじみした自分」の象徴が、そのまま、そうでないときの自分にどう感じられるかを書き続ける。しかも、それが主に彼の作品のテーマを導く。上記の文に従属する文を抜萃する。

鏡や水差しに対している自分は自然そんな経験を思い出した。あんな風に気持が転換出来るといいなど思って熱心になることもあった。然しそんなことを思う思わないに拘らず自分はよくそんなものに見入ってぼんやりしていた。冷い白い肌に一点、電燈の像を宿している可愛い水差しは、なにをする気にもならない自分にとって実際変な魅力を持っていた。二時三時が打っても自分は寝なかった。

夜晩く鏡を覗くのは時によっては非常に怖ろしいものである。自分の顔がまるで知らない人の顔のように見えて来たり、眼が疲れて来る故か、じーっと見ているうちに醜悪な伎楽の腫れ面という面そっくりに見えて来たりする。さーっと鏡の中の顔が消えて、あぶり出しのようにまた現われたりする。片方の眼だけが出て来て暫くの間それに睨まれていることもある。然し恐怖というようなものも或る程度自分で出したり引っ込めたり出来る性質のものである。子供が浪打際で寄せたり退いたりしている浪に追いつ追われつしながら遊ぶように、自分は鏡の中の伎楽の面を恐れながらもそれと遊びたい興味に駆られた。

野原を眺めて心を清すがしいものに出来た思い出の中の「自分」は、今、鏡や水差しを見つめて動悸を覚える。「弱くみじめな自分」はますます暗くなる。鏡のなかの伎楽の面を恐れながらもそれと遊びたい興味に駆られる彼は、「自己」を信じて疑わない。しかし、母を思い、その母の(大丈夫かい、しっかり!)という心のこもった「奮吉!」という呼びかけに、彼は威嚇され、たじろぐ。「自己」というものを、それまでのふわふわとした行動の、また生活のうちに、すっかり失ってしまった彼にとって、母親の子を信じて疑わぬ言葉は、もはや戯言に過ぎなかった。いやそれ以上に「不吉を司る者」の声として、聞く耳を避けるべきものとして聞こえた。が自己を信じていた支柱は崩壊に向かった。

そして、「月の影」の中に「生々しい自分」を発見した時、彼は初めて不安を感じるのである。——影に己れの全生命、即ち価値が乗り移り、彼は自己がただ、それを眺める影法師に過ぎぬのを目の当たりにするからである。

ここにサンボリズムは無い。奇怪なものは総て作者梶井の意識の成す技である。梶井は生活に芸術を持って真に体当たりをしているのである。その真摯な創作態度は、暗喩を積み重ねることよりも、現実の中に意識的な試みを強いる必要があったのである。意識的な型破りの試み——まさしく谷崎の悪魔主義にも通じる技であった。しかし、また社会運動に興味を持ち、かつ感性の強い梶井には、とても谷崎のような時代に超然としたポーズは取っていられなかったであろうし、求めるもの、身に迫った問題は既に当初から異なるものでもあった。
なお、梶井の作品「桜の樹の下には」は、「刺青」よりヒントを得て書かれたものであろう。しかし、梶井の卓抜な省察、思索力はこれを見事に「梶井基次郎」のものとしている。

○夏目漱石

梶井は漱石・潤一郎に傾向したといっても他に多くの作家のものを読破しており、また志賀直哉などにも敬意を持つていたという――だから作品の時期によって、センテンスや文体には多少の相違があるが、一応、長いセンテンスに落ち着く向きがあったように思う。文体は大方、作家の個性がにじみ出るものである。梶井のそれは、饒舌にあらず、かといって妖気のあるような文章でもない。歯切れ良いとも言い難い。しかし、実に詠嘆色のある味わい深い文章である。梶井は随筆と思えないこともない作品を多く書いた。――それも多分に梶井の文章に反映しているものと思う。

では、梶井は漱石から何を得たのだろう。恐らく彼は漱石の人柄と人生観に、より強く引かれたのではないだろうか。

資質的に彼、梶井は道徳家でもなければ単なる芸術至上主義者でもない。先に述べた通り、彼の精神的動向は、時代の頽廃に対処する方向に向けられた。そのあげく、闇にまで潜り、光明を探り出そうと努めたのである。即ち、ある意味において彼は「則天去私」の境地を新たな視角を持って文学の上に導き出したのである。しかもその則天去私こそ時代に遅れることなく、常にこの世界の底辺に光を放ち続けるものなのである。当然、梶井はこれを、頽廢から出発して探究に努めた。

梶井基次郎の眼前にプロレタリア文学運動があったのは彼の文学の宿命じみたものにまで発展する。

一九六六年、来日したサルトルはその講演に述べている。

「知識人のもっとも身近な敵は、ニザンが〝番犬〟と呼んだにせインテリなのである。」

ニザン程、梶井は突き詰められた状況を持たなかったが、確かに梶井の眼中に常に絶えなかったものは頭上を被う社会運動の喧噪であったに違いない。しかも彼は、それに相当近寄ってはいるのだけれども、その渦中に身を投じない。それらの動向に胸をわくわくさせながら、自分を観照者の立場に置こうと努める。

「文戦（文芸戦線）の林房雄は此の間もここへ来ていたそうです。元来川端氏とはここで会った人だそうです。文戦の売れ行は三千程ですと、それから文戦に対抗してアナーキストの雑誌が出るそうです。（中略）マルキストと戦うのだそうです。面白いと思いました。」

昭和二年の一月一日外村茂（繁）への手紙に上記の文があるが、彼は続けて、川端の発見した新人のことを書いている。新しい傾向のものが盛んに組織されたり、発見されたりするのに胸をわくわくさせている。

同年の四月二十九日に淀野隆三に送った手紙には江口渙の「彼と彼の内臓」を評して、「別に目的意識もなにもないのだが、僕はあれの主眼点内臓について種々感慨するところにはあまり感心もしなかったが、出て来る二人の母親には惹きつけられた。林房雄などの共産主義文学の振はないのはなまぢい議論に縛られていることではないかと思う。」

と書いて来ている。江口渙はプロレタリア作家で、ここに評された作品もその系統に属しているわけだが、梶井はここに、目的意識の有無や、主眼点に対する共鳴の如何にも目を渡らせる。しかし、落ちつくところは芸術である。また中野重治の論文を「とても厳しい、なるほどこんな気持でやっていてこそと思った」と賛辞する。中野は芸術に政治的価値を詮議しない立場で論文を書いていたのである。「今日は中野重治の論文に刺戟しられた加減か高い世界に対する実感があって気持がよい。此頃随筆を書くので坐っていてつくづく創作の難く、いろんな人の登って行った精神の階段の高いのを思った、社会主義文芸など今少しく眼の外だ」この言葉は三ヶ月程前の近藤直人宛二月四日の手紙の言葉に呼応する。・

「私は資本主義的芸術の尖端リヤリスチック、シンボリズムの刃渡りをやります。然し私の芸術的生活が長命な限り、どうしても社会主義的になってゆくだろうと思うのです。(この辺は最近の認識を怠っています)」

社会主義文芸に足を踏み入れる前に、彼は遠々と続く精神の階段の高さを思わねばならなかった。

そして、彼を特殊な観照者たらしめるのに決定的な指針を与えるものは、彼の病身に他ならなかった。

病身の彼には、反体制も体制との妥協も無かった。ポール・ニザンのように青春を憎悪の中に生き得なかった。しかし、精神は在った。生々しい程に彼の思索は肉体の虚弱に苛みながらひらめいた。ボール・ニザンは『陰謀』の中に党員キャレをもって語らせる。

「おれたちはその日限りのちっぽけな真実じゃなく、他人との全的つながりの真実を生きているんだ。」

梶井は病身の中の不可能なすべてを、もはや、身悶えして「可能」の範疇に取戻そうとはしなかった。だが、これだけはあった。何かせねばならない――こんな使命感が、最後の作品「のんきな患者」には見られぬだろうか。それはともかく、思索は梶井の観念の中に展開される。昭和二年十二月十四日、北川冬彦への書簡は、その観念を語る。

「心に生じた徴候は生きるよりも寧ろ死へ突入しようとする傾向だ（しかしこれは現実的にというよりも観念的であるから現実的な心配はいらない）僕の観念は愛を拒否しはじめ社会共存から脱しようとし、日光より闇を喜ぼうとしている。（中略）然しこんなことは人性の本然に反した矛盾で、対症療法的で、ある特殊な心の状態にしか価値を持たぬことだ。然し僕はそういった思考を続け作を書くことを続ける決心をしている。」

ここに梶井のいう「ある特殊な心の状態」とは、その時代的な普遍性ひとつ取るにしても現代に相通ずるものである。しかもこの「特殊な心の状態」の群団は今、ますます拡大しつつある。——行動を、主張を阻まれた青春、その群像は、ひとつひとつが孤独である。憎悪が生まれても、それを向けるべき対称は余りに巨大すぎる。捨身の反抗をしてみたところで、いったい如何な反応を見ることが出来ようか。——梶井文学は恐らくこれからも生きるのである。絶望、そして闇をも踏みにじろうとする情熱を背負い、清澄な余韻を帯びて「則天去私」の魔性なる謳歌のうちに「生命」を的礫と浮かび上がらせる。それは巷間に我々の常に見過ごすものから姿する。

4．森鷗外

梶井の時代は、変動こそすれ、いくらも転換しなかった。明治維新のように、新たな可能性に若人の血をわかせるような、胸高鳴らせるようなものは何ひとつ無かった。青年等は、泣き声すら立てながら路頭をさまよっていた。

この時期に生きた彼にとって、私小説は欠く得べからざる順当な手段として取り上げられた。さて、その梶井を説くに、森鷗外を持ち出すのは、極度に鷗外を退けていた梶井が、晩年これもまた極度に、鷗外に惚れ込むところからである。

昭和七年二月五日、中谷孝雄宛の手紙に「一昨年頃から森鷗外の晩年のものに非常に執着してゐる」と書き「渋江抽斎以下古い考証の文学、また渋い鷗外の心境のうかがえる小説など、何度くり返しても倦きない」と書いている。この一昨年頃からというのは、少し鯖を読んでいて、彼の誇張癖は他の書簡で自ら認めるところで、第一、こういった作家にとっての事件を親友である中谷に一昨年から内に秘めておく筈はない。まず「のんきな患者」を執筆する前の読書期間中に鷗外へ引かれ出したものであろう。

さて、明治四十五年一月に発表した「かのやうに」より森鷗外は自らの代弁者として主人公に「五条秀麿」を立て一連の作品を書いた。唐木順三は「鷗外の精神」に述べる。「五条秀麿は、恐らく大逆事件以来の所謂危険思想に対して憂慮した鷗外の創作した人物であろう。官にある者を代表して、危険思想対策を語っているかの感さえ見えるのである。自己弁護の自己が拡大したことになる」そして、五条秀麿の登場する作品を「社会一般に兆して来た不安と破壊の空気、自然科学と資本の発展の生んだ人間の頽癈、自然主義の醸しだした道徳の弛緩に対する鷗外の工夫した、従ってまた方便的な対策の作品化」であった、とする。この自己弁護に必死な鷗外に、もっとも強く衝撃を与えたものは乃木の死である。こいつは良くも悪くも鷗外を突っ突いた。乃木大将の「道徳」を彼の良識で肯んずれば作家鷗外の面目は立つだろう。五条秀麿は愉快に踊っていた訳である。不安と破壊の空気の上で――。

鷗外は自らへ回帰せねばならなかった。「友人中には、他人は「情」を以て物を取り扱ふのに、わたくしは「智」を以て扱ふと云った人もある」(「歴史其儘と歴史離れ」)上のように語る彼には既に「自ら奉ずること極めて薄い人」ならざる容貌が露呈される。彼は「情」をもって操ったところの「智」によって、「自然を尊重する念」を歴史にその充足を得ようとする。

「抽斎は現に広く世間に知られている人物ではない。たまたま少数の人が知っているのほ、それは経籍訪古志の著者の一人として知っているのである。多方面であった抽斎には、本業の医学に関するものを始めとして、哲学に関するもの芸術に関するもの等、あまたの著述がある」

渋江抽斎は右記して分かるように鷗外の典型である。

「わたくしは又こう云う事を思った。抽斎は医者であった。そして官吏であった。そして経書や諸子のような哲学方面の書をも読み、歴史をも読み、詩文集のような文芸方面の書をも読んだ。其迹が頗るわたくしと相似ている。只その相殊なる所は、古今時を異にして、生の相及ばざるのみである。いや。そうではない。今一つ大きい差別がある。それは抽斎が哲学文芸に於いて、考証家として樹立することを得るだけの地位に達していたのに、わたくしは雑駁なるヂレッタンチスムの境界を脱することが出来ない。わたくしは抽斎に視て忸怩たらざることを得ない」

恥じ入った男は、恥じ入らせた男の袖を摑んで離さない。――この形で「渋江抽斎」は成り、その親分であった蘭軒へ進んだ。途中「料らずも北条霞亭に逢著した」

「霞亭は学成りて未だ仕へざる三十二才の時、弟碧山一人を挈して嵯峨に棲み、其状隠逸伝中の人に似ていた。わたくしは嘗て少うして大学を出でた比、此の如き夢の胸裡に往来したことがある」

「わたくし」という人物は、抽斎に己れの典型を見出し、霞亭に己れの「在り得たかも知れない姿」を見出す。わたくしは充分落ち着き実証的に解いてゆく。段々と姿を表わすものは――「わたくしは此車が空車として行くに逢う毎に、目迎えてこれを送ることを禁じ得ない。車は既に大きい。そしてそれが空虚であるが故に、人をして一層その大きさを覚えしむる」(「空車」)

北条霞亭が俗詩人であってなんであろう。鷗外自ら言ふではないか「此車は一の空車に過ぎぬのである」。

その空車を見送る「わたくし」は、一つの精神である。この車を引いて行くのも鷗外である。ここにまた漱石のところで引用したサルトルの講演の一部を提起する。

『私はもはやプチ・ブルではない、普遍的な目的のために活動しているのだ』ということによって、知識人が労働者等と結びつくというようなことは在り得ない。逆に、『私はプチ・ブルである』と自覚し、自分自身の矛盾を解決するために労働者、農民の戦列に加わるのだと考える事によって、労働者階級と結びつくことが出来るのだ。」真理への戦列へ——鷗外は「目的」を捨て去った。ただ傍若無人に行く空車。この前にあっては誰であろうと佇まざるを得ぬもの。闇の彼方には作られているのである。闇から光ってくるものは闇の前にあるもので、決して闇の後には無い。梶井の求めるものは、この「闇の後にあるもの」にしかない。しかし、「わたくし」は歴史に逆登りつつ、階級も、道徳も、あらゆる詮議をも近づけない。すべてこれに対するものが同一化されてしまう空車を、史伝を記しながら目迎えていた。——自然科学では何らの不思議も無いものを……。

梶井は死の二ヶ月程前、一月十四日の日記に、死に対する自分の心持ちを手紙の下書きにつづった後、何か発作的に「森鷗外、森鷗外、梶井、森鷗外」と書いている。

5．志賀直哉

志賀直哉は強い人である。表現は詠嘆調ではない。確固たる生活人としての物の見方は、健康な柔らぎに満ちている。そして積極的に自己を語る。また「自分を熱愛し、自分を大切にせよ」と語って止まない。

梶井は志賀直哉とは――もう、まるっきり異なった次元に生きている。志賀は時代の流れの中に生きた。自らを主張するがため彼は父との対立を生み、そしてまた、芥川、小林、太宰などの憧憬や反発の的となったことなどが相次ぎ、それらが却って彼の存在を明らかなものとし、また彼自身の省察の反復など、幾多の波頭を受けながら、彼は決っして失意に陥ることが無かったのである。ここに志賀直哉の芸術が、その生活から生み出されたものであるという定評があるのである。

絶望への情熱――それは、「生活」の次に来るものを待つ。生活の次に来るもの、それは当然、生活を卓越した感受性をも要求する。梶井はここに、自ずからの新天地を見た。

「雪後」における夫婦のやりとりは、なるほど「好人物の夫婦」のそれと非常に似通った清涼感を持つ。しかし、そのやりとりの圏外には、もう既に梶井独特の異次元は顔を出しているのである。

梶井は「桜の樹の下には」に「俺には惨劇が必要なんだ」と嘔吐する。然り、彼には惨劇は無しかなかった。

い。じめじめした生活。表に回れば変動の時代でも、その裏通りは、不安と失意と焦躁の世界で

一塊のその寄り添った青年達は光を見出すことに懸命であった。自ずと彼等はプロレタリア文学集団へと、光を求めて拡大していった。しかし、梶井は絶望から離れなかった。むしろ、食い込んでいったのである。

求めるということは何か、志賀直哉のごとく自らを主張すべく手段は、この絶望の世界の何処にあるか。いや、絶望にどれほど、のめり込むかが、即ち彼の主張を形容していたのであろう。

6. 芥川龍之介

漱石が、第四次『新思潮』に載った芥川の「鼻」を推賞したことは、一躍、芥川をして時代の寵児たらしめたのである。それに対し梶井は中央文壇から取り残された「遊戯気分の無い融通の利かない程生真面目」な要員から成る同人雑誌『青空』の中で処女作を発表したのである。・芥川は学生時代、久米等の扇動により作家を志すように成ったのであるが、梶井は「書かねばいられなかった」。創作へ進むのが当然の成り行きであったのである。

さて梶井の世代に、ひとり特異な批評家が同じく「同人雑誌」の範疇の中に頭角を現わしていた。井上良雄である。梶井の存在をいち早く認めたのはこの人であった。また彼は「芥川龍之介と志賀直哉」という評論の中にポツンと梶井の名を出す。

「今日われわれの知識階級の作家の中で真実に芥川氏の死を乗り越えた者が何人あったか。梶井基次郎という今日真に特異な作家――という意味は、彼のみは今日にあって芥川的なデカダンスを知らぬ唯一の幸福な作家だから――を他にしては、横光利一氏――恐らくこの人のみが、それを乗り越え得た。併しその乗り越え方も芥川氏の死に対する宗教的諦観、デカダンスによるデカダンスの救済に過ぎなかった」

人間には人生に幸福を求める者もおれば、波乱を求める者もある。梶井は絶望、そして闇への情熱に走った。梶井、この邁進する魂にとって「生」は在って然るべき必需のものである。そして走った目的は「空」である。芥川は目的に進むところの利己を探った。「鼻」「一塊の土」「玄鶴山房」等は、その代表的な例であろう。利己心は誰にでも共通するテーマである。しかし、芥川は執拗にこのテーマと取り組んでいる。知識人の無力なる姿を彼は一身に背負い、さらに生きることに苛みを与えるものは、その生活にも、他者にも、また己れにも感知せざるを得ない利己への心痛であったのであろう。

芥川の遺書に「自分の将来に対するぼんやりした不安」という言葉がある。発狂への不安かも知れない。また、彼は大学の卒業論文にウィリアム・モリス（英国の科学的社会主義の創始者で詩人である）を選んでいる。この彼が、プロレタリア文学運動に無関心でいられる筈はなかった。「フロオベルは『マダム・ボヴァリイ』にブルジョアの悲劇を描き尽した。しかしブルジョアに対するフロオベルの軽蔑は『マダム・ボヴァリイ』を不滅にしない。『マダム・ボヴァリイ』を不滅にするものは唯フロオベルの手腕だけである」。(「文芸的な、余りに文芸的な」)

このような逆説的な批判を持ってしたところで、今彼の如何なる作品も、プロレタリア文芸思潮の中にあっては、その価値たるや容れられる得べきものか否やは、揺らぐ社会情勢の上にある知識人の無力さが象徴するところのものであることは、恐らく誰よりも芥川が既知していたことに帰しよう。

知識人の無力化、社会の頽癈――彼等、青年知識階級の上に冠せられた一状況に対し、彼等はその状況を打破すべく主張を模索する。それは状況からの回避である。回避すべく解決に至らなかった芥川は死を選んだ。梶井は――反問した。状況にしがみつき、状況の中へ「堕ちていった。」そもそも絶望とは何であろう。可能性を失った段階である。そこに彼は「自己」を置く、自己というのは意識せられた個体であってそれ自体「精神」である。精神は他者をもって、その締めるところの位置を知る。精神は熱烈な意志をもって他者を観照する。それは互いの反響を引き起こし、それらの力の関係の中で、自己は無限の省察をする。絶望の中で自己は蓄積する形をとる。いずれにせよ、芥川梶井の両者は、その人格、人生観及びその視野、創作態度こそ違え、懸命に手段の限りを尽して創作に努力している点、また久米正雄や、当時の里見弴等のように天分の上にあぐらをかかない、非常な勤勉さを持ってしている点、仲々興味深いところである。

互いにニーチェを愛読した時期を持つ。ニーチェ「人間的な、あまりに人間的な」一四六段にいわく。

「芸術家の真理意識――芸術家は、真理の認識という点にかけては、思想家よりも徳義心が弱い。彼は生命の光彩ある深遠な解釈を飽くまで手離したがらず、平静簡素な方法や結論に抵抗する。一見彼は人間のより高い尊厳や意義のために闘っているように見える。実のところは自分の芸術の最も効果的な前提条件、つまり空想的な神話的な不確実な、極端なもの、象徴感受力、個人の過大視、天才力にある何か奇蹟めいたものの信仰などを捨てたくないのだ。つまり彼は、たとえどんなに簡素に見えようとあらゆる姿をした真実への科学的献身よりは、自分の作風の存続の方が大切だと思っているのである」

この批判めいたエッセイから鑑みるに、芥川はこれの逆説に生き梶井はこの問題に真向、真剣に体当たりして思索したのである。

7. 源実朝

青春の内部生命のみを問うとき、時代や階層を鑑みる余地があろうか。源家三代将軍実朝の明日は、昭和初年代の青年達の明日と、共鳴を余儀なくするのである。

頼朝の死後、幕府は北条一族の陰謀をもって、刻々と頼朝以来の家臣を失って行く。実朝は、その年多感極まる十四歳にして、頼家の暗殺にあった。その後、彼自らも北条一派の暗殺の自らに及ぶ気配を感じていたであろうし、また、その運命にもあったのである。

小林秀雄は、そのエッセイ「実朝」に、淡々と彼の宿命を追いながら、そのいくつかの歌の発想の成り行きを物語っている。時に昭和十八年、小林自身、戦争直前の知識人に荷せられた孤独の中にいるのである。梶井に一年遅れて生まれた小林が、時代の旗手として世に迎えられるようになったのは、昭和四年『様々なる意匠』の発表においてである。梶井はその前年「器楽的幻覚」を発表したまま、病身を引きずりながらの暗中模索の時期であった。『様々なる意匠』の作者が文壇の注目を浴びているとき、彼は懸命に『資本論』を読み耽っていたのである。さて、話は小林の「実朝」に戻り、ここにその一例を引用する。

うばたまややみのくらきにあま雲の
　八重雲がくれ雁ぞ鳴くなる

「黒」という題詠である。おそらく作者は、ひたすら「黒」について想いをこらしたのであろうが、得たものはまさしく彼自身の心に他ならず、題詠の類型を超脱した特色ある形を成している点で興味ある歌と思うのであげたのであるが、実に暗い歌であるにもかかわらず、弱々しいものも陰気なものもなく、正直で純粋でほとんど何か爽やかなものさえ感じられる。暗鬱な気持とか憂鬱な心理とかを意識して歌おうとするようなあいまいな不徹底な内省では、とうてい得ることのできぬ音楽が、ここには鳴っている。いわば、彼が背負って生まれた運命の形というものが捉えられているように思う。そういう言い方が空想めいて聞こえる人は、詩とか詩人とかいうものをはじめから信じないでいる方がいいようである。

○

この小林秀雄の実朝評が、そのまま黒と闇への情熱というものの共通性を伴って、梶井に投影できるものであることに気が付かれたことと思う。そして梶井はさらに、社会主義や経済学に多分の興味を持ちながら、それに固執することのない人生観をもって、常に己れの行く先に幻の安住を追っていたのではないか。それもまた、実朝と共通する姿勢ではないであろうか。

絶望の中から出発したのである。そこにいたずらな空想をかもすような雰囲気はない。ただ両者は現実の中に、現実を超克した事物を見出すことに努めたのである。また、そうせざるを得なかったのである。ともかくも梶井基次郎と鎌倉右大臣との詩魂には、相通ずるものがある。

8. 富永太郎

「私は努力して、私が、日本の首府の暗い郊外にある、或るうらぶれた鳥獣剝製所の一室にあることを思ひ返した。私は、このみすぼらしさの中に、靡法の解除を求めようとした。(私は動物らの饗宴から逃れれば、これらの眼から逃れられるものと信じていた) 私は、あの窓を、床を卓子を、古綿を、ピンセットを、ありのままのみすぼらしさに於て見た。が、なんというすばらしい変位《トランスポジション》だろう! これらの物象は、そのみすぼらしさのまま、動物らの喚び出した燦々とした書割《デコール》の中に溶け込んでいた。そうして、その輝かしさの一合唱部を歌った。そうだ、あれらのみ

じめな物体は、もうそれ自身輝かしかったのだ。私は、自分をその輝かしさに堪えないように感じた」（「鳥獣剥製所」より）

この詩人富永太郎は梶井と同じく一九〇一年に生まれ二十四歳にして夭折した。

私はこの詩人を、中原中也の詩集の解説によって知った。そしてその存在を強く私に認識させた詩の断片が次のものである。

常に暗きものに侵されつつ
　「界《さかいうち》」を歩む

私が嘗て或る小社会に於て試みた発言、小社会の体制を革新すべく試みた発言は、外へ向かってよりも私の内部に於て、もろくも崩れた。丁度、この断片に突き当たった私は、敗北に何もかも直視することの出来ぬ悲しい状態にあった。が、しかし自らは何らの敗北に対する恥辱感すら覚えずにいた。それこそもう完全な敗北であったのかも知れない。私の中から「自己」は消え去っていたのであろうか。

多摩川辺　残り尾花の波うてり
　寒き風吹く空に飛ぶ鳥

いや私は、「見者」としての私のみに縋り付いていたのである。私にとって、富永の詩の一節は、丁度、太郎が小林秀雄から送られたラムボオの「別れ」の書き抜きと同様の作用をしたのである。

もう秋か。――それにしても、何故、永遠の太陽を惜むのか、俺達はきよらかな光の発見に心ざす身ではないのか、――季節の上に死滅する人々からは遠く離れて。

太郎はこれを仏文で大きな紙に書き、下宿の壁に貼って毎日眺めていたそうである。梶井の先に上げた北川冬彦宛の手紙にある言葉「僕の観念は愛を拒否しはじめ社会共存から脱しようとし、日光より闇を喜こぼうとしている」は、富永という、人生という行程から別離することをもって得られた精神と共鳴を余儀なくする。ラムボオの詩は富永太郎の詩を呼んだ。

私は透明な秋の薄暮の中に墜ちる。戦標は去った、道路のあらゆる直線が甦る。あれらのこんもりした貪婪な樹々さえも闇を招いてはいない。（「秋の悲歌」より）

この「墜ちてゆく私」の姿は、もうひとつ梶井という精神にとらえられる。

すばしこく枝移りする小鳥のような不定さは私をいらだたせた。蜃気楼のようなはかなさは私を切なくした。そして深秘はだんだん深まってゆくのだった。私に課せられている暗鬱な周囲のなかで、やがてそれは幻聴のように鳴りはじめた。束の間の閃光が私の生命を輝かす。そのたび私はあっあっと思った。それは、しかし、無限の生命に眩惑されるためではなかった。私は物体が二つに見える酔払いのように、同じ現実から二つの表象を見なければならなかったのだ。しかもその一方は理想の光に輝かされ、もう一方は暗黒の絶望を背負っていた。そしてそれらは私がはっきりと見ようとする途端一つに重なって、またもとの退屈な現実に帰ってしまうのだった。（「筧の話」より）

ところが梶井にとらえられたものは、おおよそ戦慄そのものであった。富永が「戦慄は去った」とつぶやく頃、梶井は「もとの退屈な現実」に「はっきり見ようとする」がために回帰させられる。恐らく、詩は富永の方へ吹出口を求める。梶井は富永の位置よりも、より現実の側にいたようである。梶井はその中であっちこっち駆けずり回るのである。富永は既に放たれたところに、多感な通行人の眼を持って心底から歌うことを知っていたのである。富永は物を「はっきり見ようとする」ような凡庸な仕業は自ずから恥じるのである。ただ彼にわかりすぎる程わかるのは「自己」そのものの悲劇である。自己はあらゆるものに苛んでも、あらゆるものの路傍の石にも足らぬ存在である。

梶井は昭和二年十月三十一日の飯島正宛の手紙に言う。

「どうも人間食って行くということは世界の通法、どんな人間でも、どんなつまらない人間でもどうかして食って行っている。ただ食って生きてゆくということのみが食って生きてゆくということの目的のようにして生きている。そしてそのなかへ僕もとびこまねばならないのだが、僕はこの誰でもやっていることを自分にとって恐ろしい技術のように感じている。自分の力では食えない、自分の力では食えない」そして「生活の川へ雄々しくとびこむ」人間に対し「ヒロイックにさえ見える」と語る梶井には「生活」は染み込んで来ない。現実に富永よりも近い筈の彼が、生活から突き放された状態にある時、その筆先から「自己」を語らずに居られない。

ところが、「見者」の筈の富永は、却って梶井以上にその病身を意識し、生活に付着したところに見者の眼を置く。

焦　躁

母親は煎薬を煎じに行った
枯れた葦の葉が短いので
ひかりが掛布の皺を打ったとき
寝台はあまりに金の唸きであった

寝台は
いきれたつ犬の巣箱の罪をのり超え
大空の堅い眼の下に
幅びろの青葉をあつめ
棄てられた藁の熱を吸い
たちのぼる巷の中に
青ぐろい額の上に
むらがる蠅のうなりの中に
寝台はのど渇き
求めたのに求めたのに
枯れた葦の葉が短いので
母親は煎薬を煎じに行った

死を求めざるを得ない富永に、母親は煎薬を煎じに行く。生かそうと——その愛を寝台の枕の上で富永は出来うる限り邪険なものとして受けとりたい、受けとりたいのだが、ああ、母親は煎薬を煎じに行くのだ。確かに富永は人生に別離したところにいた。

梶井は「今度こそ」とか「ますます暗くなる」とかの人生感覚でもって生きているので、彼の場合「生活」に寄り沿おうという意欲の方が先に立つ。

自分はどうも梶井という人間が富永から見れば月並みに思えてならない。何故自分に梶井が「月並み」なものに見えるのか。まず、家庭というものから問い出してみたい。

まず「父」

富永の父は鉄道院官吏であった。父はこの職を尾張藩に千石の養いを受けていた家柄にふさわしからぬものとして、太郎の将来に期待をかけること並々ならぬものがあったという。ここまで書くと自分は自らの幼時について考える。幼年――それは決っして、自分が自分の父に言われた「偉い人間にならねばいけないぞ」に象徴されないこともないことは確かであった。が、自分に想像も出来ないのが梶井の幼時である。十四歳までに四回、その住居を変えている。これは現在もある階層をもってすれば大して驚くにも当たらぬ数字かも知れないが、一応、梶井の父は、個人主義的な傾向の強い人ではなかったろうか。

そして「母」

富永の母は、前に上げた詩にも表われるように、さほど異質な面を持った人ではなさそうである。ところが梶井の母ひさは、平塚雷鳥等の感化であるのか、婦人新聞記者を志望したり、基次郎生後三ヶ年経つまで幼稚園の主席保母として勤務するなど新時代の気風にあおられやすい教養人であったらしい。

なお、梶井には異母弟順三と異母妹八重子の存在があり、その青春の成り立ちを大きく左右する。十五歳にして丁稚となったりしたのも彼の周囲の状況に対する敏感さによるのである。

　このように家庭を見るに、富永よりも梶井の方が特異性のある環境に育っているのである。ところが精神的特異性は富永の方が梶井をしのぐのである。友人関係を見ても、梶井の周囲には、中谷孝雄、淀野隆三、飯島正、などの比較的常識人が多いのに比べ、富永の周辺は、――小林秀雄、中原中也等の個性の張り合い関係をも導き出しそうな顔ぶれを整えるのである。フランソワ・モーリアックは「作家の誕生」に於て「多くの作品は幼年時代との対流において生み出されている」と語る。個性の強弱は実人生に於て如何に重要な役割を示すかは既に諸兄の知る通りである。その職場を、あるいは教室におけるグループの形成、そしてまた派閥。個性そのものは「作品」である。幼年時代に我々が如何に自己を認識し、如何に外界を眺めて来たかは、今日の我々の思索行程に実に巧妙な働きかけをする。

「私には群集が絶対に必要であった。徐々に来る私の肉体の破壊を賭けても、必要以上の群集を喚び起こすことが必要であった」

　富永に必要であったのは覚醒であった。それは、

「私は夢の中で或る失格をした。――私は人生の中に劇を見る熱情を急激に失った。従ってそういう能力をも」

　そして夢の中の歩行で見たものから、

「これは私に嫌悪をもたらすことが出来ない。その代り、かなりの不安を以て私を満たした。私

は『現在』の位置する点を見失ってしまった。世界はかなり軽く私の足許から飛び去り易くなっていた。私は長い夢の中で悲しくそれを意識した。私はただもの倦い歩行の方向を変えた。そして、燃えるエデンのように超自然的な歓喜を夢みながら、悲しんで歩んだ」（「断片」より）

別離した詩人は顧みもしない。が、見者として現実からの遊離を計るよりも梶井は現実にあることを強く望んだのである。梶井は意志において「殉教者」富永太郎よりも優るのである。

「この渓間ではなにも俺を喜ばすものはない。鶯や四十雀も、白い日光をさ青に煙らせている木の若葉も、ただそれだけでは、もうろうとした心象に過ぎない。俺には惨劇が必要なんだ。その平衡があって、はじめて俺の心象は明確になって来る。俺の心は悪鬼のように憂鬱に渇いている。俺の心に憂鬱が完成するときにばかり俺の心はなごんでくる」（「桜の樹の下には」より）

一応、富永の芸術の作用が「行動」であるならば、梶井のそれは「実存的昇華」とでもいえるだろう。

9. 私論

彼、梶井は、己れを常に見つめてくれる生命の存在を文学の中に見たのだ。それは私小説として形を反復されることをいとわない。とにかく彼は「静かに自分の生活や心の内を見つめてくれる人」を文学の中に見つけたのだから。

それは彼のデカダンスを助けてくれた。多く彼の回りに集う人々は、梶井の人格を高く評価するが、それは心の中に蓄積されたデカダンスを文学という見者に浄化されている一個のメランコリックな青年の姿であったに違いない。人間の多くは、己れの行く末を始めから見つめてくれる者の存在を秘かに求めているに違いない。そうではないだろうか。自分の実人生を誰にも知られたくないであろうか。

井上良雄という評論家は、梶井の良き理解者にとどまらず、ときには彼に指針を与える作用をもその文章にさせるのであった。

「この人は僕がながい間自覚しようとして自覚出来なかったことを剔出してはっきりさせてくれた。僕の観照の仕方に「対象のなかへ自己を再生さす」という言葉を考えてくれただけでも、僕には非常に有難いことだった」（昭和六年七月三十日北川冬彦宛）

井上良雄はその後、東京神学大学の教授となり、今に至っている。この人生は現代批判に通じる。

○梶井文学の発展性

梶井は『のんきな患者』執筆後、・昭和七年二月一日飯島正宛の手紙に、「こんどはあれの続きのようなものをやはり書きたいです。「のんきな患者」が「のんきな患者」でいられなくなるところまで書いてあの題材を大きく完成したいのですが、それが出来たなら僕の一つの仕事といえましょう」と書いている。

大体、私は実存主義系統の小説が大系的な思想構造をもって実現されたならば、それを幸いとしたい。彼のシンボリズムは一応『闇の絵巻』『交尾』で、その極限に達してしまい、これ以上の可能性を引き出すことは無理なように私には思える。

○結び

キェルケゴールや、豊島与志雄といった表現主義に近い人たちとの対比や、梶井そのものに対すること、書簡に関すること、まだいろいろ探る余地はあるのだが、私自身、しっかりとまとまった立場を定めていないので、残念だが思索を後に回すことにした。

とにかく梶井は、暗澹とした社会の空気の中に生まれた頽廢の中で、俺はまだいるんだな、俺はいるんだなと、一歩一歩確かめながら、あるいはふいに闇に吸い込まれながら、静かに生きることを喜んでいたのである。その「喜び」を、たまに読者は不吉とも感じ、作者の大げさなポーズとも覚えるのである。

絶望の中にも自我はいよいよ美しく存在するのだと唱いながら、彼は昭和七年三月二十四日に夭折した。

参考文献（順不同）

『梶井基次郎全集』全三巻、淀野隆三、中谷孝雄編、筑摩書房

作品集『檸檬』淀野隆三編、新潮文庫
『若き詩人の手紙』淀野隆三編、角川文庫
『梶井基次郎』中谷孝雄、筑摩書房
「ユートピアの終焉」H・マルクーゼ（講演）、『世界』一九六八年八月号
「知識人の役割」J・サルトル（講演）、朝日新聞一九六六年九月二三日
「郭氏の自己批判」郭沫若、朝日新聞一九六六年五月六日
「山崎博昭の日記」山崎博昭、『週刊朝日』一九六七年一〇月二七日号
「ポール・ニザン」渡辺一民、『朝日ジャーナル』一九六八年九月二二日号「現代の偶像」③
『森鷗外全集』全八巻、筑摩書房
『森鷗外』加藤周一、朝日新聞社刊「日本の思想家」3
『鷗外の精神』唐木順三、番町書房刊「昭和批評大系」2
『芥川龍之介全集』全八巻、筑摩書房
『梶井基次郎』山本健吉、番町書房刊「昭和批評大系」2
「追憶」北川冬彦、新潮社刊「日本詩人全集」27
『人間的な余りに人間的な』ニーチェ、新潮文庫
「無常ということ」（実朝）小林秀雄、角川文庫
『富永太郎詩集』富永太郎、創元社「日本詩人全集」
「作家の誕生」F・モーリアック、『世界』一九六七年一二月号―一九六八年一月号
『地獄の季節』ランボー、岩波文庫
『富永太郎』小林秀雄、新潮文庫「作家の顔」

「富永太郎の思い出」小林秀雄、角川文庫『無常という事』
「夭折した富永」中原中也、新潮社『日本詩人全集・中原中也集』
『小林秀雄』江藤淳、講談社
『反復』キルケゴール、岩波文庫
「末期の眼」川端康成、番町書房刊『昭和批評大系』1
「芥川龍之介と志賀直哉」井上良雄、番町書房刊『昭和批評大系』1
『日本のアウトサイダー』河上徹太郎、新潮文庫
『富永太郎伝』大岡昇平、筑摩書房

〔『学友』日本大学第三学園、一九六九年三月〕

(付記) 本稿は高校二年の時、読書感想文から膨らませた。現代文の森本修一先生に感謝する。今回、誤字修正にとどめて復元した。

言語表現の位置

都会に生まれ、そこに生活する我々にとって「自然さ」とは、あらゆる慣習との協和にある。人間関係で言えば、血縁及び性格や身分的関係等に疑問、反省などは思いも寄らず、欲望とか好悪の情とかいうようなものを何らかの形で、意識に波を起こすことなく包含することのできる範疇にいる状態、つまり、常識という、本当は意味のあやふやな言葉が、立派に「一般的な思慮分別」という意味として通じているような状態である。都会の中にも素朴はさだかな形となって現存している。

さて、かような場所における言葉というものの姿は、もろもろの要因を備え、複雑なものとなっている。日本人の言語への関心について断言すれば、言語自体が、目立って「精神」的な面に重きを置かされているということである。例えば、「浪花節的だ」と言われた場合、聴者はすぐさま、具体的な意味での浪花節という一個の様式から、「浪花節的」といわれた一個の抽象概念の中に導き出されるところの「義理人情的」という翻訳語を持ち出してしまうが如きものである。このとき話者が、浪花節という様式ではなく、歌謡としての浪花節の節回しから、数多くの戦乱や封建制下のうちに、ひたすら忍従（体制側からすれば「素直」）をもって生きながらえた運命特有の暗さとロマンチシズムを指すために「浪花節的だ」と言った時、「そりゃあ、年を食えば浪花節的になるさ」などという答えを受けたならば、それからの会話は方向音痴の極を窮めると思わねばならない。但し、この時点で会話が済めば、話題の対象奈何で両者は各々の言語の相違に気がつかないであろう。例えば今のように話題が、老人に対して浪花節的であることを言っており、ましてその老人が世話物でも好んでおれば、話者と聴者との間の「浪花節的」という言葉に対するいくら極端な解釈の違いも発覚せずに済むであろうということだ。何故なら「義理人情」に対して「暗さとロマンチシズム」と言ってもニュアンスは通じているのであって、少々の会話の中では、言語に対する思索度は現われないし、第一、思索者が、そうそう人を選ばないとも思われない。

現代は常識の錯綜している時代である。ベトナム戦争が聖戦と呼ばれたり、反戦運動をされたりするのと似たような事態が、我々の周囲に数多く起こっているのである。常識が各々の階層、各々の世代、ある意味において個人個人を問題にした場合でさえ、まちまちな形態を成している。それと同時に言語の持つ属性も拡張されてきた。

私は最近やっと、自分の言語に対する見解を、纏めるとまではいかなくても、軌道というべきものだけは、その地歩を固めておくべきだろうと考えた。何故なら、私が立ち向かわざるを得ぬ或る対象を持ち、その対象に対して微塵も不鮮明なところなしに表現を尽すには、自らが発する言語の運動に関するひとつの必然性を見極めておきたいから。そして、もうひとつには、言語表現を手離せないひとつの行動者（この弱きもの！）としての私にとって、そうすることが必然であるから。

　ここでは、言語と実在との問題に関する所感を述べておきたい。

「原始キリスト教が、ユダヤ教に対して憎悪を抱いたのは、ユダヤ教が律法を人間の生きることの意味と調和させ、そこに現実と信仰とを一元化していることが瘤にさわってしかたがなかったからだ」（吉本隆明「マチウ書試論」）――このような原始キリスト教の憎悪というものは、次の孔子の言葉との平行線上にあると考えられる。「郷愿徳之賊也」。しかし、このような憎悪や見解は恐らく誰にでも場合によっては感知できるものだ。ただ、誰でも決してこれを言葉にする、或いはできる訳ではない。即ち、意識の脈絡が生じないのが彼らなのだ。彼らもまた、「人間の生存に必要な条件（例えば、パンによって生きること）」を、当り前のものとして生きる上での欲望の外に飲み込んでいる。何の疑いも抱かない。が、生きる上での欲望、つまり、生きているということを前提として成り立つ出世欲、貯蓄欲等は、十年後に建てられる筈のささやかな庭付きの木造家屋と今日のパンを必ずや等価に計量せねばならぬのが現実である。パンを欲望の外に了解していることと、十年後の家屋建設と今日のパンを等価に計量せねばならないこととは、共に意識に脈絡のない彼らの現実である。この現実が、かような矛盾を乗り越えることは、彼らが彼らでなくならぬ限り在り得ない。しかし、それが彼らの多くに不可能であるが故に「自然のたたずまい」である現実は、めったにその姿を変えることはない。従って、彼らが神の子つまり「己れが神と直結しているという意識」を持った者が飢えているのを見て「神の子なら、そこらの石ころに、パンになれと命令したらどうです」と尋ねたとしても不思議はない。何故なら、彼らは、神の子に「己れが神と直結しているという証し」が彼らの体験している現実の内にないことを知っているから、神の子であることを奇蹟をもって証明させようとする訳である。

ここで神の子は何と答えるか、マタイ福音書でのイエスは「パンがなくとも人は生きられる。神はそのお口から出る言葉のひとつひとつで人を生かしてくださる、と聖書に書いてある」と答える。これを吉本隆明は「マチウ書試論」で「マチウ書のジェジュ（イエス）は当然、悪魔の問いをうち砕くことは出来ない。ただ原始キリスト教の観念的二元論を強調して、別の価値感にしたがって生きると、こたえただけである」と評している。しかし、ルカ書のイエスは、マタイ書のイエス程（つまり、現実から心情のなかに人間の価値を移して）超然としていられない。ただ彼イエスは「パンはなくとも人は生きられると聖書に書いてある」と答えるのみである。恐らく、両福音書とも悪魔の問いに対してイエスは何も答えられてはいないが、それでも、ルカ書のイエスは価値感を別のものにしたところに自分をおくことを拒み、現実から逃避して生きることを、言葉を慎むことによって忌んでいる。内面性に実存の意味をとらえることに躊躇している。

ところが孔子は、矛盾の錯綜を極めた現実に対し、「仁」という徳を貫徹せんとした。それは当然、彼の合理主義者であればある程、矛盾の倒錯に対する窮極的な詭弁や「克《こく》伐《ばつ》怨《えん》欲《よく》不レ行《ナワレ》焉、可ニ以《シテ》為《ス》レ仁ト矣。子曰、可以為難矣。仁則吾不レ知也」というような言葉を残さねばならない。しかし、果敢な仕業であった。この孔子の言葉は、孔子のそれまで持っていた「仁」に対する概念に不信を抱いているのでもなく、さらに彼の「仁」という言葉の意味の不鮮明や不定さを言っているのでもない。彼の追っているものは、既に存在していた「仁」などというような言葉に規定されるような不自由なものではない。彼が見ているものは「仁」という在り得べき事実だ。そして我々はこの事実を正真正銘の眼で見なければならぬと彼、孔子は言うのである。因みにこの論語、憲問中の対話は言語破壊の兆《きざし》をもって正しく「仁」を構築している。

たとえ、彼が実生活に破綻を来たし、即ち、「眼」が少しばかり曇って、彼の「仁」に対する自己と理念との関係を保つ概念が動揺しても、彼に於ける「仁」の価値や倫理的意味合いは絶対に変わらないのは確かである。もちろん、ここでは形態は別問題である。

理想《イデア》が一面に於いては極度に現実的であるということは往々にしてあるものだ。極度に現実的と言ったのは人間の内面性と社会性との互いの可能性というものの実体が露骨に姿するということにある。或るエスペランチストの焼身自殺を記憶している。ベトナム戦争に対する抗議の為であるという表向きの動機を素直に受けとり、まず彼の内面の運動が非常に高度なものであると仮定し、思弁的に行為までの思索段階を辿るならば、端的に述べて次のようであろう。まず、外的なひとつの注目すべき状況がある。彼の場合これはベトナム戦争であった。彼の踏まえている個人的状況はエスペランチストであり、そのグループのメンバーであるということである。

ここで考えねばならないのは、エスペランチストというものの一般的な性向である。恐らくメンバーの各々はかなりイデアの高度な人間の集まりであり、互いの夢で明白に結びついている集団であるということは、或る点に於いて的を射ているものと思う。かような個人的状況に在った彼が、「悪しき社会的状況」との判断を持って、ベトナム戦争を眺めるとき、彼は、此の事態に対処して如何なる姿勢を自分が採るべきかの思索時間を、客観的に極言すれば怠り、彼の良識による感覚的なひとつの態度を自らに強いる。これはイデアの不当に高い人間に特有の使命感が、精神の自由な連動を押さえつけるためである。そして、この使命感が常に彼のエゴ（内的衝動）と事態（社会的、個人的状況）の緊迫した状態での二律背反の上に成り立っていることに留意せねばならない。強いられた態度の中では自己の占める位置は常に浮き足立っている。

このような姿勢をもって発せられる社会的状況であるベトナム戦争に対する言葉を、客観的にいくら形を整えたところで、彼の内面の乱脈ぶりは断ち難いものになっていった筈である。ここに起こるのは思索者のよく陥る言語不信ではなく、言語に対する諦めである。このとき使命感は自己不信を引き起こす。故に前記、二律背反の関係は、エゴの重量を引き離し、事態に対する使命に突進する、という形に変形する。イデアの全重量は肉体による表現に懸けられる。従って彼の主観は、彼の精神及び肉体の重さを、社会全般の重さと同価値、或いはそれ以上に見る。このような内部生命の工程を或いは終えて行なわれたのであろう彼の一大飛躍である抗議の為の自殺は、時の内閣官房長官の「つまらないからやめろ」というような内容のステートメント一過、(行為者の主観にとっては途方もない飛躍であるにもかかわらず) 今では図書館に積まれてある新聞縮刷版にひねもす眼を通しても見つからない程、縮小されているのである。以上が極度に現実的であることの一斑である。肉体と内面性の行動的な面では相容れないことの一例である (現時点では、全面的に告発ものである。文末の註参照)。

ヨハネ福音書の作者は、人間の内面性が社会に於ける自己の座標に対して極めて不安定なものであるという、このような現実に対して、ひとつの挑戦を行なう。

「始めに言葉《ロゴス》はおられた。言葉は神とともにおられた。言葉は神であった。この方は世の始めに神とともにおられた。一切のものはこの方によって出来た。出来たものでこの方によらずに出来たものは、ただの一つもない。この方は命をもち、この命が人の光であった。この光は暗闇の中に輝いている。しかし暗闇のこの世の人々はこれを理解しなかった。(洗礼者ヨハネの派遣、略)

この方 (言葉) は、この世にうまれて来るすべての人を照らすべきまことの光であった。この世にきておられ、世はこの方によって出来たのに、世はこの方を認めなかった。自分の家に来られたのに、家の者が受けいれなかったのである。しかし、受けいれた人々、すなわち、その名を信じた人には一人のこらず、神の子となる資格をお授けになった。この人たちは、人間の血や、肉の欲望や、男の欲望によらず、神によって生まれたのである。」従って、この神の子となる資格を授けられた人間の、その姿は、周囲から、ロゴスを認めなかった人々から見れば滑稽と悲惨であろう。何故なら、彼ら神の子は、トニオ・クレエゲルの自白どおり、「人間的なことに参与しないで、人間的なことを表現する」からである。だから、イエスが郷里ナザレに行き教えを説いたとき、彼が生の人間であることを知っている(!)その地の人々は、「この人はどこからこの知恵と、奇蹟とを覚えてきたのだろう。これはあの大工の息子ではないか。母はマリヤで、兄弟はヤコプとヨセフとシモンとユダではないか。女兄弟たちは、みんなわたし達の所に住んでいるではないか。するとこの人は、こんなことをどこから覚えてきたのだろう」と言い、決してイエスに従わないのである。イエスは言う、「予言者が尊敬されないのは、その郷里と家族のところだけである」。

イエスは素朴に対して、ふたつの「立場」(マタイ書)を持った。ひとつは、彼の肉体を越えた、彼の超人的能力をひたすら信じきる人々の前にいる彼。そして、もうひとつは、彼の肉体を生み出し、彼を育くんだ故郷の人々や家族の前の彼である。マタイ書でのイエスは、その母と兄弟が彼を訪ねてきたとき、そのことを知らせた者に、「わたしの母とは誰のことだ、わたしの兄弟とは誰のことだ」と答えて、その場にいた弟子たちに、「ここにいるのが、わたしの母、わたしの兄弟だ。だれでもわたしの天の父上の御心を行なう者、それがわたしの兄弟姉妹、または母であるから」と言う。これは、彼の処世上の技巧的な芸術至上主義であると言える。仮面である。これは仮面だ。私たちはここに大きな「神の子」の悲劇を見るのである。情熱的な無神論者程、おそらく神を意識（場合によっては憧憬）していないものはないように、イエスもまた、家庭というものに対する憧憬には計り知れないものがあったのである。イエスは、家族にも、弟子にも、父母兄弟たる資格を受けつけていない。彼は孤独だ。この孤独は決してマイホームの中で癒《いや》されるものでもなく、気障なエピゴーネンの尻馬にも満たされない種類のものだ。

「私の天の父上の御心を行なう者」がイエスの同胞である。これはイエスと共に「神の子」である。イエスは、孤独者を渇望した。彼の孤独を己れの孤独として互いに了解し得る真の同胞を絶対に必要とした。彼が夢みた世界は総ての人が「孤独者」である世界に他ならない。彼の見た現実は須らく同情すべき世界であった。彼の思想・奇蹟を頼る人々と、彼の人間生活からしか彼を認められない人々に対し、彼は仮面を用いる。彼の社会というものは「神の子」として始めて成立するのだから、彼はこのとき己れを卓越者として表現せざるを得ない。イエスには、どうしようもない焦躁があった筈である。彼はその意味で政治家ではなかった。

芸術家――まず彼は自意識を持つ、そして、過敏な自意識は彼に、ひとりの選ばれたもの、神の子であることを自覚させる。そして、彼の自意識は表現を求める。表現を言葉に得た、いや、トニオ・クレエゲルの言う「呪い」として与えられた言葉を表現と頼むものを文学者という。色彩や造形に表現を頼むものを画家、彫刻家といい、音に頼むものは作曲家、演奏家であり、他にまだ挙げるにことかくまい。
しかし、現実は、やはりいくらも彼らを相手にはしない。芸術に最後までかかずらっているような現実は在り得ないのだ。何故なら、芸術は現実にも夢にも懐疑される自由を持っているのに対し、現実は実在するものであって、もうそれ以上疑いようのない程の表現を備えているからだ。しかし、芸術に現実のもつ表現形態を身につけさせることは困難、いや不可能であり、また、そういう表現形態が備わっていてもいけないのだ。何故なら、芸術が「実在」するものになった地点で現実の方は、郷里でのイエスの教えに対して従わなかったように、芸術の存在価値を認めなくなるだろう。そして芸術もまた、決して現実に於ける表現の限界の上で、彼の志向を区切られてしまうことにあまんじない。

再び神の子に議論を引き戻す。神の子とは、手っ取り早く言えば「言葉《ロゴス》」のようなものである。解説すれば「人間的なことに参与」せず「人間的なことを表現」する者のことである。ひとつには聖者であり、ひとつには芸術家であり、ひとつには思想家であり、そして恐らく巷間を行く人々の中にも、そういう人はいる筈である。さて、果して芸術家は、人間的なことに参与を怠り、人間的なことを表現するだけで足りるのであろうか。――自意識は生活のあらゆるところに懐疑を浸透させる。それは一脈の思索となって常に彼の精神に働きかける。ところが懐疑している生活に甘んじている「自意識の在りどころである自己自身」を悟ったとき、彼にとって、今までの生活とは、なにものであったか？　彼にとって、懐疑せざるを得なかった現実の中に、彼は、懐疑することによって虚偽に生かされていたことになる。つまり、彼にとって人生とは、「芝居」に過ぎず、彼自身、舞台に立ちながら、相手の動作や、舞台の仕掛などを、恰も自分の命と引き換えにでもするかのように過大評価してきたことになる。そして、彼は彼の懐疑が何かに欠けていたことを悟るかも知れない。或いは懐疑を捨てさり、素朴な無反省な「自然さ」に満ちた生活に趣くかも知れない。或いは、「人生は芝居」であるとの意識が、彼の思考そのものを懐疑し始め（或いは思考に活発な働きかけを行ない）彼のみの言葉を生み出し、さらに思索が進むと自らの言語をも破壊し始め、精神に於ける表現を表現として断ってしまうであろう。それでも彼が表現を欲し続けるとすれば、恐らく彼は（自殺と限らず）肉体を代価とするであろう。

　さきほどから、自意識の懐疑について述べて来たのだが、さて、自意識家とは、客観的にどんな人間かと言えば、自分自身についての意識によって、自らの外的、内的な状況における存在確認を持続させている人間であって、言うなれば、律法ではなく、極くポエティックな倫理に身を寄せる類の人間である。彼はそのため往々にして理想家や厭世家等に誤認される。しかし、あらゆる人々が互いのエゴイズムを認め合い、己れのエゴイズムの自覚できている社会に於いては、自意識家の倫理は、ほぼ満足するだけの位置を得るだろう。ところが現実は彼の倫理に対して常に相反するものである。しかし、技巧上の自意識、即ち芸術のみで生きられる人間はある意味に於いて、その肩への負担はみずから、自分のエゴイズムとの分離が可能である。彼は彼の超人的精神のみを高揚すれば良いからである。

しかし、自意識の運動には、急進的に新たな己が真理を突きとめようとする働きと、自意識がその背後にある保守的、運命的な事実に司られているという。パラドックスとのふたつの力関係が加わっているものがある。いや、これが現代での一般化した自意識なのかも知れない。

トニオ・クレエゲルは言う。

「精神と芸術とに、永遠の対立として向い合っている「人生」は決して血腥い偉大さとか、荒々しい美とかいう幻影として――つまり異常なものとして、吾々異常な者たちの眼に映じているのではありませんよ。ただ尋常な端正な快適なものこそは、吾々の憧憬の国土であり、誘惑的に平凡な姿をした人生なのです。最後の最も深い心酔が、洗練された奇矯な悪魔的なものである人、無邪気な単純な潑剌としたものへの憧憬や、いささかの友情、献身、親睦、人間的幸福への憧憬や――つまり凡庸性の法悦へ向っての、ひそやかな烈しい憧憬ですね――そういう憧憬を知らない人は、まだまだ芸術家とは云われないのですよ。」

さて、ここで述べられている「最後の最も深い心酔が、洗練された奇矯な悪魔的なものである人」が何故、「凡庸性の法悦」に向かっているのかは、頽廃のイロニーを唱い、おそらくこの表現に的確に当てはまる人間になった保田与重郎が答えてくれる。

「乱世といふ乱世以上に、西行は切ないものを眺めた。命を棄てるといふ自覚さへ思はれない無力さを味はったのである。さうして、彼はいのちといふものについて、茫漠としたものの思ひだけを味はってゐた。いのちとして考へられぬやうないのちを生きてゐたからである。これは決しうるう年ではないのである。無常観からきた思想ではなかった。もしさういふ形の発想だったとすれば、彼の文学は成立せぬのである。それはふときづく時に、茫漠とあらはれてゐるやうないのちだった。これがはかないものか、頑強のものか、さういふ形で問はれる思想とはちがって、その原理は自然である。しかもこの自然の上で、彼のいのちはいのちを考へないいのちとしてあった。」(「西行」)

このような悪魔的な心酔にあふれた文章が、戦時中の知識人各層に、好悪の差を著しく異にしたのは想像に難くない。運命というものに身を委ね切ってしまうという形、それが、そのままロマンチックなものであるということは、周知のことだ。これは梶井基次郎の「泥濘」の中の叙述にも明らかに浮かび上っている。

「以前自分はよく野原などでこんな気持を経験したことがある。それは極くほのかな気持ではあったが、風に吹かれている草などを見つめているうちに、何時か自分の裡にも丁度その草の葉のように揺れているもののあるのを感じる。それは定かなものではなかった。かすかな気配ではあったが、然し不思議にも秋風に吹かれてさわさわ揺れている草自身の感覚というようなものを感じるのであった。酔わされたような気持ちで、そのあとはいつも心が清すがしかった。」

このような経験は、恐らく私たちにもよくあったことに違いない。これは丁度、意志というようなものが体から抜けてしまい、何か大きな動かぬもの、豊潤なものに寄りかかり、身を任せきってしまうようなときが、有るものである。そして、ふと我に帰るとき、我々は改めて体制の呪縛の恐ろしさを胸に叩き込むのである。そして且つ、自然のたたずまいの安らかさに新たな興奮を覚えるのである。しかし、梶井基次郎、この詩人は決して、そのごとき安逸な心の様を最も警戒していた。『私』は下宿への帰途、「月の影」の中に「生々しい自分」を発見する。「影に己れの全生命（全精神）、即ち価値が乗り移り、彼は自己がただ、それを眺める影法師に過ぎぬのを目の当たりにするからである。」（『梶井基次郎研究』）

しかし、次にはまた『私』は凡庸性の中に舞い戻ってしまう。これは作者、梶井が、日常性（凡庸性）と敵対しながらも、その中に屈服してしまおうという「意志」があったからだ。負けねばならない、日常性に屈服した所に『言語』は勝利を得るのだ。私たちにも革命の意味合いがつく筈だ。私はこの革命という言葉が権力だけに対して、言われるものではないということを明示しておこう。

宮沢賢治の「雨ニモマケズ」の日常性に対する「忍従」と「受動的消極性」とは、彼の体制へ身を任せきった姿勢に反強制的に向かおうとする覚え書、或いは自戒のようなものであり、この詩からの韻律は献身と善意とに貫かれている。その「雨ニモマケズ」の作者が次のような文語詩（メモではない）を残している（『宮沢賢治詩集』谷川徹三編、岩波文庫、三一八頁）。

手は熱く足はなゆれど
われはこれ塔建つるもの

滑り来し時間の軸の
をちこちに美ゆくも成りて
燎々と暗をてらせる
その塔のすがたかしこし

むさぼりて厭《あ》かぬ渠《みぞ》ゆゑ
いざここに一基をなさん

正しくて愛しきひとゆゑ
いざさらに一を加へん

最近、安保賛否両論の安保宣伝にしろ、反安保宣伝にしろ、嘗てファシズムが国民洗脳に賢治の「雨ニモマケズ」や「グスコーブドリの伝記」の或る一面だけを称揚し利用したごとく、マス・コミ文化につけ込んだ庶民に対する洗脳を私は危ぶむのである。日常性を政策手段として利用するのが体制（この莫大なる裏切りと閉塞）なら、この日常性を作り出した「自然」というものは何と大きな希望（可能性）ではないか。その「自然」への屈服を持って、その玻璃のような自意識を着実に歌い上げたのが彼、宮沢賢治の芸術ならば、それは正しく「海蝕台地」ではないだろうか。

日がおしまいの六分圏《セキスタント》にはいってから
そらはすっかり鈍くなり
台地はかすんではてない意慾の海のよう
……かなしくもまたなつかしく
　斉時の春の胸を噛む
　見惑塵思の海のいろ……
そこには波がしらの模様に雪ものこれば
いくつものからまつばやしや谷は
粛々起伏をつづけながら
あえかなそらのけむりにつづく
……それはひとつの海蝕台地
　古い劫《カルパ》の記念碑である
たよりなくつけられたそのみちをよぢ

憔悴苦行の梵士をまがう
炊珂な高原住者の隊が
一れつ陰いろの馬をひいて
つめたい宙のけむりに消える

〔『学友』日本大学第三学園、一九七〇年三月〕

（付記） 本稿は所謂「日大三高」の文芸部員として書いた。コミュニケーション論・芸術論として一元的、縮図的、近代主義的な浅薄さを伴っている。その点を高畠通敏教授から指摘された。政治思想上の退行がみられるが、一九六九年の集団状況の「底」にはそれがあった。各行に批判を加えたいのを抑えた。特に由比忠之進氏の抗議行動、およびエスペランティスト一般に対する極めて侮辱的にして尊大な記述があり、その記述の浅薄さは恥入って余りあるものがある。書いた時点で気になったが、街頭活動に押されて真剣に再考する余裕を持たなかった、というのが当時の弁明であった。五五年を経て未だに生き恥をさらしている自分を由比さんの霊前に詫びたい。しかし、その痛みをわたくしの「歴史意識」の「今」とするために、また自分の青春への告発として、その醜悪な文面をここにも残す。運動論的には、この反省以後、「集団行動」よりも「直接行動」というコンセプトを優先させている。記述には運動における自死への動揺と、街頭における集団性からの孤立が窺われる。現在のわたくしにも孤立があるならば、わたくしはイエスと悪魔の論じた石を手に取って、握りしめるべきだろう。高畠通敏『政治の論理と市民』所収の「由比さんの死」参照のこと。

戯文・自由とは何か

私は極端にオイチョカブが好きである。受験番号も、日付も、自宅の番地も宝くじの番号も、すべてがカブでなくてはならない。私があまり行動的でないのは、別に「言動を慎しみ、もって、本校の名誉の宣揚に努め」ているためばかりではなく、すべてこの、カブの出る確率の、少ないことに起因している。最初にカブがあるからこそ、人間に行動があり、人間に言葉があるのである。「最初にカブがあった」と聖書作者やアンドレ・モロアは、訂正すべきである。

しかし、私が憂鬱なのは十中八九カブがでないということだ。なるほど正確には九分の一の確率かも知れない。しかも、この確率はカブの出現可能な最大値なのだ。少し手を加えるだけでこの確率をいかようにも低くすることが出来る。そこへゆくと丁半トバクなどなまぬるいものだ。確率は五割ではないか。ヤクザ映画の主人公等などより受験生の方が余程からだを張って生きているかも知れない。とはいえ私は受験勉強に対しては全くもって不実なたちの人間だった。私はいかにカブを上手に引くかについてのみ思考をこらしていたのである。そのためか、西暦年、日取り、受験番号共にカブのところに、まずはおさまった。無論、これは自慢ではない。私はカブを引かないときほど仔犬のようにおびえる時を他に持たないのである。したがって、私は十中八九、怯えながら日々をすごしているのである。

私は「カブ」を自由と取り違えているのかも知れない。むかし、十返舎一九というもの書きがいた。生涯にわたってインケツとカブしか引いたことのない人だった。当然、彼はめったにカブを引くことができず、インケツばかりに取りつかれた一生をはかなく閉じた。たった一度の「カブ」が「東海道中膝栗毛」だったわけだが、私は少しも家永三郎の言うように、この作品に写実性が欠けているとは思わない。家永三郎は教科書裁判に夢中になりすぎた結果、法廷討論のような浮世風呂の会話には写実性を感じても、「膝栗毛」のふたりの好奇心には少しもリアリティを覚えないらしいのである。そして、世にいう「自由」とは、どうも後者の方に所有権があるようだ。ヤジさんキタさんが、とかくまごまごしている理由は、自由ほど手答えの乏しい、または手に負えないものが見あたらないためである。

自由は、そのため往々不自由なものとなる。女房を失った悲しみは戸口までしか続かぬが、女房を失った喜びは枕元に居るときから始まっているものの早座に顔をひきしめて隠し通さねばならぬ。我々は何故、蒼空を仰いで哄笑することが出来ないのか？　あれほど待ち侘びた女房の死に対し、我々は容易に喜びを表白できないのは何故か。しかも、どうやら我々は肉親を失ったときに限って、さめざめと泣かないと具合がわるいらしい。ムルソーは、ついうっかり泣かなかったばかりに御存知の結果を招いた。

例えば君らは世間の眼を常に意識している。ところが世間における典型的人物である私は、実のところ君らには何の注意も払っていないのである。考えてもみたまえ。我々は毎日、五つか六つのテレビドラマをみて、それらのストーリーを消化せねばならないのだ。他人のことなどかまってられるか。世間にとって、我々の価値はすべて学生証に集約されている（むろん、この編集委員会の面々だけは例外だ）。キェルケゴールは「例外」の創始者だが、彼自身も例外者のひとりだった。実は、彼はあまりに自分の好きな女に多くのことを語りすぎたのである。青年の感受性というものは必ずしも正しい方向には進まぬものだ。女性に雄弁であってはならぬ。私のように控えめで、内気で、つつましい男に女性はふるいつくべきである。

正直なところ、私は「自由」などという言葉とは実に縁の遠い男なのだ。そして、めったに「自由」について考えたことがなく、自由になりたいとも思ったことがない（これは自分が自由の中に生きているからかも知れない）。カブばかり引いている幸運な人間というものも世間にはいるが、さほどうらやましいとは思わない。それに比べれば手に入った学生証をひけらかして歩いている連中の方が、私にはよほどうらやましい。それは自由というものの、単純な原型を見せつけられるからに違いない。

「全力を傾けて迷いたまえ」とこの学園のハンドブックに書いてある。無論、「もたもたしなさい」

と言うところを形を変えて表現したものに違いない。あれこれ思惑に苛まれてバイト先でも職場でも旗幟鮮明な態度がとれず、優柔不断、もたもたするなバカヤロウとヤキを入れられる学生も実在するのであるから教育もまんざら効果のないわけではない。

自由を得るのに理屈をつける必要はない。毅然としていれば良いのだ。そして、もし「自由」が手に入ったら跳んで喜ぶべきなのだ。ここのところはギャンブルによって、そのテクニックに磨きがかけられる。

私はふざけているのだろうか。私は「自由」というものを楽しむことの下手クソなタイプの人間なのだ。私は、とはいえ自分の生活態度がカントのようにストイックであるとは思っていない。というよりも、かなり気を回すことのないタイプの人間なのだ。私は「運動」と名のつくものはすべて問題としない。「闘争」も好むものではない。私のように円満な人間には、そそくさとしたものに対する寛容が欠けているのである。確かに寛容に欠けている性格というのも問題である。しかし、そんな自分の性格の一面をも寛大円満な私は寛容するのである。日和見的な人間だと私は評されたことがない。どういうわけか他人は常に私を片意地張りと思っているらしいのである。笑っちゃうね。

他者からの評価を受けるたびに私はある種の抵抗を覚える。「この人間は、そんな風に私を規定し、または規定させたいのではなかろうか」と思ってしまうのである。しかし、相手のそう言った愚かな規定ほど政治的に考えて便利なものはなかろう。メカニズムというものは論理的であと「現実」とは事実と幻覚の集合なのだから、非論理こそ合理そのものなのだ。るはずがない。論理的すぎる面があるのではなかろうか。軽薄にも書いてしまうところをみると、私には少々論理的すぎる面があるのではなかろうか。論理は一度崩れるととんでもない方向に突走ってゆく。我々及び我々の前世代が、いかに多くの論理を貫徹せんとしたことであろうか。確かに彼らは各々の論理をほぼ一方向に突走らせたのである。論理を持つことは危険なことである。つとめて理不尽に生きねばならぬ。私は別に保守を気取っているわけではないが、あきらかに、もたもたしなさいという教訓はある意味において的を射ている。むろん私は、どこかの御老人や新宿あたりでビニール袋をぷうぷうやっている若者のような悠長な心掛けに共鳴するつもりは、これっぽっちも持っていない。もたもたしなさいということはチカラを体に孕みなさいということなのだろう。私はよく知っている。ほんとうに。

自由には、必ず飛躍が伴わねばならぬ。清潔な飛躍こそ自由そのものなのだろう。泉から水の湧き出るような順調な状態というものには、案外「自由」は含まれていないものだ。実に常識的結論になったか。つまりこの論文以外のものは非常識な駄論である。

〔立教大学「学生部通信」第三二号、一九七二年五月二五日〕

あとがき

　この文集には、わたくし、僕、小生、あるいは私の「非国民日本人」としての形成過程が記録されている。また、それぞれの時代の風景も刻み込まれている。本書の作成過程で、五十数年間に渡る自己の破綻と向き合う体験を生きられたことを幸運に思う。もちろん、この長いか短いか、自分でも判断がつかない時間は、一つの流れではなく、中断、休止、仮死状態などを経ているので思想的一貫性には欠けるものがある。従って、一人称による変幻をそのまま放り上げて、その姿を追うことにした。六〇年代末の暴力性の中で一〇代の終わりを生きた青年の希求もそこには反映している。

　現在、メキシコに住んでいるが、国籍はともかく、わたくしは日本人である。日本政府の国籍を剥奪するシステムは、現代日本の天皇制国体思想と「無法者の法」の横行をよく代弁している。組織化の時代は、「日本国民」から市民性を奪い取り、安定、安全、安直、および出世、そして無意識の恐怖を投票動機としてしまい、小選挙区制及び組織化から疎外された意識は投票や行動を避けている。あの福島第一原発の後も、日本社会は知性を発現できていない。体制側の番犬たちが汚染水にまみれた海産物を、国民に「食え」と叫んでいる。日本国民ではないウィシュマさんの家族の抵抗は日本の暗闇を照らし出している。こういった事態に黙ってはいられないというのが本書刊行の動機でもある。全共闘世代の名誉教授たちや組織化された「知識人たち」は見事に非暴力公安思想の見本として社会正義や市民運動などを無力化している。ジェンダーの運動は、自民党の女性議員たちの権勢も後押ししている風に遠くからは見える。他国民への「ヘイト・スピーチ勢力」は、自国民の体制への憤りや疑問さえ封じ込めようとしている。ある意味では世界共通の右傾化の波が現在あるが、他方、赤木俊夫氏の示した「抵抗の意識」も存在する。わたくしの市民としての抵抗も示しておきたい。権力の腐敗から自由な、新感覚の社会主義政党も必要だろう。

二〇二三年の日本社会は、六〇年代末の青年たちが生きた「ユートピアの終焉」に加え、異常な腐敗と衰退を伴っている。

日本には住んでいないため、狭い知見を一般化しすぎている場面もある。同時に、SNSなどを観察していて、メキシコの五分の一にも足りない国境線抜きの島国の内部の「常識」に、異常なものを感じてしまうこともある。すべては「わたくし」がいけないのである。

その島国の内部について書いたものも本書には収めてあるわけだが、大学在学中に取り組んでいた自主講座運営や市民運動についての記述はない。「〈古層〉析出の射程」以降、一時、朝日新聞の新刊書欄に短い書評を書いていたが長いものを書く時間的経済的余裕がなかった。その状況から亡命したのだが、ある意味「亡命」の字義通り、命を失った。わたくしの書くものが丸山眞男の言う「持続低音」に収まらないことを願っている。

今後のプランとしては、既に書き散らしたメキシコ関係の日本語論集、およびスペイン語での政治学関係の文集を日墨に分けて印刷することと、メキシコでの地域史記録センターのプロジェクトを継続することがある。

今まで、メキシコでは、いくつかの大学の時間講師、企業の総務部長、国際標準ISOのプラント内コーディネイター、あるいは通訳をやってきた。日本企業現地法人の現地雇いとして何度か地べたに放り出された。それでも、感謝したい人たちはいる。

過去の人でも私には故人ではない。いろいろな意味で高畠通敏先生、尾形典男先生に感謝の気持ちを禁じ得ない。「思想の科学」の鶴見俊輔氏、増井淳氏に嘗て期待にお応えできなかったことをお詫びし、感謝する。朝日新聞読書欄の山田綴氏に感謝する。来墨当時、日墨新聞の荻野正蔵氏に大変お世話になった。「アソシエ21」創設に誘ってくださった古賀暹氏、そして原稿の世話をしてくださった漆原浩雄氏に感謝する。九〇年代、日本でお世話になった郡司市太郎・博父子に感謝する。特に市太郎さんには一人の父親像を示され、精神的に救われたことを繰り返しておきたい。江戸川ゴミ工場での作業の際、タッグを組んだ配管の達人にもいろいろ学んだことをここに記しておく。岩崎介護プラザでの経験も忘れられない。友人、長塚秀次氏への恩義を忘れない。同じく友人、高橋順一氏には、今日に至るまでいろいろお世話になっている。「情況」「日刊ベリタ」「ちきゅう座」などの各メディアにも感謝する。神島二郎教授の追悼文のコピーを送付してくれた安達功氏にお礼を申し上げる。今回、サパティスタ蜂起以来の導師、太田昌国氏にお世話になった。面倒をおかけしたインパクト出版会の深田卓氏にも感謝でいっぱいである。また、メキシコが、わたくしを受け入れてくれたことにも感謝する。

Agradezco profundamente a Dr. Carlos Levy Vázquez (Ex-Director de FES Aragón, UNAM), Félida Medina (Escenógrafa), Carmen Nozal , Irma Pineda , Natalia Toledo, Feliciana “Chani” Jiménez, María Carmen LaValle, Leticia Rojas Bolán, Zoila Juárez, Armando Jiménez, Feliciano Carrasco Regalado (Centro Cultural Macario Matus), Hermanos Marcial Cerqueda, Mihoko Murata (Esposa del Pintor Kishio Murata), Rocío Mendoza Arellanes, Dr. Antonio Reyes Cortes (FES Aragón, UNAM), Francisco Morales Silva (FES Acatlán, UNAM)´ Enrique Aguilar Cruz (Promotor Cultural) y entre otros amigos queridos. También a mi esposa Yazmín Luna. Dedico este libro a mis padres que estén en el cielo.

山端伸英 (Noé Yamahata)

(二〇二三年一〇月一〇日)

山端伸英《やまはたのぶひで》 (Noé Yamahata)
1951年　東京生まれ。
明治大学政治学修士。
1986年　メキシコに渡航。
現在：地域史記録センター主宰。
2022年、MACARIO MATUS の美術評論を編集しスペイン語で発行。

亡命市民の日本風景

2024年 2月 26日　第1刷発行

著　者　山　端　伸　英 (Noé Yamahata)
発行人　川　満　昭　広
装幀者　宗　利　淳　一
発　行　インパクト出版会
〒 113-0033　東京都文京区本郷 2-5-11　服部ビル 2F
Tel 03-3818-7576　Fax 03-3818-8676
E-mail：impact@jca.apc.org
郵便振替　00110-9-83148

モリモト印刷